生活变奏曲

严苏 著

中国文史出版社

图书在版编目（CIP）数据

生活变奏曲 / 严苏著 . -- 北京 : 中国文史出版社，2020.12

（跨度小说文库）

ISBN 978-7-5205-2785-9

Ⅰ . ①生… Ⅱ . ①严… Ⅲ . ①小说集 – 中国 – 当代 Ⅳ . ① I247

中国版本图书馆 CIP 数据核字 (2020) 第 250590 号

责任编辑：金　硕　孙　裕

出版发行　中国文史出版社
社　　址　北京市海淀区西八里庄路 69 号院　邮编 :100142
电　　话　010-81136606 81136602　81136603 81136605（发行部）
传　　真　010-81136655
印　　装　阳谷毕升印务有限公司
经　　销　全国新华书店
开　　本　650 × 960　1/16
印　　张　15.75
字　　数　200 千字
版　　次　2021 年 3 月北京第 1 版
印　　次　2021 年 3 月第 1 次印刷
定　　价　55.00 元

目 录

生活变奏曲

鼠年的钟声一旦敲响，高见就三十岁了。三十而立。高见知道自己还没立（是不想立），还得跟父母一个门进出，还得吃他们的喝他们的，还得缺钱了跟他们伸手，还得这只耳朵进那只耳朵出地听他们唠叨。

人在屋檐下，不得不低头。高见感觉跟父母低头不丢人，如果他们不反对不唠叨，就这么低下去也没什么不好。

高见的一帮狐朋狗友大多这样，但也有另类，李德海是其中之一。

李德海与高见同岁，早几年自立门户，眼下已是两个孩子的父亲。

在不知内情的人面前，李德海光鲜、体面，像毛驴的粪便，外表光滑。

是孩子挣的脸面。

李德海的两个孩子“品种”有别，文明说法叫儿女双全。话到老人嘴里，李德海就是全福之人。有儿有女，着实令人羡慕。李德海的父母也以此为荣，两张老脸整天挂着笑，乐呵呵的，跟买彩票中大奖似的。邻里娶亲，同事嫁女，老两口儿提前被预订，身份一个是全福爹，一个是全福奶，喜事前一天就过去操持，事情结束，拎回大包小包赠品，孙子孙女半个月吃不完。老两口儿一辈子当工人，一辈子低眉顺眼，一辈子听人指挥，别说厂长、车间主任那样的大官，就是班组长也没当过。从进厂到退休，两个人一直是被领导。当领导的常说党叫干啥就干啥，话到他们嘴里，就变成了班（组）长叫干啥就干啥。当这辈子就这么默默无闻，响屁放不出一个，想不到啊，退休了，太阳却从西边出来了——孙子、孙女这对小可爱来到他们家，让他们长了脸，令人刮目相看。两个老人，四目相对，脸上露出开心、满足的笑容。笑发自内心，出自肺腑。回头想想，该感谢的还是自己啊——是他俩不顾反对，紧锣密鼓地张罗，儿子李德海才浪子回头，恋恋不舍地告别那个群体。如果听之任之，李德海还会和那些狐朋狗友——高见们一样，出门一个，回家一人，形单影只，让爹娘老子操碎了心。

前面说过，李德海像个驴屎蛋。不知情的人看到的是光鲜的表面，知情者——高见们看到的却是表面下的那团烂草。通信发达的今天，李德海一句话，一个举动，他的现实处境、内心世界就凸显出来。

尊敬的各位同学：

本月20日（星期天），家父七十大寿，当日中午在喜临门大酒店1号厅举办寿宴，恳请各位同学拨冗捧场！

特此邀请，敬请回复。

高大成诚邀

这是高大成发在同学群里的一封邀请信，群里的人都会看到，即便有人不注意，在随后几天的个人聊天时也会知道。就是说，群发邀请与单个邀请效果一样。都是同学，没那么多讲究，也不会有人摆谱。高大成有把握，届时群里的同学一个不会少。

此类邀请信群里常有，当然不仅仅是过寿。

李德海微信朋友多（通讯录尾数显示的人数为616，多是摇一摇添加进来的，因为不熟，所以没有联系），群不多，只有同学群、同事群、亲戚群。

别看群不多，麻烦事却不少，这不，又要出份子了。李德海月工资四千，说高不高，说低不低。爱人也上班，月薪三千。这钱过日子绰绰有余，可孩子要吃奶粉呀，每月必去一次“爱婴”超市。李德海在心里说，“爱婴”超市就是吸钞机，去一次要花掉两三千。幸好有父母帮衬，不是他们，他真的要勒紧裤带过日子呢。

父母帮衬，为的是他们的孙子、孙女，李德海钱包里是否有红票子，他们不问。

李德海早就想退出同学群、同事群，也操作过，可第一天退出，第二天就被人强行拖进。拖他的人发微信问：“不想和同学聊天了？”

李德海想一想，写出几个字：“手机坏了，刚修好。”点键发送。

对方看到后，回复：“原来这样啊？错怪你了，对不起。”

李德海又写出几个字：“没关系。”信息发送出去，李德海松出一口气，毕竟说了谎，心有点虚。

李德海看退不出同学群，又退同事群，没几天也被人拖进来。拖他的人没有发问，但见了面，感觉底气不足，好像手脚不干净被人家发现了。从这往后，李德海就老实地在群里待着。

时间最爱捉弄人，你想它快点走，它却慢吞吞，蜗牛爬行似的；你想它慢点走，它又像汽车上高速，以时速 120 公里的速度往前冲，风驰电掣，转眼就到终点，让人措手不及。

20 日，高见盼望的日子，李德海害怕的日子——到来了。

高见盼望，是因为这一天他可以光明正大地出门。高大成的父亲七十大寿，收到邀请信他就跟父母说了，早出门他们不会阻拦，晚回家他们也不会唠叨。最让高见开心的是，又可以和同学们见面了。全班四十六名同学，自打走出校门，还是毕业后十年聚过一次。一次聚会让他意犹未尽，感觉就是打平伙吃了一顿饭，话没有说尽兴，有一半人还没打招呼就散场了。高见想下次聚会，他要建议组织者把活动搞得丰富多彩些，时间一天为宜，午宴带晚宴，小酒连着喝。钱不够怕什么？羊毛出在羊身上，预算时把钱匡得富足一些，刨去吃的喝的，剩下的钱像模像样地做个通讯录，最好上头像，彩印，想和谁联系，翻开通讯录，某某某就在眼前。好事要办好，不能潦草马虎。今天是个机会，高见跟高大成商量，借他父亲过寿之机，把这事给办了。

高大成有点为难，说："我这么做，不是跑题了吗？"

高见说："这个我没想到。"停顿一下又说，"我想的是，同学们相聚不容易，不能像十年聚会那样匆匆离场。"

高大成说："不离场，得有主题。"

高见说："主题有啊，叙旧。"

高大成说："同学来这里，是应我之邀，为我父亲祝寿的。"

高见笑说："我的意思是寿宴散场，同学们留下来。"

高大成问："接下来的花销谁负责？"

高见想说来的都是客，你邀请的，当然你买单。感觉不妥，话到嘴边没有出口。

同学们陆续到来，高大成拉着高见一同过去招呼。人多，那个话题被搁置下来。

宴席即将开始，主持人开始倒计时，李德海才急急忙忙地走进来。1 号厅里乱哄哄的，女同学打扮得花枝招展，一个个花蝴蝶似的在人群里穿梭，寻找自己满意的座位；孩子们不再跑动，被家长牵手坐下。李德海四处张望，高见把手高高竖起，李德海走过来。

高见说："当你不来了呢。"

李德海脸上没有汗，他习惯性地抹一把，小声说："哪能呢。"

高见说："既然来，就该早点，今天又不上班。"

李德海说："我等我妈。"

高见说："你三岁啊？"

李德海忸怩一下，看人纷纷落座，扯一扯高见的衣襟，凑过脸问："今天的份子钱出多少？"

高见收起大拇指，露出四个指头。

李德海看后，面露惊讶，说："这么多啊！"

高见说："同学家的事，少了难看。"

李德海又忸怩一下，说："实不相瞒，我身上只有二百，这钱还是跟我妈要的。"

高见说："别为难，你就二百吧。"

李德海摇摇头，说："你借我二百吧。"

……

寿宴开始。

同学坐了四桌，刚开始就进入高潮。掐指算，上次聚会是两年前。"时间过得真快啊！"同学们大声地发感慨。台上有人唱歌，很吵，说话只能对着耳朵。李德海看一眼主桌，对高见耳语，说高大成真会选日子。高见和李德海干下杯中酒，说生日就是生日，不能提前，也不能推后。说后琢磨，感觉李德海话里有话。想李德海也是不易，与自己同龄，已是两个孩子的父亲。从侧面看，李德海像个中年人，背驼了，往日的从容、潇洒不见了。李德海是男人，男人都爱面子，有粉爱往脸上抹。人情大似债，不是囊中羞涩，李德海不会开口借钱的。什么叫水深火热，什么叫捉襟见肘，李德海就是啊。想到这里，高见又与李德海干一杯。同学不是他们俩，今天来的都要喝，一个不落下。十年聚会时，有的人没打招呼，今天得补上。一圈子走下来，高见喝高了，李德海也喝高了，脚下打飘，舌头僵硬。高大成开心啊，父亲过寿，同学们喝成这样，是给他面子。喜酒喜酒，喝得歪歪扭扭。当地风俗，办喜事如果没有几个人喝趴下，可理解为不开心，不尽兴。

今天大家都开心，都尽兴。

席罢人散，高大成在酒店门口送客，看到高见和李德海走在人群后面，两个人勾肩搭背，卿卿我我，两双脚在路面上扭麻花，趔趔趄趄，渐行渐远。

高大成还清醒，从酒店回到家，算过今天的收支账目，上床小睡一会儿。感觉才睡着，就被家人叫醒。听客厅有人说话，出来一看，是高见母亲。

高母问高大成："我儿子呢，没和你在一起呀？"

高大成暗叫不好，忙安慰高母，说知道他去哪里了，说着出门。高大成沿着高见和李德海走的线路，一路走一路看，下大道上小道，到运河风光带，见远处有个人在和谁拉扯，近前一看，正是高见。高大成问高见怎么在这里。高见说李德海不让走，要他去他家喝酒。高大成四处看，不见李德海。再一看，发现高见把树系到裤带里——他把小树当李德海了。

"活了几十年，我第一次看到有人把树当成人。丢人哦！"母亲气坏了，眼里含着泪。

"我想破脑壳也想不明白，那棵树怎么就长进你的裤带里了？"母亲又说。

高见勾着头，不说话。

"你说李德海不让走。我问你，李德海去哪里了你知道吗？"母亲已不是唠叨，而是责问。

"回答不出是吧？我告诉你，李德海早回家哄孩子去了！"

回家后，母亲看高见醒酒了，开始数落他。

"三十岁了，还小吗？该成家了。"母亲的声音低下来，从责问回归唠叨，往下又该老生常谈了。高见听多了这些话，母亲说上句，他知道下句，耳朵听出茧子了。母亲的话，像杀猪匠倒肚子，翻来覆去就那些，高见称之为车轱辘话。今天不一样，明知是车轱辘话也要洗耳恭听，不能厌烦。这种情况少之又少，母亲印象中好像第一次。机不可失，时不再来。

“忘了跟你说，前几天隔壁姚阿姨来家里，说她娘家有个堂侄女跟你挺般配，年龄也相仿。”

放在往日，高见会不予理睬。母亲若是追问，他会说，我的事不用外人操心，说后扬长而去。这话今天不能说，但不说话也不行，高见想一想说：“我答应见面，但你和爸也要答应我，不来电，我不谈。”

母亲虽说上了岁数，但来电不来电的意思还是懂的，于是点头答应：“那当然，妈知道强扭的瓜不甜。”

“还有，”高见说，“我得有自己的房子。”这是无理要求，买房子是大事，就父母的能力，他们无法满足他。高见这么说，并不是真要房子，而是让母亲知难而退，维持现状。这么说，高见还是不想恋爱，不想成家。

母亲惊讶道：“这是为何？”她的手一划拉，“这么大个家，三室，你不住这里，我和你爸在地上打滚啊！啊？”

高见说：“这房子旧了。”

“挑肥拣瘦，有本事，自己挣去！”母亲气得不行，想用狠话压住高见。

该父亲出场了——这个三口之家的格局是，父亲母亲同一战壕，是战友，高见孤军奋战。两军对垒时，母亲打头阵，父亲做后盾；母亲唱黑脸，父亲扮红脸——据他观察，今天的情况正往好的方面发展，史无前例啊。喝醉酒是坏事，高见知错，低头接受批评。坏事变成好事，这就是辩证法。父亲正在描绘他心里的那张蓝图，不想情况急转直下，眼看往日的那一幕又要重演。扮红脸的时辰到了，父亲适时地走上舞台。

“哪能这么说话，高见还是孩子嘛！”会听的，知道父亲在和稀泥，不会听的，认为是批评母亲。

父亲看母子二人不说话，又说：“按你们刚才说的，分两步走。一、约个时间，和姚阿姨的堂侄女小姚见个面，来电了就谈，不来电拉倒。二、找个时间，我们一道出去转悠，到附近的几个售楼点看看，时髦话叫调研，价格适中、房型满意、地点合适，可以考虑。”

没想到，高见和姚阿姨的堂侄女小姚一见面，眼睛对上了，用他们的话说：来电了。

恋爱就是这样，如果一方不想谈，你催着逼着不行，拉着拽着也不行；到两情相悦、一见钟情时，山也挡不住，水也隔不断。爱情是化学反应，力量大着呢。

相亲时，刚坐下，沙发没焐热，高见就跟小姚要号码。姚阿姨一听感觉有戏，忙向高母挤眼睛。高母也坐在沙发上，她听到了，心跳突然加快，正想把喜悦的心情传递给姚阿姨，就听小姚甜甜地报出一串数字，报过了跟高见要号码。高见没有说，直接拨打小姚手机。小姚的手指小鸟啄食似的快速点击，高见的号码就在她的手机里安家落户了。姚阿姨又向高母使眼色，高母明白了，和她一道出来，让两个年轻人在屋子里说话。

一会儿，小姚出来，高母心里一沉，怕情况有变。就听小姚跟姚阿姨说：“小姑，小高要我跟他去万达影城看电影，我去了啊？”

姚阿姨听了，笑说：“好！好！”

看着两个人手挽手打车走了，姚阿姨拉上高母往回走。高母心里像揣个热水袋，暖和和的。虽说是早春，气温依然低，风尖溜溜地硬往袖口、衣领里钻。姚阿姨戴上口罩、手套，脸缩在衣领里。高母不觉冷，她把滑雪棉袄的拉链拉开，快走几步，对姚阿姨说："到我家去，把你那口子叫上，和我家老高喝几杯！"高母身子热，说话也热情。姚阿姨看高母真心邀请，就给丈夫打电话，让他到高家来。

晚饭做好，两家四个人坐下，两个男人边喝酒边聊天。高母在灶上忙，姚阿姨不喝酒，在一旁陪高母。高母让她坐下吃菜，她不肯，说等高见回来一道吃，顺便问问情况。高母要给高见打电话，姚阿姨说不妥，让他们疯去，不回来我才高兴呢，她爸她妈也高兴呢。姚阿姨说的是实话。小姚也老大不小的，她的家人都愁死了，一晃鼠年过去了，再晃一年就三十了。那天，小姚的父亲肯定是黔驴技穷了，也无计可施了，才想起堂妹姚阿姨的。小姚的父亲性子急，想起了就想见堂妹，骑上电瓶车就出门，很快来到姚阿姨的家。姚阿姨也是急性子，听说后当即跟堂哥回娘家，她要看看小姚现在是啥模样，一看心里有了尺寸。有人说姻缘是巧合，也有人说是天定。后来想，两种说法都有道理。从娘家回来，走到半道，姚阿姨突然想起高见，于是在头脑中把高见和小姚的影像放在一起对比，脸形、眉眼、口鼻、皮肤，越对比越像。人说不是一家人，不进一家门，说的是两口子长得像，通俗说法叫夫妻相。姚阿姨无声地笑了，心说有了。她没有回家，直接到高家来。这是几天前的事，这事今天有了结果。

两个男人酒足饭饱，高母和姚阿姨也吃饱了，才放下筷子，高见回来了，小姚跟在后面。高母那个高兴啊，姚阿姨那个开心啊，两个男人那个笑啊。姚阿姨悄悄出来，忙给堂哥打去报喜电话。

“哥啊，今天我才明白什么叫心急喝不了热粥，什么叫好饭不怕晚！”

“什么意思？”小姚的父亲头脑没转过弯。

“我说的是小姚和小高的事！”姚阿姨笑着说。

“怎么样，她相中小高没有？”小姚的父亲问。

“木板上钉钉子——成啦！”姚阿姨说。

“谢谢小妹，哪天回来哥请你喝酒！”

“喝酒那是铁定的！”姚阿姨突然压低声音，“哥，我告诉你呀，小姚下午跟小高看电影去了，电影散场又来小高家……对对，刚来。你和嫂子当干啥干啥，别等她……是的是的，我和她在一起，你和嫂子就放心吧！”

姚阿姨打过电话返回屋内，听一家人正在说房子的事。姚阿姨想这房子够大的，三间朝阳，布局合理，小高成家也住得下。又一想，眼下很多人家都有两套房，条件好的更多。高家要是有能力为小高购置婚房，小两口儿结婚后有自己的空间，那当然好了。

高见恋爱了，他的狐朋狗友们几天不见他，想他了，和他联系，高见说忙着呢。忙啥呢，不会恋爱吧？于是侦察，真相大白于天下。没看出来啊，这小子原来也是银样镴枪头，当叛徒了。罢罢，你不理朋友，朋友也不待见你。拜拜。这是高见希望的，过去他不理解李德海，现在理解了。

高见现在忙啊，要上班，要约会（一日不见如隔三秋）。新房买了（是现房），正跑装饰市场，挑选装修材料。房子首付是父母给的，旧房子作抵押，贷了四十万，贷款也由父母还。

恋爱让高见脱胎换骨，变成一个新人，父母二人恍恍惚惚的，像是做梦，怀疑高见不是他们的亲生儿子，看小姚陪伴左右，他们才回到现实里。

这天晚上，高见把小姚送走，回家跟母亲说，他想闪婚。

“什么？三婚？”母亲两腿一软，跌坐在椅子上，心想别做美梦了，这个儿子还是过去那个儿子，狗改不了吃屎本性。生气道，“我问你，小姚哪里不好？”

高见惊讶道：“妈，你说什么呢！”

母亲说：“你自己说的，你想三婚！”

高见扑哧笑了，说：“妈，你听错了，是闪婚，不是三婚，是要结婚的意思！”

父亲听明白，笑说：“刚来电就闪婚，这是火箭速度啊！”

母亲听懂了，说：“火箭好啊！你明天就坐火箭，就闪婚我才高兴呢！”

高见说：“妈，这话可是你说的啊！”

房子装修一天一个样，水电工开槽、布管、放线，瓦工贴瓷砖、铺地砖，木工吊顶、打壁橱，油漆工粉涂料，最后上门、装锁。工人施工时，高见父母不离现场，遇有不满意的当即返工。工程进展顺利，不到两个月就完工了。

高见也将举行婚礼，洞房设在新房里。

按说结婚了，父母倾力置了新家，高见和小姚就该独立生活，让父母少些花销，早日把贷款还上。还有，父母也要养精蓄锐，一年半载后，他们的孩子出生了，父母有了好身体，才能为他们带孩子。

算盘不打算盘来，结婚后两个人没有一天不回来，甩手掌柜似的，吃完饭搁下筷子就走。父亲早想说的，一直没机会。那天小姚回娘家，父亲把憋在心里的话跟高见说了，要他独立生活。

高见说："知子莫若父。你和妈晓得的，我什么也不会做。"

父亲说："不是还有小姚吗？"

高见说："小姚和我一样。"

父亲说："可不能因噎废食呀。世上无难事，只要学，就会做。"

高见说："我丢三落四，小姚也是。告诉你，爸，我们丢过几回钥匙了，是喊开锁师傅为我们开的门。"

"有这事？"

父亲想起买装修材料时，在市场里见过声控锁。声控锁的好处是不用钥匙，主人说话门锁会自动打开。钥匙会丢，声音不会丢。

高见知道声控锁，它的优点可以弥补他和小姚的缺点。但也有不足——人吃五谷杂粮，没有不生病的，如果感冒咳嗽，嗓子就会沙哑，当主人的声音与锁记录的声音不相吻合，锁就不会开启，那样将和丢失钥匙一样被拒之门外。

高见说："声控锁，质量好的要几千元，我和小姚是怕加重你和妈的负担才没要。"说后又说，"要是不怕花钱，你和妈可以买一把试试。"

父亲只知其一，不知其二。既然声控锁也不是十全十美，那就算了。

没等父亲开口，母亲抢过话说："试什么试？不能把钱往水里扔！"

父亲点头，表示同意。

没有好办法，还是维持现状吧。

梧桐树下

树也有运气。

九号大院前的两棵梧桐运气好，树龄半百，枯瘢遍体、树瘤满身，给人风烛残年之感。秋去冬来，梧桐枯叶落尽，瘦枝裸露，在寒风中瑟缩呼号，让人怀疑翌年春回大地时，绿叶能否再现瘦枝。梧桐的生命力极其顽强，当寒冬退居幕后，春风带着暖意登台亮相时，瘦枝鼓起小芽苞，渐渐地绿了起来。一年又一年，两棵梧桐一直活到现在。

梧桐沾了九号大院的光。

九号大院是 H 市军分区干休所，大院里有几栋二层小楼，小楼里住的是军分区退下来的团级以上干部。H 市城市东移，市里的几套班子全部搬走，行政单位、事业单位紧随其后，军分区也跟着走了，在新城区安了家。干休所没有搬，没搬的原因是老干部们恋旧，这里的一树一木、一花一草、一砖一瓦都熟悉，闭着眼都不会走错道，也不会摸错门，所以就不想挪动了。其次是退休了，想安安静静过生活，不到人前凑热闹。

大院内有很多树，多为杉树。杉树昂扬、挺拔、舒展，直冲蓝天，比小楼高出许多，看着让人长精神。也有花卉，红红绿绿，四季开花。老干部们在位时带兵，对花卉不感兴趣，退下来习惯不改，分不清那些花卉为哪一科哪一目，更叫不出名，笼统称作花。

杉树有年头了，看树身就知道；花卉也有年头，看它们的根也知道。

走在树荫下，路过一棵棵花卉，刘振刚有意无意会看它们一眼。刘振刚想这树、这花是幸运的，自从栽下，就任其生长，没有人动它们一枝一叶。而城市里的行道树就没有这么好的运气，那些树看起来风光，整齐划一高矮一致，长得像多胞胎，其实是园林工人修剪而成。行道树不能尽情生长，超出高度就会被锯头斩枝，搞得枝叶满地遍体鳞伤。行道树根下的泥土不属于自己，树种变换，抑或道路拓宽，某一天就会被连根挖起，移栽到别处，生死由命，富贵在天。

九号大院前的树原是两行，不是两棵。两行树等距离排开，英姿勃发，郁郁葱葱，新兵似的站立在爱民路两侧。城区改造，爱民路多次扩宽，每一次都有几棵树为之牺牲。剩下的这两棵，是因为它们所处的位置特殊——路到这里，也就到了头。路的尽头长两棵树，既不影响交通，也不碍观瞻，规划者也就手下留情。

这就是运气。

刘振刚从家里出来，一小步一小步往前走（说挪更为恰当）。刘振刚生过一场病，在病床上躺了半个月，下床后就不能大步走路了，只能哆哆嗦嗦地往前挪——还需要人搀扶。过了些日子自己能挪动了，但手中要有拐杖。想丢开拐杖，看来还需一些日子。情况正往好的方面发展，刘振刚有信心，也有决心。

离大门愈来愈近了。刘振刚要来的地方是院门外的梧桐树下。

这是夏季的一天午后。

骄阳似火。

走出院门，也就离开树荫，阳光辣椒水似的兜头浇下，刘振刚的身子不自觉地抖了一下，像撒尿打出一个寒噤。空气很烫，一呼一吸，仿佛喝下一口口热汤。刘振刚想走得快一些，脚却不给力，按着原有的节奏往前走。既然走不快，刘振刚也就不着急。快到树下了，刘振刚停下来，稳住身子，抬手抹去脸上的汗水。歇一歇，准备继续前进。刘师傅低头忙活，刚才还听到笃笃笃拐杖敲击地面的声音，这会儿听不到了。刘师傅转脸看，见刘振刚像一尊雕塑立在阳光里，他丢下扳手，小跑过来，说："哥啊，太阳正毒，你不该这会儿出来！"

刘振刚笑笑。

刘师傅扶住刘振刚。有人搀扶，刘振刚走得快一些，过不多久，他就坐在树荫下，接过刘师傅递来的芭蕉扇，对着脸扇风纳凉。刘师傅拾起扳手，紧电动车后轮上的螺丝。

大家已经知道，刘师傅是修车的，吃的是手艺饭。

大家也知道，刘振刚费劲巴力地来这里，目的是纳凉，纳凉时可以和刘师傅拉家常，也可以看他修车，还能看街景。如果没有这么多好处，刘振刚也不会出来。在家多好啊，热了开空调，身子干爽爽的，一滴汗不会出；寂寞了看电视，电视里啥节目都有，只要打开，时间跟老鼠见猫似的溜得贼快，几小时不注意就过去了。缺点是，电视看多了，身子骨硬邦邦的不舒坦，就像刘师傅手中的破车，要花时间下力气修理。刘振刚知道，车子破了，刘师傅能修理，修理后在路上跑，速度不比新车慢。但是人不行，自己这身子，不用医生说，不要老伴催，自己也知道要活动。多走，多动，拐杖才能早日丢下。军人的身板为什么那么直，脚步为什么那么铿锵有力，是训练的结果啊。

追溯一下，是刘振刚先认识刘师傅的，还是刘师傅先认识刘振刚的，准确说，应该是后者。

是上一周吧——那是一个晴朗的上午（如果天气不好，刘振刚是不会出门的），刘振刚独自出来。老伴本想陪他在大院里走一走，看看树木花草，呼吸呼吸新鲜空气，待刘振刚走累了再一同回家。刘振刚走出门，老伴跟在后面，两只手往前伸，做出搀扶的动作，实际并没有搀扶。如同孩子蹒跚学步，家长不放心，步步紧跟，伸手护着那样。刘振刚不是汽车，没有后视镜，只知道老伴跟着，不知她伸着手。刘振刚拄着拐杖，专心致志地往前走。他知道家里有很多事等着老伴做，对她说："你忙你的事去，我自己行。"

老伴听刘振刚这么说，停下来，目不转睛地看着他。刘振刚走得慢，但脚底稳实，身子也不打晃，也就放下心来。从早晨到现在，她一直围着刘振刚转，照顾他洗漱、吃饭，厨房间乱七八糟，餐桌上一片狼藉，正等着她回去收拾。就像一位伟人说的，如同扫地，扫帚不到，灰尘是不会自己跑掉的。想到这里，老伴对刘振刚说："我回去了，你小心点。记住啊，不要太累，活动不能过量。"

刘振刚说："我知道。"说后又补充一句，"我又不是三岁小孩。"

听他这么说，老伴转身回屋，再次出来，手里拿了件东西——胸牌。老伴快走几步，把胸牌挂到刘振刚的脖子上。

刘振刚没有阻拦，但是说了话。刘振刚说：“小心火烛，多此一举！”

老伴说：“我知道你烦我。”

刘振刚说：“知道就好！”

老伴说：“小心驶得万年船。”说后回屋去了。

刘振刚在院子里小步走动，拐杖的笃笃声，仿佛为他鼓掌，也像为他喊口令；胸牌随着脚步，钟摆似的在胸前晃动，像是呐喊，为他加油鼓劲。刘振刚不问方向，没有目的地，有路就走。

脚下的路是水泥铺的，很平整，平整得有点滑。但不会滑倒，这一点，刘振刚有把握。没有把握他也不会出来，或者出来了，会让老伴陪伴左右。得这病的人最怕摔跟头，住院那会儿，听病友说，谁谁谁一摔不起，谁谁谁摔断了骨头，谁谁谁摔破了头，有名有姓，真人真事。不管是一摔不起，还是摔断骨头，摔破了头，对病人那是雪上加霜，对家庭那是添乱。

刘振刚心里想着事，脑子却不敢分神，拐杖配合腿脚，一步一步，竟然走出大院！哎呀，好久没出来了，没有院墙遮挡，眼前开阔起来，有天高地远、豁然开朗之感。路上有人走过，认识刘振刚的人，停下来与他打招呼，问他好。刘振刚看到熟人，很是开心，笑着回礼。人要是开心，精气神就有了，腿脚也变得利索、有力，回身看看，自己都怀疑——竟然迈上小台阶，来到了梧桐树下。树下有个修车摊位，师傅正在忙碌，偶一抬头，看见身旁站着一位拄拐人，放下工具，扶他坐下。师傅发现他胸前挂着胸牌，上面写着几行小字：

关爱提示牌

姓名：刘振刚　年龄：65

退休单位：H 市军分区　家庭住址：干休所 C 栋 202

患过脑梗 行动不便 如果摔倒或发生意外

请好心人拨打 110 120 或家庭电话 ××××××××

谢谢！

看后，师傅说："您姓刘？"

刘振刚点点头。

师傅说："我们是本家啊！"又说，"我比你小一旬。"

刘振刚知道修车师傅也姓刘，比自己小十二岁。从这天起，他们就以哥弟相称。

两棵梧桐，树冠蔽日，枝与枝握于当空，树下一片阴凉，刘师傅在这里摆摊修车，是最佳选择。爱民路是单行道，车辆只能过，不能回，但是过往行人多。人多，活计就多。忙时，刘师傅说话少，一旦闲下，刘师傅就与刘振刚拉家常。很快，两个人就知道彼此。

刘师傅原来有工作，后来厂子散了，他成了下岗工人。刘师傅不怨天尤人，下岗没几天就摆摊修车。他的妻子也有工作，但厂子半死不活，工资几个月发一回，半饥半饱，有一口没一口的，一气之下，把工厂给炒了。刘师傅的妻子到家政公司登记，一周不到就找到工作，去一户人家当保姆。这户人家管吃管住，月工资三千元。

这工资比做工人时高出许多，还不拖欠。刘师傅的妻子感觉日子从贫困一步跨进小康，遗憾的是夫妻分开，不能照顾刘师傅。刘师傅说自己还没到要照顾的年龄。说后还亮一亮胳膊上的肌肉。见他这样，妻子就不再遗憾。刘师傅和妻子心中有目标，想奋斗几年，给儿子交首付。

说起儿子，刘师傅满脸自豪，说儿子在西藏当兵，军龄四年，年末退伍。

刘振刚得知刘师傅的儿子是军人，心里热乎乎的，感情开始升温，再看刘师傅，比先前还要亲，手上的油污也可爱。刘振刚把身子往前探，刘师傅发现了，把正在修理的车往后拖，这样两个人的距离更近了。

刘振刚在团级位置上退休，一辈子做军人。他的老伴年轻时在老家当农民，后来随军，有了工作，到龄退休。

说起孩子，刘振刚也是儿子，也在部队。儿子军龄十五年，已是营级。儿子势头正劲，上升空间大，副团指日可待。

青出于蓝。儿子是刘振刚的骄傲，更是他的希望。刘振刚止步于团级，儿子未必，因为儿子有文化，有专业，是难得的科技人才。科技人才地方需要，部队也需要。现代军备靠什么？两个字：科技。儿子运气好，赶上了好时候。所以说，儿子的前途不可限量。

刘振刚生病，儿子至今不知。老伴是想说的，刘振刚没有点头。没点头，老伴就不敢说，和儿子通话时，强颜欢笑，说的都是开心事。儿子问起父亲，老伴回头看他，见他摇头，赶紧说你爸好着呢。儿子要父亲接电话。老伴说你爸这人闲不住，溜达去了。儿子打的是座机，听母亲这样说，当即挂断，打父亲手机。手机响了，还是老伴接听。儿子问爸呢？老伴说溜达去了，忘了带手机。儿子说，爸要是再出门，你提醒他带手机。老伴看一眼刘振刚，点头说，一定一定。儿子挂断电话，老伴还紧紧地握着手机。老伴表现不错，儿子没察觉什么。说到底，还是刘振刚导演得好。这就是威信。做军人要有威信，没威信带不好兵；做家长也要有威信，没威信，家庭就主次不分。

刘振刚为什么不接儿子电话？因为他还在康复中，等说话清楚了，每个字咬准了，儿子再来电话，他自然就会接听，那时他会让儿子好好说说军演的事。

万幸啊，刘振刚住院那些天，儿子正在海上搞实兵实弹对抗演练，没时间和家里联系。如果不是军演，想瞒也瞒不住。

刘振刚对刘师傅说："我儿子是什么人？他的耳朵比猫耳朵灵，鼻子比狗鼻子尖，家里的事瞒不了他！"

刘师傅说："哥啊，我晓得你这么做是为孩子着想。你做得对！"说到这，刘师傅放下正在修理的车，对他竖一竖大拇指。

刘振刚见刘师傅夸自己，心里挺受用，想了想说："老弟啊，你虽然没当过兵，但是你的个性像军人！"

刘师傅谦虚道："哥过奖了。"

刘振刚说："军人不服输，你服过吗？"

刘师傅摇摇头，说："没有。"

刘振刚笑说："我带过的兵成百上千，看人准着呢！"

交谈还在继续，听刘振刚说话，思路清晰，吐字清楚，表达准确，不知者听不出他生过病——就是说，刘振刚的语言功能已经恢复。意识到了，刘师傅说："哥，我看啊，你儿子再打电话回家，你可以接听了。”

刘振刚睁大眼睛问：“你说的是真话？”

刘师傅看着刘振刚说：“真话！”

刘振刚听了，高兴地说：“有你这话，我放心了！”说完这话，刘振刚站起来，往大门方向招手。

刘师傅抬头看，刘振刚的老伴——刘师傅叫嫂子的人，已到九号大院门口，正往他们这里走来……

孟家湾今昔

住进“喜洋洋”，孟禾苗早起的习惯没有变，五点醒，醒后即起，跟墙上的电子钟一样准。老婆尤菜花说他有福不会享，属公鸡的，到点就开叫。说后翻个身，继续睡，鼻腔里发出小小的鼾声。孟禾苗也想睡，却睡不着，活到小六十，从没睡过回笼觉。其实起床也没事，也就是在笼子样的新屋里走走停停，停停走走，经过窗户，顺手拉开窗帘，探头探脑的，隔一会儿往外瞅一眼，隔一会儿再瞅一眼。这会儿做饭还嫌早。就是不早，孟禾苗也不会做。做饭是娘们儿的事，一个大男人在厨房里操刀摸铲，洗锅刷盆，被人看到了会笑掉大牙的。驴推磨似的走一会儿，太阳钻出地平线，家里的角角落落变得亮起来。孟禾苗开门出去，轻咳几声，把喉咙里的老痰吐进花坛。小区里没有鸡，没有猪，没有狗，也不见人影，静得像无人小区（孟禾苗知道，再过一二十分钟，就会有上学的孩子从楼道里出来，到车棚去骑他们的电动车。从那一刻起，小区的一天才算开始）。一只流浪猫在垃圾桶里找食吃，听到动静，刺溜跑了，闪电似的留一路影子。孟禾苗盯住流浪猫消失的方向看，那里有一丛矮冬青，流浪猫显然就藏在那里。无事做也无处去，杵在花坛边有点不合时宜，孟禾苗用力跺脚，脚下的浮土和鞋面上的灰尘飞起来，灰尘随风而散。孟禾苗抬脚往回走。回家还是没事，只能枯坐。

这是入住“喜洋洋”后，孟禾苗每天早上的必修课。现在不是这样，孟禾苗有了别样的生活方式。

是电视的功劳。

过去孟禾苗不大看电视，不大看不是不喜欢，而是精力不足。孟禾苗闲不住，全天除去吃饭时间，都在田里忙活，挖沟修渠、引水灌溉、拔草施肥、收割搬运、脱粒储藏……耗的全是力气。用尤菜花的话说，他是脚打后脑勺，眼一睁忙到点灯。身上的力气使到田里，坐到电视前，上下眼皮就往一起黏，哈欠一个接一个打，再好的节目也提不起精神。尤菜花笑话他，说电视是他老婆，看了就想睡。

这都是过去的事。从上个月起，孟禾苗保持几十年的习性一下子改了。那天下午，孟禾苗像往日一样在屋子里走来走去。尤菜花坐在客厅的木沙发上看电视。电视开早了，连续剧的播出时间还没到，尤菜花想找个入眼的看看，时辰一到就换台。从一频道往下翻，也不知走到哪个频道，孟禾苗冷不丁喊停。尤菜花手一抖，遥控器落在地上。尤菜花说，吓人闹怪的，孟禾苗，你想吓死我呀！孟禾苗没工夫解释，说别翻了，就看这个台。尤菜花拾起遥控器，眼睛盯着电视，电视里有个女人讲健身。尤菜花对这个女人不陌生，每天的这个时候她都出现在电视里，眼睛笑眯眯，小嘴不停，两手配合着做比画。尤菜花对这个节目不感兴趣，也就没给这个女人留下说话机会。想不到见到电视就瞌睡的人，却对这个女人感兴趣，奇了怪了。尤菜花眼睛离开电视，对孟禾苗说，你莫不是看上这个女人了吧？尤菜花不说话还好，只要开口，后面的话就收不住。尤菜花说，孟禾苗你听着，电视里的女人看着像嫩黄瓜，一掐就冒水，模样也俊，可她远在北京，远水不解近渴。后面这话，尤菜花是从电视剧里学来的。孟禾苗的注意力全在电视上，尤菜花的话成了耳旁风，听到也没往心里去。

经常看电视，尤菜花的心比过去细，爱动脑子，还会观察人。尤菜花观察发现，自从搬进“喜洋洋”，孟家湾的人或多或少都有变化。变化最大的是男人。别人家的男人说不准，自家男人，尤菜花可是一清二楚，用一个字概括：慢。

慢。精准的一个字，尤菜花在心里为自己竖起大拇指。

天蒙蒙亮，也就是五点。这个时候，孟禾苗醒来了。过去，他是睁眼即起，火烧眉毛似的，一分钟也不多睡。打扫院子，抓草喂羊；跳进猪圈清理粪便，再垫几锹干土，让猪睡得舒服；再后开门放鸡。冬天天亮得迟，鸡们伸头缩脑的不敢出来，孟禾苗跺脚拍手地哄赶它们，公鸡在前，母鸡在后，深一脚浅一脚地跑出门，挤到树丛里等天亮。尤菜花提醒过孟禾苗，说鸡由她放不迟，放早了万一被黄鼠狼叼走，破财的是自己家。孟禾苗点头答应，可第二天照样把鸡往外哄。尤菜花想这可能是惯性作用，爱做事的人动起手来，手是不听大脑指挥的。现在没鸡哄赶了，也没猪没羊需要侍弄；院子是大伙的，路也是大家的，全由小区的保洁员打扫，孟禾苗旧习难改，还是到点醒来。尤菜花不睡死觉，室内有个风吹草动就会醒，就是说孟禾苗的一举一动她是清楚的。上个月某一天，孟禾苗醒来没有急着起，而是平躺着，两手揉面似的，一会儿揉胸部，一会儿揉腹部，过一会儿又揉揉脸。鼻孔吸气，嘴巴出气，一呼一吸，清晰可闻。稀罕啊，百年一遇啊，尤菜花要看看孟禾苗搞什么名堂。时间过去五六分钟，孟禾苗停止揉动，人平躺着，十指叉起放在腹部。又过五六分钟，右臂使力，人缓缓地坐起来，穿衣，下床，穿鞋。直到这时，尤菜花还没想起孟禾苗这套动作是跟电视里学的。孟禾苗走进客厅，尤菜花悄悄起来，门拉开一道缝，眼睛对住缝隙往外瞅。孟禾苗坐在木沙发上，正在一小口一小口喝酱菜杯里的水，细喝慢咽，每喝一口，喉结就上下一动。尤菜花脑子一亮，心里说，孟禾苗做的这些，不就是电视里那个女人教的吗？尤菜花没有想到，孟禾苗学会养生了！

电视里的女人啊，你影响了孟禾苗，让孟禾苗改头换面，重新做人了！

说起喝水，早年孟禾苗是不讲究的，从田里回来，走到水缸前，见水面上浮一只水舀，抓起水舀就喝水，咕咚咕咚一阵牛饮，喝足了抹把嘴，长长出一口气，一脸舒坦。按说喝足了水，饭量是会减少的。孟禾苗不是这样，他喝再多的水也不影响吃饭，当吃几碗还是几碗，好像他有两个胃，一个胃装水，一个胃盛饭，互不干涉。岁数渐大，孟禾苗不敢喝生水了，他用杯子喝热水。杯子是酱菜瓶子，肚大口小，像大肚子女人，看着养眼，捧在手心细腻、润滑。酱菜是过年时两个儿子孝敬的，酱菜吃完了，瓶子舍不得扔，留着当茶杯。水是出门前倒好的，凉透了，回家后兑些开水，不冷不热，一仰脸一杯水就下了肚。

搬迁前，孟禾苗会备点大叶茶，茶叶店价钱最低的那种，平时舍不得喝，有人来串门才泡一杯给人家，自己也沾光喝一杯。此茶叶子张开像榆树叶，泡出的水呈黑色，味苦，尤菜花喝过，水刚入口又呸地吐掉，吐掉嘴里还是苦，半天不舒服。她不知孟禾苗怎么喝得下的。搬迁后，大叶茶换成茉莉花茶。茉莉花茶好，桌上放一杯，香味跟着热气一阵阵往鼻孔里钻，不渴也想端杯品尝。家里来客人，桌上泡几杯，满屋香气缭绕，香气跑出屋子，蜜蜂闻到，直往玻璃窗上撞。孟禾苗要是出门，不忘带上酱菜杯。杯里泡的是茉莉花茶，茶水是热的，过一会儿拧开杯盖抿一口，过一会儿再拧开杯盖抿一口，抿后拧上盖子，不让香味跑掉。尤菜花想，孟禾苗把自己当城里人了，城里人是步步不离茶杯的。

“喜洋洋”路灯多，隔几户就竖着一盏，孟禾苗睡房外就有，直对窗户，到了夜晚，睡房里不用开灯，路灯的光透过玻璃照进来，跟白天一样亮，地砖上落根针都看得清楚。房子装修时，尤菜花想得不周全，窗帘挑的是浅色布，搬家后发现浅色布不挡光，从外往里看跟放电影似的，室内的东西一件不少，明睁眼露，件件看得清楚，人睡在床上跟睡在露天一样。现在上了岁数，床上的事淡了，要是年轻那会儿睡在这里，那就羞死人了。尤菜花咬咬牙想把窗帘换掉，到窗帘店一打听，就不再纠结了。尤菜花的本意是以窗帘换窗帘，我不欠你你不亏我，最多付个差价钱。窗帘店老板死活不点头，说要换就换新的。换新的得另算钱，拆下的窗帘怎么办？尤菜花不想花二茬钱，转身出了门。古话说十事九不全。这话的意思是世上事没有十全十美的，多少都会留下点遗憾。尤菜花想，古人遇事都不钻牛角尖，今天她要学古人，遇事换个角度看，退一步海阔天空。尤菜花一路走一路琢磨，到家再看窗帘，颜色似乎深了一些；走出房间，从外往里看，床上朦朦胧胧的，也不像往日那么透光了。

孟禾苗不操这个心，屋里琐事他从不过问。男主外，女主内，像一个单位的董事长与总经理，角色不同，各有分工——主外，管的是四季农活和人情往来；主内，问的是针头线脑和柴米油盐。这跟公鸡负责打鸣，母鸡负责生蛋差不多是一个道理。结婚这么多年，孟禾苗不僭越，尤菜花也不越线。

自打搬进“喜洋洋”，情况出现重大变化。变化不在尤菜花，而是孟禾苗。孟家湾集体搬迁，土地一部分被征集，变成现款存进银行，剩下的一部分被流转，被种粮大户承包去，每年按亩付租金。说直白点，孟禾苗家的土地不再要他起早贪黑地耕种了。不种地人也就闲下来，孟禾苗每天捧个酱菜杯，走东家串西家，打牌娱乐，喝茶聊天，逍遥自在，日子过得比城里人还舒坦（城里人要上班，而他不用）。孟禾苗一天里最开心的事就是打牌，他想不出世界上还有没有比打牌更好玩的游戏。两副扑克牌，108张，每次抓到手都不一样，千变万化神出鬼没，如何组合就看打牌人的水平了，规则是先出完为头游，落在最后是输家。好玩的事容易上瘾，与孟禾苗玩的几个人跟种田时一样，到点出门，吃饭时回家。刚开始，几个人不讲究，路边、树荫里放张桌子就打，有座就坐，没座蹲着。后来打牌的人多了，看二层的人也不少，小区里的孟老二看出商机，腾出一间屋子，开起棋牌室。棋牌室里有茶水，冷了热了开空调。烧开水用煤气，用气要花钱；空调耗电，用电要付费。几个打牌人不想讨孟老二便宜，打牌结束每人掏皮夹，丢下几元钱。这是抬石头，花钱买乐子。时间长了又有新规矩：赢方付钱。赢方赢的是牌，不是钱，于是就赌。是小赌，几块钱输赢。此次搬迁，家家都得了一笔钱，掏点小钱那是九牛一毛，不伤筋动骨。打牌有输有赢，几天下来算细账，赢也没赢多少，输也没输多少，就是说没花多少钱，给自己带来的快乐却不少。孟禾苗脸上笑笑的，每天都像中了彩。尤菜花看孟禾苗快乐，自己也快乐。一天晚上，尤菜花对孟禾苗说，我们这就是小康生活啊。孟禾苗回想这一天在牌场上的快乐，点头说，谁说不是呢？这是托搬迁的福啊！

孟禾苗有两个儿子，前几年都娶了媳妇，分灶出去，过自己的小日子。没搬迁时，隔三岔五的，爷儿仨能在田头见上，说几句温暖话；搬进“喜洋洋”，楼与楼离得近，反倒见不着了。眼下没田耕种了，不知儿子们忙的什么。端午节这天，两个儿子带上家口来家团聚。团聚是要喝酒的。酒是催化剂，几杯酒下肚，大儿子开腔了，说眼下的生活赛过神仙。小儿子接话说，放在过去，那是想也不敢想的。两个儿子脑子活络，听说孟家湾要搬迁，找了“一夜成”速建队，从储蓄所提出几万块钱，扔砖头似的丢给人家。速建队拿到钱，隔天晚上过来。真的是“一夜成”，一群人晚饭后动手，小工搬砖运沙，瓦工拿刀砌墙，水电工布管放线，木工装门上窗户，一群人像受过训练的特种兵，各有分工，有条不紊，不到天亮，两排违建房就矗立在院心里。一大早孟禾苗跑去看，眼睛睁得像铃铛，胸口扑通扑通一阵狂跳，惊得说不出一句囫囵话。转脸回家，和尤菜花说，乖乖，“一夜成”速建队真他妈厉害。想想又说，小子们的钱怕是扔水里去了。尤菜花听说后，脸都吓白了，自言自语说，这可怎么好？孩子的钱都是汗珠子换来的，不是天上掉下的，可不能打水漂。她想到镇村两级干部说的话，谁家搞违建，非但得不到补偿，还要遭重罚。孩子们顶风行事，怕没好果子吃。万万没想到，丈量房屋面积时，拆迁办的人睁只眼闭只眼，不问青红皂白，把违建房和堂屋、厨房一道量了。孟禾苗对尤菜花说，量也是假量，做做样子，不会算面积的。又一个万万没想到，分房时，违建房的面积还是算上了。拿房时，以面积换面积，一般人家拿两套，两个儿子各拿三套，一套自己住，两套空着。儿子们的鬼点子孟禾苗知道，他们使了手段，用钱让拆迁办那几个人失了原则。时过境迁，孟家湾的人，包括孟禾苗尤菜花在内，没一个不后悔的。速建队的小广告牛皮癣似的，墙面、报箱、牛奶箱、水泥杆上随处可见，一个电话即可招来，当初要是跟儿子学，搬迁时就也有三套房子了。

药店里没有后悔药，要是有，孟家湾的人都会买。

罢罢罢，不想窝心事了。喝酒时要想高兴事，高兴了喝得才痛快，酒量也大。爷儿仨说着今天的生活，你敬我一杯，我回你一盅，不多会儿一瓶酒就见了底。小儿子要拿酒，尤菜花伸手挡住，说要喝你哥俩儿喝，你爸岁数大，再喝就高了。孟禾苗还想喝，对尤菜花说，今儿高兴，多喝几盅没问题。新瓶打开，孟禾苗问俩儿子，住到“喜洋洋”，都干了些啥。大儿子说，啥也没干，整天逍遥，一天一顿小酒，过神仙日子。小儿子说，我也过神仙日子，白天打牌，晚上泡澡。俩儿子说后问，爸你呢？孟禾苗满脸发热，他抬手在脸上搓几下，咧开嘴巴笑一笑。听两个儿子说神仙，尤菜花兜头泼来一盆冷水。她说，神仙还得神仙做，凡人不能做神仙。我问你们，你们是神仙吗？两个儿子放下酒杯，齐齐看着尤菜花。尤菜花也看他们，说，坐吃山空，不要几年，银行里那点钱就拉进茅坑、进了澡堂，到那时看你们还做神仙！

孟家湾紧挨小牛山，从高处俯瞰，小牛山像一道绿色屏障，护佑着孟家湾，为孟家湾人遮风挡尘。

小牛山是土山，少石，不高，海拔不足五十米，山上野草茂盛，树木葳蕤，鸟语花香，四季葱茏，是个天然氧吧，孟家湾人常年吸着草木散发出的新鲜空气。山上有条通往山外的路，路面平坦光滑，是孟家湾人走出来的，想出山抬脚就走，方便得很。但在外人眼中，小牛山再低也是山。此话隐含的意思是：孟家湾是山里，孟家湾人是山里人。

山里封闭，山里人见识少，这是山外人对山里人的固有看法。孟家湾人对此持反对意见，他们认为山里并不封闭，山外山里一个样，山外消息山里人同样知道，原因是小牛山海拔低，不挡消息。是山就有阻隔，这又是不争的事实。山里固有的古朴民风因山存在，并不因山低而被山外兼容同化——孟家湾人敬老爱幼，恪守妇道，成人不赌博，孩子不偷盗，靠力吃饭，用手挣钱，人心向善，世代如此。一个懂风水的房产商看中孟家湾这块风水宝地。别人眼里，小牛山形同一头憩息倒嚼的牛（小牛山因此得名），房产商看小牛山就是一只簸箕。簸箕坐北面南，护佑着孟家湾，让孟家湾人有倚有靠。簸箕形地貌，吉祥之所，财源之地。房产商认准这里，地方政府招商心切，二者一拍即合，于是这才有孟家湾人的集体搬迁。

搬迁是连根拔起，孟家湾人虽有不舍，但最终还是听从政府安排。

听从，也是民风。

刚到“喜洋洋”，孟禾苗和两个儿子都不习惯，过去一直和土地打交道，每天有做不完的事，突然闲下，整日无所事事，人像悬空一般，没着没落的。孟禾苗用走来打发时间，老驴推磨似的在屋子里转圈圈；两个儿子也是进进出出，出出进进，几次翻过小牛山，眼前的孟家湾已成废墟，机器在轰鸣，工人在忙碌。一堵墙被推土机推到了，尘土和纸屑像叫天子冲向天空，久久不肯落下。兄弟俩走进废墟，几经辨认才找到老宅。老宅是兄弟俩成长的摇篮，摇篮里有他们成长的印记，玩耍的身影，也藏有不可泄露的小秘密。搬迁后的孟家湾改名为新天地。新天地几天一变化——楼长出地面了，长到半腰了，很快又封顶了。几十栋小高层背倚小牛山，雨后春笋般地矗立着。兄弟俩一次从新天地往回返，在小牛山顶邂逅父亲。孟禾苗也常来新天地，来是下意识的，是双脚把他带到这里。

适应新环境需要时间。绳锯木断，水滴石穿，时间能改变一切。

搬迁后，尤菜花没来过孟家湾，没来不是不想来，而是脱不开身——她被从孟家湾带来的鸡鸽狗猫绊住了脚。尤菜花恋旧，搬迁时啥都舍不得扔，烧大灶的火叉也想带上，孟禾苗问她带有何用，她一想到“喜洋洋”不烧大灶了，烧煤气，才轻轻放下。几只鸡脸红红的，整天嘎嘎叫，说明蛋已到屁门，不几天就会生。要生蛋的鸡不能杀，也不能卖，带到“喜洋洋”，生蛋自家吃；几对鸽子也讨喜，虽不是信鸽，但是认家，带到几里外放飞，弯都不打，径直飞回窝里，这样的好鸽卖了可惜；小花狗也可人，不到一岁，正是缠人的年龄，尤菜花出门它跟着，像个保镖寸步不离，这样的好狗卖给狗贩子，那是草菅狗命；还有小猫，别人家的猫吃刁食，不是店里买来的猫食不上嘴。尤菜花养的猫，跟人的口味差不多，人吃啥它吃啥，吃饭了从碗里拨点给它，它就吃个肚儿圆。家禽动物带到新居，小区里不给养，只好与人共处。鸡生蛋了向主人报喜，咯咯蛋咯咯蛋地叫个不停；鸽子调情，公鸽讨好母鸽，也咕咕咕咕地叫；狗被关在笼子里，憋闷久了想出来，合理要求得不到满足，用叫来表示不满；小猫天性喜欢结伴玩耍，单处有寂寞感，于是呼叫，想用叫声唤来玩伴。叫！叫！叫！把个家搞得像动物园。邻居们嫌吵，也嫌屎臭尿臊，碍于情面，当面不好说，反映到物管处。恰逢禽流感，尤菜花也怕被传染，物管处的人上门一说，她就积极配合。不养家禽动物，尤菜花也是无事一身轻，白天把时间交给电视，晚上去广场，和一群老娘们儿、小媳妇跳广场舞，倒也乐在其中。

孟禾苗的快乐日子是被追债人叫停的。

自看过一档养生节目，每到那个时辰，孟禾苗就叫尤菜花把电视调到那个台。尤菜花打趣说，漂亮女人是狐狸精，专勾男人的魂。孟禾苗用其矛戳其盾，说远水不解近渴，她想勾我勾不着，我想勾她也勾不着，鞭长莫及哦。尤菜花问，既然勾不着，那你看啥，望梅止渴呀？孟禾苗说，看节目。

看养生节目，孟禾苗有茅塞顿开醍醐灌顶之感，过去不知的事现在知道了，过去不懂的现在懂了。早晨醒来要慢起，现在做到了；起身后喝杯温开水补充体内水分，现在也做到了。冬天喝红茶，暖胃；夏天喝绿茶，好处多，电视里的人把好处列了十多条，条分缕析，道理讲得一清二楚，由不得你不信，照着做就得花钱。钱是为人服务的，不服务就是纸。人是钱的主人，而不是奴隶。明白钱与人的关系，孟禾苗就去银行提钱，走进茶叶店，提来的几百元眨眼花去大半，余下的留作牌资。打牌让孟禾苗找到生活的乐趣，日子过得滋润、实在、舒心。孟禾苗动员尤菜花，要她也约几个邻居到棋牌室打牌，花小钱买快乐。身子骨要动，不能久坐，电视看多了易得“电视病”。尤菜花我行我素，说人各有一好，电视是她最爱。孟禾苗说，我的话是听电视里的人说的，你不听劝，哪天得了“电视病”，后悔都来不及。尤菜花眼不离电视，说放心吧，我不会得“电视病”的。说后大幅度地扭一扭头，动一动腰，意思要他少操心，她的身子骨好着呢。

这话说过没几天，是午饭后，孟禾苗推开碗，从牙签盒里拿根牙签，刚要剔牙，门被咚咚咚敲响了。孟禾苗当是牌友。这个牌友和他一个单元，住楼上，他出门早就会来敲门，叫上孟禾苗一道走。两个人投脾气，说话对路子，一个眼神就知对方想什么，打牌做对家，总体是赢多输少。孟禾苗高高兴兴地去开门，开门一看，是一高一矮两个陌生男子。两个人都戴深色墨镜，有点像黑社会老大。孟禾苗后退一步，问他们找谁？高个子说，找你！说着走进客厅，大大咧咧地坐到木沙发上，矮个子也坐下。孟禾苗叫尤菜花倒茶。两杯茉莉花茶放到二人面前。孟禾苗试探着说，我们好像没见过。高个子抖着腿说，是没见过！矮个子将墨镜往上推一下，脸上的胖肉抖了抖，声音不高，语气很冲。他说，今天见了，往后见的就多了！听他们口气有点来者不善，好像孟禾苗欠债不还似的。孟禾苗有底气，他一不偷二不抢三不赌（打牌是小赌，可忽略不计）四不骗，谁来敲门都不怕。尤菜花心里直打鼓，她吃不准孟禾苗是不是捅了娄子。按说不会的，孟禾苗守规矩、顾家，不拈花惹草，每天除了打打小牌，喝喝茉莉花茶，也没别的嗜好。可要说没事，人家也不会无缘无故地找上门。冤有头债有主，杀人偿命欠债还钱，古人就是这么说的。顺这个思路往下想，尤菜花感觉天要塌了地要陷了，头脑晕乎乎的，两条腿软得像面条，她手扶桌子赶紧坐下。这时高个子开口说话了，他说孟江孟河是你儿子吧？孟禾苗点头说，是我两个儿子。矮个子想插话被高个子制止。高个子说，明人不做暗事，我说话痛快，做事也痛快。说着递过一张名片。孟禾苗接过一看，是追债公司的，此人姓余。孟禾苗一头雾水，问，你的公司跟我有关系吗？高个子说，跟你没关系，跟你儿子有关系！矮个子逮住说话机会，说孟江孟河赌钱输了房子，他俩非但不交钥匙，还脚底抹油躲起来，他俩是躲过初一，难逃十五！孟禾苗尤菜花听是这样，惊得站起来。尤菜花问，你们不会搞错吧？同姓同名的人不是没有。高个子从口袋里掏出两张欠条，扑在桌子上，说，以据为证，白纸黑字假不了，干我们这行的以凭据说话。孟禾苗和尤菜花头挨头凑上前看，不假，确是孟江孟河的字，尤菜花一屁股跌坐下来，带着哭腔说，老天爷呀，这可如何是好哟……

高个子收起纸条，说出交钥匙的时间，说后和矮个子刮风似的走了。

从这天下午开始，孟禾苗和扑克牌告别了，告别扑克牌也就意味着告别快乐；尤菜花也无心看电视，把电视机用布罩罩上，跟孟禾苗出门找儿子。两个儿子没在自己家，打手机，关了，看来真的是躲了。躲得了吗？跑得了和尚跑不了庙，你们的家在这里，你们的爹娘老子也在这里，追债人比狗灵光，人家找不到你们，直接到你们的爹娘老子家里来，顺藤摸瓜，守株待兔，就算你们是风筝，飞得再高再远，线头还拴在这里，你们是插翅难逃了。孟禾苗和尤菜花商量，不能坐以待毙，两个儿子就是钻进地缝也要把他们抠出来。看得出，两个追债人不是善人，是善人也不会干这行。看字迹，儿子们赌钱输了房子不会假，孟禾苗尤菜花急于要弄清的是儿子们是和谁一起赌，房子输给了谁？赢家为何不出面，而要委托追债公司？内中必有蹊跷。追债人给出交钥匙的时间，就是说，从现在起，时间已进入倒计时，到时追债人就会过来，钥匙交到人家手上，房子就改名换姓，不再是儿子们的了。越想越揪心，十万火急，如坐针毡，孟禾苗不敢磨蹭，和尤菜花分头出去，挨门逐户，梳篦式寻找。“喜洋洋”里住有数百户人家，孟禾苗每天的时间都花在牌桌上，没多观察小区里的变化，一栋楼走下来，身上的汗不停往外冒。汗不是爬楼累出的，是受惊吓流淌出来的。汗是冷汗。爬到一栋二单元605室，孟禾苗举起手，弓起的指头还没落下，就是说还没敲，门自动打开了。是半开，一阵香风扑出门来，一个袒胸露肩的小姐笑嘻嘻地出现在半开门里，手软软地拉住孟禾苗，娇滴滴地说，大哥，你怎么才来呀，小妹等你半天了。别磨蹭，快进来吧，小妹这就给你按摩，让你舒服得像神仙。孟禾苗丈二和尚摸不着头脑，说按什么摩？我来是找我儿子的。我问你，你是哪家闺女？你父亲是谁？小姐一听不是她要等的人，骂一句二百五，用力一搡，门嘭地关上。孟禾苗愣了一下，转身下楼，走到五楼，头脑电光石火般的一闪——门虽然被小姐堵着，他没看见屋内陈设，但是可以断定，这个小姐是搞色情服务的。孟禾苗曾听打牌人说，城里有色情服务，洗浴中心最多，按摩女多是做这个的。“喜洋洋”不是城里，想不到也有了！孟江孟河知道605吗？知道了他们会不会来？这么一想，孟禾苗浑身冒冷汗。冒冷汗也不能打退堂鼓，门还得一户一户往下敲，直到找到儿子为止。三栋五层有一户，孟禾苗发现表面和孟老二家一样，是棋牌室，内里放的却不是普通牌桌，而是自动麻将桌。起先这户人不肯开门，打开“猫眼”，眼睛对着“猫眼”瞄，看孟禾苗不像公安派来的，才把门开了一道缝，人堵在缝里说话。孟禾苗踮起脚，从缝里往里瞄，没见儿子，他发现麻将桌上几个人表情严肃，面呈土色，不像他们打扑克那么轻松；几个人面前都放着一叠百元大钞，看出来是大赌，输赢不小。这一户开的是赌场，孟江孟河常来这里吗？孟禾苗没有问，他想问了人家也不会说。罢罢，下楼吧。一天跑下来，孟禾苗对“喜洋洋”有了大致了解。总体说，赌场、按摩室开在高层，高层隐蔽，公安不易发现；日杂店、缝纫店、小饭店、洗浴中心开在底层。底层醒目，进出方便，便于揽客。孟禾苗没进洗浴中心找人，他不知里面有没有按摩小姐。细分析，可能有。孟禾苗想起端午节那天，小儿子酒后吐真言，说他每晚都要泡澡。试想，如果没有按摩小姐，他会一晚一把澡吗？泡澡是要花钱的，找按摩小姐也是要花钱的。搬迁时政府给的土地款有小几十万。小几十万，大数字，仿佛一个草垛，日日扯一把，草垛一日一日瘦下去，终有消失的那一天。用钱也是这样，金山银山也禁不住天天开采。

孟禾苗后来知道，孟江孟河走上歧路是受孟嘴嘴引诱，一步步陷入泥淖而不能自拔的。孟江孟河的房子输给了孟嘴嘴，乡里乡亲，肉脸对肉脸，孟嘴嘴不好意思上门要钥匙，委托追债公司。那天初见追债人，孟禾苗就感觉内中有蹊跷，现在知道，生米已成熟饭，板上钉钉子，晚了。

孟嘴嘴，孟家湾人，天生一张巧嘴，能说会道，死的能说成活的，有地不种，靠一张嘴养家，村里人为他起绰号，叫他孟嘴嘴。孟嘴嘴早年说书，收场子费，日子过得挺滋润。电视面世，听众日渐减少，孟嘴嘴掉转船头，做推销员。同样产品，卖多卖少，全凭一张嘴。孟嘴嘴本就会说，又做过说书艺人，如虎添翼，推销业务做得风生水起。孟嘴嘴发了财，在老宅子上建四合院。四合院，古式建筑，别具一格，孟家湾人无不跷指称赞。孟嘴嘴这山看得那山高，推销业务如日中天，老板打算委以重任，提他当业务经理，要他带出一支销售团队来，他却收手转行，干起传销。有人说他传销发了财，赚得盆满钵溢；有人说他被人坑，小二姐倒贴，把过去赚来的钱赔了进去。众说不一时，孟嘴嘴回到孟家湾。恰巧那几天电视里播放传销方面的事情，还有画面，看后知道传销是违法的，国家正在严厉打击。孟家湾人明白，孟嘴嘴回来是避风头。这时孟家湾集体搬迁，孟嘴嘴用他三寸不烂之舌，为自家争取到四套房子。四套房产，孟家湾找不出第二家。搬进“喜洋洋”，孟嘴嘴装修一套房自己住，另三套搞经营，605 是他的，赌场也是他的，还有一套房在底层，他把相邻的一家租下，开洗浴中心。孟嘴嘴不打算出去了，就在家当老板。入住“喜洋洋”，孟嘴嘴发现这里是座金矿，有他挖不完的金，挣不完的钱——这里的人不全是孟家湾搬迁来的，也有曹家湾、喻家湾的人。住在这里的人，家家都得到一笔土地补偿金，这笔钱不是出力流汗挣来的，而是馅饼从天而降。孟嘴嘴走南闯北，他知道，大凡一夜暴富者头脑都易发昏。钱来得容易，花起来就会大手大脚，不计后果，比真正的有钱人还要奢侈。孟嘴嘴像个狩猎者，他的首选目标就是孟江孟河。接近他俩的办法是酒。男人爱酒。酒是一团火，几杯下肚浑身通透，热血沸腾，话匣子就会自动打开，天南地北地瞎胡扯。主要是孟嘴嘴说，说他如何赚钱，赚到钱又如何消费。光阴易逝，人生苦短，可不能亏待自己，要学会享乐，吃进肚里、喝进肚里是自己的，看过摸过玩过是自己的。说到这里孟嘴嘴有意停下，像他早年说书，每到关键处就“且听下回分解”。这叫系包袱，男听众越是摩拳擦掌，女听众越是面红耳赤，他就越是开心。孟嘴嘴要的就是这效果。在孟嘴嘴眼里，听众是堆干柴，何时扔进火柴，让干柴燃起，要看时机。时机要拿捏得恰到好处，不成熟不行，熟过了也不行，恰逢其时，他才慢条斯理地抖开包袱，“干柴”嘭的一声燃起，大火冲天，势不可挡。今天也是这样，孟嘴嘴见孟江孟河伸长脖子，把耳朵往他嘴上凑，到“看过摸过玩过”处突然停下，说就此打住，喝酒喝酒。这怎么行呢，孟江端起酒杯，说，哥你往下说，我喝！孟河也喝下一杯。孟嘴嘴看兄弟俩已被他牵住鼻子，有意看看左右，压低声音说，有钱了就要尽情享受，钱是为人服务的，会用才会挣。孟河问，如何享受？孟嘴嘴说，我在澳门豪赌过，一掷千金，钱流水一样出去，又流水一样进来；我在大城市的洗浴中心，泡过澡找小姐松筋骨，哎呀，那感觉，爽歪歪，神仙也比不上！说过这话，孟嘴嘴兀自喝下杯中酒，夸张地咂一咂嘴。见孟江孟河伸长脖子看他，他把酒杯重重地放到桌上，卖弄地说，叫我现在见阎王，我眼睛不会眨一下，更不会退缩。为什么？因为我活成了真男人，这辈子值了！在孟家湾，孟江孟河算是聪明人，兄弟俩靠小聪明，比别人多得一套房。今天看，一套房算个屁，真是人比人死，货比货扔。什么叫鼠目寸光？什么叫井底之蛙？兄弟俩就是啊。原来的想法是，选择适当时机，把多得的一套房子卖出去，钱存进银行，坐在家里吃利息。自打喝过孟嘴嘴的酒，孟江孟河的想法变了，他们要效仿孟嘴嘴，活成真男人，潇洒走一回。孟嘴嘴说得没错，钱是为人服务的，孟嘴嘴敢做，孟江孟河也敢做。想法是种子，种子进了土壤，正在生根发芽之际，孟嘴嘴又找他俩喝酒。在孟家湾，被人吃请的都是村干部，陪吃者也有身份。从小到大，孟江孟河从没被人吃请过，也没有陪吃过，嘴馋了去父母那里，爷儿仨喝一顿。住到"喜洋洋"，不长时间被人请了两次，请吃者都是孟嘴嘴，兄弟俩有点受宠若惊。孟江脑子快，顺口说，我们兄弟俩今天请你。孟嘴嘴大度地挥一挥手，说，喝顿酒，小菜一碟。你们真的想请，下一回。孟江看一眼孟河，说，一言为定！

这顿酒，让孟江孟河的人生发生了重大转折，二人从此告别了平静的生活……

孟禾苗和尤菜花找遍了"喜洋洋"，也没见到两个儿子，后来扩大范围，去几个亲戚家，还是没找着。孟禾苗尤菜花真的是黔驴技穷了，二人正一筹莫展时，儿子们自己回来了。人说落难的凤凰不如鸡，看孟江孟河，蓬头垢面、衣衫不整，往日的精气神荡然无存，说是叫花子也不为过。两个儿子还是端午节回的家，那天爷儿仨喝酒，两个儿子说酒话，说他们过神仙日子，可一转眼，就把日子过砸了。把责任推给孟嘴嘴，也有失公平。苍蝇不叮无缝蛋；母狗不翘尾，公狗不敢追。孟嘴嘴一没用鞭子赶，二没拿刀子逼，用酒做钓饵，兄弟俩就心急火燎、急不可耐地往他的贼船上爬。土地被征集了、流转了，住进楼房，离地高了，就忘乎所以，做事不讲分寸。想在孟家湾，孟江孟河就是有贼心也没贼胆，有贼胆也不敢付诸行动。那时候，人人看重面子，视口碑如生命。孟家湾是祖居之地，一村人知根知底，牵一发动全身，面子高于一切，脸上只能搽粉，不能抹黑，丑事如同高压线，谁也不敢碰。孟嘴嘴说书、做推销员、搞传销，去的是外地。兔子不吃窝边草，鬼不坑熟人，孟嘴嘴懂这个理。孟嘴嘴变成今天这个样子，是看孟家湾被连根拔起，移栽到“喜洋洋”。此地非彼地，今天的“喜洋洋”与往日的孟家湾已大相径庭。过去是低头不见抬头见，村头有事村尾知；现在是关门闭户过日子，知人知面难知心。

思念孟家湾，难忘耕种过的那些田地。种田苦，种田累，但到收获时，面对一畦畦低垂着头颅的稻谷，捏一捏那饱满的籽粒，闻一闻成熟的谷香，心里就有满满的喜悦，那苦也就不是苦，而是甜了。

赤橙黄绿

父亲有文化，也前瞻，第一个孩子出生后，他取名雨赤；第二个孩子出生，取名雨橙。如果说前面两个孩子的名字是父亲一时兴起，随口而起的话，那么后面两个孩子的名字就是有意为之了。赤、橙、黄、绿，四个孩子同一性别，都是丫头。四个丫头皮白肤嫩，口小眼大，全是双眼皮，一顺儿睡在床上，放眼一看如俄罗斯套娃，并排站立像一级级台阶。如果不是母亲就此打住，每逢白班，夜晚上床时悄悄吞一粒避孕药，肚子里又该有了。父亲想再生三个，名字也已起好，孩子出生就送给他们。父亲很有野心，他想拥有人间七色。母亲是布厂一线工人，上的三班倒，八小时在叫声聒耳的机器前累计行走几十里，做的是牛马活，挣的是辛苦钱，没有一天腰不酸，也没有一天脚不痛，捶腰揉脚是母亲的习惯动作。雨赤是长女，有时会帮母亲捶捶腰揉揉背，力道没有母亲大，感觉像挠痒痒，但心里很受用。每当雨赤为母亲捶腰揉背，母亲就会发出舒服的哼哼声，父亲在边上看了羡慕不已，对雨赤谎报军情，说他的腰也疼，雨赤的小手就转了方向。这个福父亲没享几次，一天上班，车间的航车像往日一样在空中嗡嗡行走，为几台车床吊运铁件。离奇的是，这天的航车出了故障，工作时一个铁件从空中脱落，铁件坠落到水泥地坪上，然后弹起，划一道弧线，再次落下，不偏不倚地落到雨赤父亲的脚下，“咚”的一声巨响，雨赤父亲的身子晃了晃，像中了枪弹，人软软地瘫坐在机器旁。众人闻声过去，想把雨赤的父亲扶起，伸出的手又缩回来。此刻雨赤父亲的脑门像长了泉眼似的汩汩出血，再一看他的额头少去一块，人们知道他是被铁件伤着了。十万火急，赶紧送医院！众人七手八脚地往外抬人，没到医院人就没气了。雨赤父亲的年龄永远定格在三十岁上。那一年，雨赤八岁，雨橙六岁，雨黄四岁，雨绿两岁。孤儿寡母，日子艰难。雨赤的父亲是工伤，当时的政策可以照顾一个子女进厂当工人，雨赤是长女，只有八岁，没法照顾。厂方担心雨赤的母亲经受不住二次打击，安慰说，这个名额给你留着，等雨赤年满十八岁就进厂。这个答复，雨赤的母亲是满意的，但是要等十年，要熬走 3650 个白天和 3650 个黑夜，时间真的很长，长得不见尽头。心急喝不了热粥，时间再长也要等，只能等。母亲年轻，曾动过改嫁的念头，遗憾的是媒婆不肯多嘴，男人也不敢拉她这辆重车。

雨赤八岁，与她同龄的孩子已上二年级。雨赤想上学，母亲对她讲道理，说上学是认字算账，认字算账为的是进厂当工人。你父亲的工厂已答应收你，这是木板上钉钉子，工作是跑不了的，你猴急什么？母亲这么说，雨赤就不再提上学的事，整天在家带妹妹。三个妹妹，缠人的是雨绿，她才两岁，寸步不能离，帮她穿衣，喂她吃饭；脚下走不稳，要时时提醒。雨橙雨黄可以自理，但不能离开视线，心里的弦紧紧绷着，稍不留神就闯祸。那天可能是嘴馋想吃东西，也可能是出于好奇，两个人溜进厨房，雨赤找到她俩时，发现雨黄拿着锅盖，雨橙用火剪在锅里倒腾，嘴里说下汤圆下汤圆。雨赤伸头一看，一锅黑水，问了才知雨橙把煤球当汤圆。雨赤又好气又好笑，丢下雨绿开始收拾。事后回想，幸好是热水，若是开水，烫伤事就大了；若把锅搅翻，后果更是不堪设想。雨赤越想越怕，虎起脸凶她俩，说错误只能犯一次，类似的事情再发生，她就用火剪打屁股，打手掌。见雨赤说狠话，雨橙哭着说，再也不敢了。雨黄看雨橙哭，也撇嘴哭起来，一边哭一边说，我没干，是姐姐干的。

带孩子身子累，心也累，不比母亲上班轻松。雨赤才八岁，一天下来腰也疼了，她学母亲反手捶腰。母亲见了问，捶腰干什么，学我吗？雨赤说，腰疼。母亲说，小孩子没有腰，哪来的腰疼？雨赤不知道怎么回答，但确确实实，她腰疼。其实雨赤是有话想说的，她在权衡是说好还是不说好之后，选择了不说。雨赤想她要是说了，母亲上班一定分心。分心了做事就会出差错，甚至出事故。父亲殁了，据母亲说，是那个航车师傅分心出的问题，虽说厂里没有追究那个师傅的责任，但是被口头批评了，工资也降了一级。母亲说批评有屁用，降级有屁用，人死不能复生。雨赤为了不让母亲出差错、出事故，所以选择不说。其实说了也于事无补，母亲也不会放下工作来帮她。不工作一家人吃什么，总不能喝西北风吧？

有话不说，憋在心里难受，那就回想一下吧。

不知怎么的，雨绿这几天屁屁出了问题，前几天拉稀，拉时来不及褪裤子，屁眼像失控的水龙头，拉的都是水，几条裤子全脏了。脏裤子不能穿，雨赤就拿到水龙头下冲洗，洗干净放在炉子上烤。拉了一整天，第二天停止，不治而愈，往后两天没解屉屉。雨赤想不解好，省得闻臭味。不想麻烦事正等着她。人吃饭是进，只进不出人会被撑死。果不其然，雨绿说肚子疼。雨赤伸手一摸，雨绿的肚子圆溜溜的，胀得像小鼓，一弹嘣嘣响。这是便秘，得想办法。雨赤的办法就是使劲解，把屉屉屙出来。雨绿先是蹲，小腿蹲麻了屉屉也没出来。雨赤抱起她，教她用力。雨绿哭着说屁股疼。雨赤看她屁股，屁股挣出血，屉屉探头探脑的就是不肯出来。雨赤有力使不上，只能干着急。雨绿屁股上的血滴到地上，转眼被地面吃进去。雨绿在哭，血在滴，雨赤不能袖手旁观，她要把该死的屉屉弄出来。雨赤想起有一年夏天，父亲带她去公园捉知了狗。知了狗出洞了好捉，躲在洞里，只有用树枝把洞口挖大，才能捉到。受此启发，雨赤想用树枝挖屉屉。等找来树枝，又怕伤着雨绿，于是改用手指，雨赤用自己的手愣是把屉屉抠了出来。屉屉出来了，雨绿浑身轻松，肚子也不疼了，脸上的泪还没干就咧着小嘴笑。雨赤把雨绿放下来，到水龙头上洗手。雨赤想，雨绿拉也拉了，便秘也解决了，下面该不会有事了吧。

在家带妹妹，雨赤最怕母亲上夜班。母亲上早班、上二班，走前把饭做好焐在锅里，吃时雨赤一人一碗地盛给她们，冷热刚好，不担心烫伤。母亲上夜班，雨赤要担起母亲的责任，照料好三个妹妹。母亲走前加重语气说，不能着凉。“不能着凉”，说起来容易，做起来难。雨橙雨黄雨绿睡着了，雨赤轻手轻脚地下床关灯，回到床上却不敢睡，困急了也只能闭一闭眼，耳朵竖着，头脑醒着，谁滚出被外要及时抱回，哪个蹬掉被子要及时盖上，万万不能大意。

夜真长啊，夜真黑啊，夜真静啊……雨赤一个哈欠接一个哈欠，眼皮有千斤重，但她就是不能睡……

雨橙到上学年龄，母亲为她报了名；雨黄到上学年龄，母亲也为她报了名，上的都是人民小学。雨赤心里有气，气母亲偏心，就因为她工作有着落，才把她留在家里，为她分担家事。不上学就不识字，不识字就是文盲，就是睁眼瞎，是终生弥补不了的缺憾。雨赤担心，父亲的工厂要是变卦，以她是文盲为借口，而拒绝她进厂，到那时后悔都来不及。雨赤想找机会把自己的想法跟母亲说，遗憾的是一直没找到。母亲的身体每况愈下，眼下不仅仅是腰疼脚疼，好像浑身没一处不疼，阴雨天更厉害，下班回来不吃饭，直接上床睡觉。脾气也愈来愈大，常发无名火，讲话像吼，弄得四姐妹无所适从。每当母亲发无名火，四姐妹就像走钢丝，走路提着脚，做事轻拿轻放。一天起夜，雨赤无意中听到母亲在抽泣。抽泣声是压抑的，嘴巴被手或是被子捂着，声音闷在嗓子里，不能痛痛快快地释放出来。雨赤也这样哭过，那是她遭到母亲无辜打骂，心里憋屈，想放声大哭，顾忌母亲在家，怕哭了遭到新一轮打骂，强忍着，把大哭变成抽泣。抽泣是一件窝憋事，哭过了心里像堵一团棉絮，呼吸不畅快。母亲有憋屈吗？她的憋屈因何而起？是工资少了还是被同事欺负了？一个个问号像洗衣盆里的肥皂泡在雨赤的脑子里浮起。雨赤蹑手蹑脚地回到床上，久久不能入睡。夜里静，耳朵比猫耳朵还尖，母亲那边有个风吹草动她都听到。母亲把手或是被子拿开，用手帕擦泪水，擦过泪水又擦鼻涕。泪水是擦不完的，擦完旧泪新泪又出来。母亲清一下嗓子，把手帕捂在嘴上，头蒙进被子，往下雨赤就听不到了。天光从窗外爬进来，在地上爬，在床上爬，最后往角角落落里爬，爬完了天就亮了。母亲起床，雨赤也起床，她偷眼看，母亲的眼睛里布满血丝，眼皮红肿，嗓子沙哑，像感冒。母亲上早班，雨赤做好饭，她一口没吃就走了。雨橙雨黄雨绿还在睡，雨赤看闹钟，到每天起床的时间，就把她俩叫醒，吃过饭两个人一道上学去。雨绿醒了。雨绿五岁，很多事都会做，雨赤也不像前几年那么累。

这天无风，太阳特别好，阳光清澈透明，照在身上有丝线缠绕之感。这样的好天气应该晒被子。雨赤先把母亲的被子晾到外面，整理床单时，又将枕头枕巾拿出去。雨赤发现枕下的手帕，拿起看是湿的，拧一下往下滴水。水是泪，母亲夜里流的。雨赤的脚像生了根，在床边久久没动。看来母亲遇到大事了，要不也不会流这么多的泪。雨赤把手帕放到鼻下，用舌头舔一下，苦，跟药水一样。

又过两年，雨绿到了入学的年龄。母亲对雨赤说，你也上学去。雨赤说，我不上，过龄了。母亲说，报过名了，学校没说你过龄。雨赤说，报过也不上。母亲问，为什么？雨赤说，我怕人家笑话。母亲生气了，板脸说，照你这么说，我们还不过日子了？

母亲这样说，雨赤就不能不上了。学校看雨赤年龄大，跳一级，上二年级，开始跟不上班，一学期下来，成绩上去了。老师让雨赤做班长，她管纪律，管学习，顺手把班级的卫生也做了。值日的同学没事做，同学的家长知道这事，对雨赤挺感激，顺口说，哪天把她请到家里玩。家长的话孩子们当大事办，那些天雨赤受到多名同学邀请。雨赤没有串门习惯，但是副班长邀请，抹不过情面。那天放学，恰巧没有作业，雨赤去了副班长家。副班长的父母没有下班，雨赤还是能感觉出副班长的家与自己的家不一样。进门有一双大号皮鞋，不用说是副班长的父亲的；客厅的气味很好闻，这气味雨赤从没闻过，她四处打量，发现茶几上有一只烟灰缸，烟缸里有几根烟头，不用说也是副班长的父亲留下的；看窗外，晾衣绳上挂着几件大号的深色衣裳，不用说还是副班长的父亲的；去副班长卧室，路过一个房间，看到床头并排放着两个枕头，其中一个肯定是副班长的父亲的……副班长领着雨赤一处处参观，雨赤不想再看，也不想待下去，扯个谎就回家了。自去了副班长的家，往后任谁邀请雨赤再没答应过。

雨赤读五年级时，被学校处分了。处分下来那天，雨赤拿起书包走出教室，从此不再上学。母亲叫她去，雨赤第一次没听话，她对母亲说，上到五年级，能写会算，够用了。

事情是这样的。

那天课外活动，雨赤在操场上和副班长玩，忽然听到雨绿的哭声。说来奇怪，操场上几个年级的学生在活动，嘈杂声胜过集市，雨赤偏能听到雨绿的哭声。她循声而去，果然是雨绿。雨绿脸上挂着泪，再一看嘴角有血迹。问是怎么回事。雨绿说和一个男生迎面相撞。雨赤问男生是无意还是故意。雨绿摇头说不知道。雨赤让雨绿指认，她要看看这个人是谁。正巧那个男生迎面跑来，雨绿说就是他。雨赤及时伸脚，男生摔个狗吃屎，爬起身，两颗门牙没有了。

时间像乌龟，步履缓慢，不急不躁，磨磨蹭蹭地往前爬行。离校这几年，雨赤每年买一本日历，倒着数日子，十八岁这一天终于到来了！生日第二天，雨赤跟母亲去父亲的工厂。厂长已不是原来那个厂长，但是弄清来龙去脉后，叫来人事科长，特事特办，没几天雨赤就成了一名国营厂的工人。这是天大的喜事。雨赤的印象里，父亲走后，母亲就没有笑过，她的笑仿佛跟随父亲一道去了天堂。雨赤担心过，她怕母亲长久不笑，面部的笑神经萎缩、坏死，今后想笑也笑不起来。那天去父亲的工厂，在传达室登记进厂事由时，母亲的脸是冷着的，好像人家欠她钱不还似的；到厂长室，脸还是冷着，一番交谈后，见厂长叫来人事科长，母亲看到希望，笑容像从天外飞来，一下子降落到母亲的脸上。雨赤惊得张开嘴巴，眼睛也不会眨巴了，仿佛久雨不晴，家里家外阴暗潮湿，人萎靡不振得提不起精神，雨戛然停止，云层裂开一道缝，太阳从缝隙中露出脸来，阳光瀑布似的直射而下，让人不敢相信是真的。雨赤知道自己失态了，赶紧调整面部表情，让自己也笑起来。

雨赤被分进二车间，学车床技术，带她的师傅是个女的，与母亲一般大。师傅还记得雨赤的父亲，她说父亲为人和善，工作积极，是个好人。听师傅这么说，雨赤心里暖暖的，也酸酸的。

师傅把雨赤当闺女看，不顺眼就说。严师出高徒，雨赤进步很快，不几天就上机床，师傅在旁边手把手地教她。

上班时间过得快，转眼满一个月。这天领工资，虽说只有十八元，雨赤感觉不少了。她把钱用手帕包好，装到内衣口袋里。可能是身上有钱，也可能是从没见过这么多钱，雨赤做事老是分心，师傅不时提醒才没出差错。终于到下班时间。回到家，见到母亲，雨赤说发工资了，然后把钱完完整整地交给母亲。雨赤看到，母亲又笑了一下。母亲打开手帕，把钱数一遍，又数一遍，从中拿出五元给雨赤，说这是你一个月的零花钱。雨赤说多了。母亲说你工作了，不再是小孩子，当花钱花钱；车间里有婚丧嫁娶的，当出份子出份子，不能小气。雨赤点点头，表示知道了。但是真到用钱，要把这五元钱花在自己身上，雨赤有点舍不得。眼看要到月底，五元钱还在手帕里躺着。雨赤想起母亲说的，当花钱花钱，于是就想把五元钱花出去。钱用了还会有，过几天又要发工资，母亲会再给她五元钱的。有工作真好，厂里给她发工资，母亲给她零花钱，月月如此，年年日此，雨赤感觉自己是个有钱人了。这天上的早班，下班时太阳还高高地挂在天上。走出厂门，雨赤没有回家，而是绕道去了百货公司。百货公司的东西有一百种吗？雨赤放眼一看，物品琳琅满目，柜台内、货架上摆得满满当当。雨赤估算一下，应该有，否则也不会叫百货公司的。雨赤先看一楼，又到二楼转悠一下，五元钱就有了去处。她给母亲买一双软底鞋，母亲穿上脚肯定舒服一些；给雨橙雨黄雨绿各买一只书包，三个人年级不同，书包大小也不一样。雨赤想给自己买点东西，看钱剩下不多，就没有买。晚上，全家人围坐在饭桌前，雨赤把东西拿出来，如她想象的一样，全家惊喜不已。母亲先是喜，后来独自离开饭桌。雨赤跟过去，看母亲肩膀一耸一耸的，她走近一点。母亲知道是她，说没事的，妈这是高兴。从第二个月起，雨赤把每个月的零花钱留下两元，这两元留作人情往来，剩下的都用了。钱的去向是，要么给母亲和自己买，要么给三个妹妹买，或者为家里添置一些日用品。

师傅是热心人，她不但教雨赤技术，对雨赤的终身大事也很关心。一天上夜班，是下半夜，车间里除了车床运转声，听不到一个人说话。师傅打破沉默，问雨赤今年多大了。雨赤说，师傅忘啦，我十八啊。师傅笑笑说，看我，一犯困就忘事。对了，你十八了。

又说，十八岁，不小了，我像你这么大，当新娘子了。雨赤害羞道，师傅！师傅看雨赤脸红脖子粗，连说不说了不说了，可过一会儿还是说，她问雨赤想不想谈对象。又是这个话题。雨赤敢怒不敢言，于是埋头做事，不理师傅。师傅自说自话，说鬼丫头，你不回我话，改天找你妈去！师傅说话算话，过几天真的去找母亲了。师傅想做红娘，她牵线的那户人家，条件如师傅所说，方方面面都不错，比雨赤家强。母亲问那户人家的家庭成员。师傅说，男孩的母亲去年过世，他父亲想让儿子早日成亲。师傅对母亲说，雨赤没罪受，嫁过去就当家。母亲听说男孩没母亲，头摇成拨浪鼓，说我家雨赤不想当这个家，我也不让她当这个家。师傅不解，要母亲说清楚。母亲像说绕口令，她对师傅说，你不知殁父的家庭有多苦，但我知道殁母的家庭有多难。做母亲的不能让闺女往火坑里跳，让她吃二遍苦，受二茬罪。雨赤嘴上没说，母亲想的也是她所想的。

雨赤的婚姻有了眉目，牵线人还是师傅。这户人家姓郝，有两个儿子，父母双全。男孩是老大，二十三岁，师傅叫他小郝。小郝工作不错，在政府机关管收发，每天与报纸信件打交道。条件符合母亲的要求，母亲同意见见，雨赤也不好推辞。男大当婚，女大当嫁，师傅这样说，母亲也这样说。母亲还说，闺女大了不能留，留来留去成冤仇。话说得这样难听，好像雨赤是嫁不出去的老姑娘似的，一赌气就跟着师傅去见了。印象不错，到底在机关工作，接触的是报纸和信件，熏陶久了，人文质彬彬的，面带微笑，说话轻声慢语，不像工厂出来的人，说话高门大嗓，生怕人家听不到。第一次见面不知说什么好，雨赤低着头；小郝有满肚子话，细一想都是报纸上看来的，用在这里不合适，于是也不说。师傅看差不多了，就问他们想不想继续见面，小郝点头，雨赤也点头。这就是想见面。往后见面要靠他们自己，师傅让他们互留联系方式。小郝塞一张电影票给雨赤，骑上自行车走了。

雨赤后来计算一下，她和小郝看了没有十场电影，约会也不到十次，小郝家就提出结婚。恋爱是结婚的前奏，结婚是恋爱的归属，家庭是一对新人的温馨港湾，也是幸福殿堂。既然两个人没意见，结婚是迟早的事。早养儿子早得济，这是小郝家的观点。雨赤家没有理由不同意，虽有不舍，也只能顺水推舟。这一年，雨赤二十岁，出师了，可以结婚。结婚那天，雨赤眼睛红红的，想到自己离开家，母亲带着三个妹妹过日子，心里放不下，泪水就下来了。雨赤原来的想法是，在家多陪陪母亲，待三个妹妹工作了再谈婚论嫁。不想小郝家等不及，小郝也推波助澜，鼓吹结婚的好处，还上升到社会和国家的层面，摆事实举例子，道理一套一套的，让雨赤无言以对，只能顺从，不好反对。雨赤赌气说，我嫁过去你们郝家添人添口，是正数，当然好了，可我们雨家却减人减口，是负数。小郝说，脚长在你的腿上，想回就回，没有人阻拦你。雨赤想你说的比唱的好听，结婚后事情多着呢，你不阻拦事情阻拦。老话说，嫁出去的闺女泼出门的水。这话的意思是，女孩子出嫁后就是别人家的人，回娘家是走亲戚。亲戚远来香，频繁走动就不香了，说不定还会有矛盾。雨赤放心不下的是母亲，想到她今后的生活，一个个问号浮现脑际：母亲夜里还会抽泣吗？她一个人的工资供养三个妹妹会不会捉襟见肘？难得一见的笑容会不会因她出嫁而枯萎消失？越想事越多，越想心越乱，雨赤后泪推前泪，泪珠像新扒的毛豆米圆溜溜亮晶晶，一颗一颗往下滚。陪姑看雨赤泪流不止，用笑话逗她，说眼睛哭肿了，小郝的同事看到了准会说，小郝娶的新娘子，长一对蛤蟆眼，丑死了，不好看！陪姑说的虽是笑话，但雨赤感觉有道理，于是不再流泪。

如小郝所说，结婚后，雨赤的脚果然长在自己腿上，想回家抬脚就走，小郝不阻拦，公婆也不阻拦。不同的是母亲不再要她的钱。婚后那个月，雨赤领到工资，她像婚前一样交给母亲，母亲不接。雨赤把手往前伸，母亲还是不接。母亲说，你有小家，自己支配吧。回到小家，雨赤把工资和小郝的工资放到一起，两个人支配。雨赤还保留过去的习惯，留点零花钱在身上。也有不同，零花钱不花在自己身上，三个妹妹哪个要用钱，或是母亲手里一时短缺，她就及时拿出来；都不要就攒着，以备不时之需。

雨赤这天休息，母亲也休息，于是回家陪母亲。话题说到雨橙，雨赤说她今年十八，可以进厂工作，为家庭分忧了。母亲说，她想读书就让她读，书读得多，将来找工作，选择面宽一些。同样的话小郝也说过，雨赤暗暗佩服母亲，她斗大的字不识一箩，眼光却和小郝不相上下。雨赤没说雨黄雨绿，她俩一个读初三,一个读初一。雨赤想，只要她俩不厌学，母亲支持，她也支持。

时间说慢不慢，雨赤做母亲了。雨橙高中毕业，一天和同学在马路上闲逛，逛到烟厂门口，见一群人围着招工简章看，和同学挤进去，看后到人事科报名，不几天张榜公布，她和同学名列其中。烟厂不温不火，不如糖烟酒、华联商厦、交电公司炙手可热。雨橙高中毕业，有这文化找工作不难，有关系可以进机关，全家人拿不定主意。小郝说看事情不能看眼前，要立足长远。别看那些单位门庭若市一货难求，说不定某一天就门可罗雀无人问津了。听小郝这样说，母亲改变看法，说小郝在机关工作，接触的是大领导，照他说的做，不会错。

事实证明，小郝的眼光是独特的。这是后话。

小郝见丈母娘夸自己，心里热乎乎的，于是自由发挥，把烟厂的前景描绘一番。他说，虽说吸烟有害健康，但据我观察，大街上好多小青年都会抽烟，有的看还是学生，这些小烟民就是未来的大烟民，有他们，烟厂何愁生存？要我说是前景看好。雨橙也想早点工作，听小郝这么说，就到烟厂报到去了。小郝很想为雨橙做点什么，翻看机关通讯录，弄清烟厂归谁管，第二天利用送报纸送信件的机会，和分管领导套近乎。恰巧分管领导那天心情好，和小郝多说了几句话。小郝告诉领导，说自己的小姨子刚到烟厂上班，领导今后去烟厂检查工作，请打声招呼，让他们关照一下。领导笑说你小小年纪就有小姨子了，不会骗我吧？小郝说哪能呢？说着拿笔把雨橙的名字写给领导。不想领导记住这个名字，一天去烟厂检查，谈完工作，突然想起收发室小郝说的事，顺口问了。厂长说有这个人，还在培训，要不要把她叫过来？领导摆手说，不用了。轻描淡写一句话，却改变了雨橙的命运。雨橙本来进包装车间的，厂长特批去了办公室。一批新工人都去了车间，只雨橙一人进科室，大家把目光聚焦到雨橙身上。众人的目光胜过显微镜，不几天根底就大白天下：雨橙的姐夫在政府机关工作，有门路。哦，哦，原来如此！

小郝的能力他原本不知道，是雨橙的工作，他自己把自己的潜能开发出来了。那几天小郝感觉自己像换了一个人，走路脚底咚咚响，人感觉比往日高，来雨赤家，没注意头撞在门框上。雨赤的母亲见了，忙过来为他揉。母亲的一个举动，凸显的是小郝在这个家庭的地位。在自己家，小郝的父母也为有这样的儿子而自豪。小郝的弟弟见哥哥为他小姨子换工作，也想动一动。他文化没有雨橙高，不奢望进科室，凭哥哥的能力，调个轻快工种应该没问题，再不行提个班组长当当也可以。小郝见弟弟要求不高，说你耐心等待，找到机会为你调一下。什么找到机会？找不到就不调啦？见哥哥说话不痛快，弟弟半是激将半是奉承地说，哥啊，我的事比雨橙的简单，你只要出面肯定手到擒来。弟弟话里暗藏玄机，不注意听不出来。小郝晚上和雨赤说这事。雨赤没有直接阻止，但她说的话是，你刚找过领导，转脸又找，领导会说你哪来的这么多事？闹不好人家就不见你了。小郝一听是这个理，就把弟弟的事情搁下来了。

雨橙工作，工资交给母亲，一家有两个人拿工资，母亲感觉日子轻松了，用钱不要精打细算，小郝来了，买鱼割肉，全家人跟着改善一下。

雨黄上高二，她看雨橙每天涂脂抹粉，上班前要对着镜子打扮一番，香气扑鼻，人走了香味不散。雨黄羡慕雨橙。羡慕容易分心，雨黄的成绩直线下滑，期终考试，综合排名班级倒数。雨黄对学习失了兴趣，有一天雨赤带孩子回来，雨黄和她说这事。雨赤说，想上就上，我跟母亲支持你；不想上就工作，我和母亲也支持你。雨黄说，我要的就是你这句话，你跟姐夫说，帮我找一个跟雨橙一样的工作。雨赤说，为我们姐妹出力，他义不容辞。晚上到家，小郝不在。按说这个时候他应该回来的。小郝的工作有规律，上午比较紧张，报纸信件要分发，下午清闲。今天特殊，快到睡觉时小郝才回来，闻一闻身上有酒味。雨赤说喝酒啦？小郝脸上挂着笑，说喝了，我请的客。雨赤问，请谁了？小郝说，收发室全体，外加科长。雨赤一算是五个人。小郝走近雨赤，说我提拔当收发班长，你说该不该请客？雨赤知道收发班长半年前退休，位置一直空着，几个人的眼睛紧紧盯着，不想好事落到小郝头上。这么大的喜事应该请客。雨赤嗔怪道，事前你应该说一声，让我也高兴高兴。小郝说，事情来得突然，局组织科搞突然袭击，下午来人考察，考察后当场宣布。雨赤听是这样，想幸好突然袭击，叫那些想找关系的人措手不及。雨赤说，你是干部了，往后办事更容易。她把雨黄想工作的事说了，要小郝留心，挑个好工种，让雨黄一步到位。小郝满心都是喜欢，对雨赤说，我尽力！我尽力！人说新官上任三把火，小郝想我这第一把火就在雨黄身上烧。

收发室是机关事务管理局办公室下面的一个小部门，收发班长是股级，工龄长了可享受副科长待遇，级别不高、干部不大，可待遇不错，夏天发衬衫、香皂、毛巾、洗脸盆、微风扇，冬天发手套、口罩、围巾、取暖器。日用品家里不用买。发的东西多，雨赤就往娘家拿。母亲说，钱用不了存银行，别乱花。雨赤说，没花钱，都是小郝发的。雨赤每次回家都不空手，母亲用不了，转手给邻居。邻居知道东西是雨赤拿回家的，见了雨赤，难免夸一夸小郝。听别人夸小郝，雨赤就感觉小郝高人一等。小郝是她丈夫，丈夫高人一等，水涨船高，做妻子的也应该高人一等。

苦尽甘来，雨赤感激师傅。

雨黄的工作在小郝的努力下得以解决，是机关事务管理局管辖下的幼儿园。雨黄不是幼师毕业，只能做保育工作。工作不尽如人意，离雨黄的要求太远。小郝对她说，你嫌不好，别人还想不到呢。

事实再次证明，小郝的眼光是独特的。多年后幼儿园转成事业单位，保育员享受教师待遇，工资不比雨橙低。其时，雨橙已是厂办副主任，副科级干部。

雨绿是棵好苗子，初中毕业考进卫校，毕业后凭自己的成绩到市第一人民医院做护士。其时母亲已病退，需要药雨绿就带回来，不用母亲去医院。家里有人在医院工作真是方便。每次雨绿拿药回来，母亲都会重复一句。

雨橙结婚了，不久有了孩子，丈夫与她是同事，在另一个科室当科长。雨黄恋爱了，对象在中学当老师，算是同行。雨绿刚工作，就有医生追求，看样子她的根扎在医院了。

孩子们都有好归宿，做母亲的对得起死去的丈夫了。父亲刚走那些年，清明节祭扫，母亲每次都痛不欲生，哭得死去活来；随着时间推移，孩子们一个接一个有了工作，母亲很少哭了；现在去祭扫，母亲一滴泪也没有，去了就给父亲说好事，好像父亲离家已久，母亲向他报告家事似的。母亲说好事，口吻是亲和的，心情是放松的，从雨赤说到雨绿，一个个说给父亲听。雨赤听母亲说话，想的却是她的未来。雨黄的婚期定在国庆，在家的日子不足半年；雨绿也答应那个医生，同意与他恋爱，就是说明年或是后年雨绿也要出嫁。雨绿出嫁，家里仅剩母亲一人，形单影只，到那时连个说话的人也没有。好比一窝小鸟，长大了，翅膀硬了，一个个都飞走了。母亲想过吗？雨橙雨黄雨绿想过吗？雨赤是长女，她们可以不想，但她不能不想。祭扫回来后，雨赤回家的次数明显比过去多，多数从班上来。雨赤早就调离车间，到工会工作了。工会是有才艺的人待的地方，雨赤文化浅，只能打杂跑腿，空闲时间很多，想办私事抬脚就走，谁也不用告诉。雨赤有时也到雨橙雨黄那里看看。雨橙的小家温馨，房子是商品房，面积挺大，看摆设就是有钱人家。雨橙上班去了，孩子由保姆看护。雨赤来雨橙家没有空手，她把东西放下就走了。看时间还早，雨赤又去雨黄那里。雨黄的婚房正在装修，几个工人在忙，噪音聒耳。雨黄两口子不在，雨赤俨然主人，这里张张那里瞧瞧，不合意就指出来。工人说，他们是按图施工，图纸是房主签了字的。雨赤看自己说话不起作用，掏出手机打给雨黄。雨黄说，姐啊，工人说得没错，你让他们做吧，时间紧迫，不能耽搁。这叫什么话，难道她是狗拿耗子多管闲事了？雨赤生气地离开雨黄家，路上想三丫头翅膀硬了，也不想想她的工作是谁给的！

生气的事还有：雨赤前几天送给雨橙的东西，她转手给了收废品的。东西可是新的呀，包装盒完好无损，上面也有出厂日期，你不用可以给保姆，或者给邻居，怎么能当废品扔呢。事有凑巧，雨赤那天到雨橙家，和收废品的迎面相遇。雨赤随意看一眼，发现车上有几件熟悉的东西，顺口问一句，收废品的说，人家用不着，当废品给他的。听了这话，雨赤满肚子气，转脸回来。雨橙知道雨赤要来，久等不见，打电话问她，雨赤本想凶她几句，叫她别好了疮疤忘了疼，话到嘴边忍住了，改口说，事情多，走不开。

雨赤回家，把小郝发的东西搬进车库，层层码放，一直码到房顶。雨赤想二丫头、三丫头，把她的好心当成驴肝肺；还有四丫头，看来也不是好东西，仗着工作好收入高，一般东西看不上，身上穿的脸上抹的都是名牌，包装盒上全是洋字码，雨赤一个字认不出。家里这些东西显然不能送她，送她也是找气生。

三个坏丫头，各有各的小家，条件也一个比一个好，渐渐不把她这个做姐的当回事了。

老城改造，小郝父母的房子要拆，以房换房，按面积给两套。小郝的父亲要小郝和雨赤回去，谈房子分配事宜。老二两口子回避。小郝父母的意思是两套房自己住一套，另一套给老二，理由是小郝是老大，条件好，老二差一些，如此分配兄弟俩就持平了。小郝去局里开会没有来，雨赤这时要是不说话就等于默认小郝父母的意见。雨赤想了想说，我家条件好，不是天上掉下来的，也不是父母给的，是自己干出来的。老二不缺胳膊不少腿，可以努力。又说，我看老二条件不差，他年轻，年轻就是资本，金钱难买。小郝的父亲说，他自身就那样，厂子也那样，能不下岗已是他的造化。雨赤说，说一千道一万，你把房子给老二我不同意。再者说，老房子是祖产，你是小郝和老二兄弟俩的父亲，不是老二一个人的父亲。做父亲的要一碗水端平，不能偏心。老二两口子在隔壁坐着，一墙之隔，雨赤的话被他们听到了。老二是炮仗脾气，听到这话就过来。现场僵了一下。老二说，怎么不说话了？刚才不是挺能说嘛，我看都能上电视做脱口秀了！雨赤见老二来者不善，回话道，有理讲理，吵架有失身份。老二媳妇说，呲！呲！还有脸说身份，也不撒泡尿照照！雨赤拍案而起，不许骂人！老二把夫人推到一边，转身说，我说文明话。我问你，我让我哥为我调工作，我哥迟迟不行动，问题出在哪？雨赤脑子快，说你哥上班的地方你又不是不知，你问他去！老二气势逼人，又问，雨橙雨黄有今天，谁帮的忙？雨赤回击道，有事说事，别东扯葫芦西扯瓢。我告诉你，我是长大的，不是吓大的！说后脸转向小郝父母：要想家庭和睦相处，不闹得鸡飞狗跳，只有公平！说后走了。

手　语

手机响起，看来电显示，是堂伯家的座机号码。堂伯生活在农村，与我所在城市相距百里。我们少有来往，除去过年打个拜年电话，平常几乎没有联系。会是什么事？我的大脑如高速列车一路狂奔，好事坏事像沿途景物在眼前唰唰闪过，待响铃狂叫七八声，我才摁下接听键。电话那头嘈杂混乱，一片狼藉，有大人急速的说话声，有孩子叫喊声，还有桌子板凳的拖拽挪动声。是乔迁？还是打扫卫生，让家变得整洁漂亮？我喂喂喊话，不见回应。我想是不是堂伯老眼昏花拨错了号，抑或是皮孩子有意为之逗我玩，我不敢确定，犹犹豫豫正准备挂断，那头说话了。是堂伯的大儿子一元。一元说："晓翔老弟，我大要走了。"堂伯高产，一生养了四对儿女，儿子取名元，分别是一元二元三元四元；闺女取名角，分别是一角二角三角四角。堂伯要走，不可理解成喜新厌旧，而是糠箩进米箩，到条件优越的地方安享晚年，这与我的乔迁猜测不谋而合。我恭维道："一元兄啊，常言说得好，人往高处走，水往低处流。大伯走了好，去他想去的地方，这是他心向往之的事情，你该顺水推舟。成全即是孝顺！”一元叹息一声说：“晓翔，你理解错了，大不是走亲戚，也不是串门，而是见阎王！他去的是天国。天国，你懂吗？”一元的声音仿佛漂浮在水面上的一只瓢，不时被身后的嘈杂声淹没。我从他沉沉浮浮的话语中听出大概，也明白他打电话的意图。一元是长子，他想我回去，与堂伯见上一面，送他一程。毕竟是近门，到我这才四代，还在五服内，于情于理都该回去。我让一元照顾好堂伯，我这就动身，很快就能到家。

正是夏季，日头白炽炽地挂在天空。走出空调房间，裸露的皮肤一阵刺痛，仿佛被谁兜头泼了一盆辣椒水。我快步进入地下车库，一头钻进车内，打开空调，驾车直奔堂伯家。

去堂伯家的路（也是我昔日回家路）我是跑熟了的，闭着眼睛都不会走错。回想刚工作那会儿，每个月都要回去一两次，帮父母干些农活。那时交通不便，回去都是骑车，百里路当天来回，即便年轻也累得够呛。后来父母移居南方，我与那里渐渐疏远，几年也不去一次。

昔日的石子路早变成柏油路，还是双车道。往农村跑的车少，又是大热天，我把旧别克开出奔驰的速度，路旁的纸屑、枯叶在气流的带动下像蝴蝶一样飞舞，打着旋落到别处，才几十分钟，车已进入小孟庄。我放下车窗，便于与熟人打招呼。小孟庄的人讲礼仪，晚辈见长辈要问候，若骑在车上也要捏刹下车，否则将被视为没规矩，不懂礼貌。子不孝父之过，闹不好这家大人也要吃挂落，被人拉出来议论一番。我的辈分不晚，但长时间不回来，见到人透过车窗招呼一声总不是坏事。村路上没有人，我摇上车窗，继续享受空调带给我的舒爽快意。舒爽是短暂的，堂伯家就在眼前。

听到汽车引擎声，一元出门迎接。四目相对，我们用眼睛交流一下，一元转身在前，我紧随其后，直奔堂屋而去。刚进院子，一口棺材赫然在目——棺盖放在一边，棺口洞开，像敞开的大门热情地迎迓堂伯，欢迎他早日入住。我的脚像被绳索绊住，每迈一步都很吃力。堂伯真的走了？是什么病让他舍弃儿女，把天国当作永久栖息地？一元见我逡巡不前，回头拉我一把，我跌跌撞撞地走进堂屋，抬眼看，我惊讶得说不出一句话——堂伯没走，他穿着寿衣，头南脚北地睡在冷铺上，两眼一眨不眨地盯着屋顶。我扑下身子，叫了声："大伯，晓翔看你来了……"堂伯没有应声，身体也一动不动。我拉一拉他的手，手温热，掌心有汗；侧耳细听，呼吸尚在，清晰可闻。我不解地看着一元。一元把嘴巴凑过来，对着我的耳朵小声说："弥留之际，快上路了。"再看二元三元四元，他们全像旁观者，脸上并无失怙之痛，冷铺上躺着的仿佛不是他们的大，而是别人的父亲。我在人群中寻找四姐妹，发现只有四角悲悲戚戚，不时用手掌抹一抹眼睛，其他姐妹在院内说话，看"帮办"烹制食物，往圆桌上摆放杯碟碗筷。看得出，这家人正有条不紊地为堂伯的后事做准备，已到万事俱备，只欠东风的时候了……

堂伯的生命长度八十载，而立之年应该大书特书，浓墨重彩地书写一下，如果疏漏掉他人生风光的这一页，他就与无数靠天吃饭、在土里刨食的老农一样，不足挂齿。人与人是有差别的，仿佛海滩上的沙子，迎着阳光打着凉棚看，总有几粒闪着金光，璀璨夺目。堂伯就是那闪着金光的一粒沙——而立那一年，命运之神偏袒堂伯，让他在学“毛选”活动中脱颖而出。那年的某一天，堂伯所在的大队举办学“毛选”竞赛，堂伯代表小孟庄参加比赛。说堂伯时来运转该露脸也好，说是金子总会发光也对，具体说就是堂伯在这次竞赛中大显身手，如黄牛过河——头角显露，一举成名。竞赛之前，堂伯与绝大多数小孟庄人一样，过着日出而作、日落而息的慵懒生活，不同的是在私塾馆里与书本打过一年交道。读过书与没读书是有区别的，前者不怯场，后者怕抛头露面。那天竞赛，轮到堂伯上场，他穿上罩褂，不慌不忙地纽好衣扣，还用手由上而下地抹几把，让衣服平整熨帖；低头看，鞋面有土，抬脚猛跺几下，圆口鞋面上的土纷纷脱落。收拾停当，堂伯昂首挺胸，阔步走到场中。堂伯没有拿书，他面对众人鞠了一躬，然后把“老三篇”中的《愚公移山》一字不漏地背诵一遍。巧事无时不在，那天的那个上午，堂伯所在的那个公社的党委书记骑着一辆永久牌自行车下农村检查工作，一路走一路看，沿途看到了诸多不如意。书记在心里骂了几句娘，想在下次的“三干会”上，要狠狠地批评一些人；暗中决定下次整风对某些老气横秋跟不上时代脚步的干部决不心慈手软，当整则整，当剔则剔，让新鲜血液进入革命队伍。自行车继续前行，书记很想看到高兴事，把心中的不快驱赶走，这就来到了孟庄大队。书记见队部那里聚集好多人，像看戏，于是跳下车，支起车子，背着手走过去。原来是学“毛选”竞赛。书记到来时，正逢堂伯上场，堂伯的表现被书记看个正着。比赛结束，堂伯毫无争议地拿了第一，奖品是一本软面笔记本和一支钢笔。堂伯上台领奖时，书记带头鼓掌。大队支书老孟听人群中有人拍手，抬眼一看是公社书记，高兴坏了，跑过来把书记请上台，要他给群众说几句。竞赛时堂伯不紧张，上台领奖也不紧张，书记讲话他紧张了，汗水从头发根往下流，流进脖子里，湿了前胸潮了后背。听话听音，锣鼓听声，堂伯知道要有好事从天而降，这好事只会砸中他，不会落到别人头上。

竞赛不久，掰指头细数，满打满算半个月，堂伯就荣任小孟庄的“政治队长”，进入队干部领导班子；第二年转任队长，成为队级建制的最高行政长官，也是全大队最年轻的生产队长，前途不可限量。

小孟庄近百户，五百多口人，只有两户不姓孟。这两户也不是外人，往上数两代就发现，一户是姓孟人的外甥，另一户是姓孟人的入赘女婿，全部沾亲带故。如此说，五百多口人还是一家子。堂伯当了队长，就是这家人的家长。家长有权，权力生威，全队包括他的家人都得听从指挥。一年四季二十四节气，何时耕田何时播种，何时施肥何时除草，何时收割何时储藏，全听堂伯指挥；男人下田是修渠还是挑土，女人出工是拔草还是间苗，也是堂伯安排。累活挣高分，轻活拿低分，堂伯说了算。小孟庄人仿佛算盘珠子，堂伯不拨他们不动。村口有棵古槐，树龄百岁之上，树大根深，枝繁叶茂。古槐的一个横枝上挂着一口铁钟。钟如铁锅，倒扣在树下，远看像古树结出的巨果。这颗“巨果”是权力的象征，为堂伯专用，别人碰不得。别人碰了，有篡权谋位嫌疑。小孟庄人不傻，无人去惹火烧身。

正常情况下，钟一天响两次，一次早饭后，一次午饭后。堂伯走向古槐时，将外衣披在肩上，不苟言笑，迎着朝阳或是顶着烈日威风八面地向前走去，狗老远就躲开，猫也不敢在道上溜达。堂伯迈着八字步，脚下带风，衣襟被风吹起，忽闪忽闪如同鸟的翅膀。从后面看，堂伯不是走，而是飞。堂伯“飞”到古槐下，踮脚、伸手，从树杈处够出铁锤，别过脸，钟声随之响起。“当”“当”“当”，三下一组，中间略有停顿，连敲三次。堂伯踮脚，把铁锤放回原处，顺手拿起铁皮喇叭，面对全村喊话，男社员干啥活，女社员做什么，通过铁皮喇叭传递出去，社员们听得清清楚楚。吃完饭的不敢磨蹭，拿起家伙出门去。听到路上有脚步声，没吃完的加快速度，仰脸喝下碗里稀饭，用手抹一把嘴，快步往堂伯指定的地点赶去。也有特殊，有时钟会在晚上响起。晚上静寂，星星像芝麻撒满天空；月亮还没升起，门外黑得对面不见人影，村里除了狗叫和虫鸣，没别的声音。男人丢下饭碗，拿起烟袋享受清闲，女人在灶上洗碗，孩子就着灯光玩耍，猪一边拱门一边吼叫，狗不停地摇尾想讨一口吃食……钟冷不丁响起，从古槐下悠悠传来，“当”“当”，“当”“当”，两下一组，有别于上工钟声。男人知道是学习。堂伯靠学“毛选”起家，平地拔萝卜，由社员成了干部。当上队长后，隔三岔五堂伯会把男社员集中到队部，学几页语录，学完后说一说生产上的事。堂伯很会讲话，他讲的虽是报纸上登、广播里说过的话，属老调重弹，但话从堂伯口中说出，男社员很愿意听，甚至还有点喜欢，希望他每天晚上都敲钟，把大伙集中到一起。学习不用出力，也不流汗，竖起耳朵听就行。最大的好处是不出力不流汗还能挣工分，这是男社员喜欢的根本原因。工分就是钱，没有人与钱作对。有意见的是女社员，她们被孩子捆住手脚，晚上走不开。好在男人去了，好处自家有一份，感觉也没吃亏。

钟声响过后，堂伯开始喊话。男人们磕去烟灰，在洗耳恭听。夜晚声音传得远，听得也清晰，堂伯喊出的每一个字、每一句话仿佛对着耳朵说。没出所料，是学习。学习还有一个好处，无人明说，但社员们心知肚明——大伙挤在一处，堂伯在前面讲，他们在下面小声嘀咕。嘀咕的全是荤话。荤话提精神，听了荤话，血管里的血流得快，带走的是疲乏，留下的是轻松和快乐。

队长一职给堂伯带来莫大好处，让他收获权力结出的硕果。

缺衣少食的年代，别人家两年生不出一个孩子，而堂伯用不到十年时间，让伯母的肚子凸起瘪下，瘪下再凸起，数次反复后，一元二元三元四元、一角二角三角四角顺利来到人间。八个孩子粗胳膊胖腿，一身嫩肉，躺在炕席上像一窝小猪仔，依次站好，犹如一级级台阶，令人欣喜，也让人羡慕。说堂伯是台高效优质播种机，不如说伯母是块高产稳产的肥沃田。看伯母的那一对巨乳，如强行塞进内衣里的两只肥兔，伯母身子一动，它们就活蹦乱跳，看得人胆战心惊，怕她的内衣承受不住顶撞而撕裂开。伯母的两瓣屁股肥硕圆润，高高翘起，堪比磨面的两扇石磨。内行的男人私下里议论，说伯母的一对大奶蓄满奶水，一个孩子吃不完；还说伯母的翘臀是肥田沃土，见到种子就发芽。这样的女人旺夫兴家，谁找着是谁福气。

这不，堂伯就当了队长，还生了八个胖孩子。事实明摆着，毋庸置疑，不可辩驳。

对别人家而言，让孩子吃上饱饭并非易事，青黄不接时，吃了上顿愁下顿，是多数家庭要面对的现实问题，回避不了。堂伯家不存在这个问题。他的八个孩子，碗里的饭比别人家厚实，偶尔还能吃顿面疙瘩。每到吃饭时，伯母都叫一元关上院门。关门是严守秘密，不让邻居家的孩子来串门。吃面疙瘩更谨慎，院门不仅关上，还要留人把守，一旦有人串门，把门的孩子从门缝看清是谁，回来报告给伯母，伯母也就有了应对的办法。伯母的办法是将面疙瘩倒进锅里，从另一口锅里舀出稀饭。稀饭是道具，专为串门人准备。戏演得天衣无缝，串门人很难看出端倪。串门人走后，面疙瘩重新上桌。堂伯看伯母像变戏法，问她哪来的稀饭。伯母说："做的呀。"

堂伯说："有面疙瘩吃，做稀饭是脱裤子放屁。"

伯母反问："真的多此一举？"

堂伯看一眼重新关上的院门，一时无语。

人说谁娶到伯母这样的女人就是谁的福气，这话没有错。

堂伯家的面，说起由来，只有堂伯和伯母清楚，八个孩子无一知晓实情。人说猪不吃昧心食，其实人也一样，看堂伯的八个孩子，那一身身小肥肉，全是好饭吃出来的。

堂伯是队长，他腰间挂着一串钥匙，其中一把能打开粮仓的锁。这把锁有两把钥匙，另一把挂在保管员的腰上。学习结束，社员们走出队部，一个个消失在黑夜里。侧耳听，脚步声渐行渐远，直至消失。狗叫声随之而起，那是狗在尽它们的守家之职。堂伯锁上队部的门，还用力拉一下锁，看锁梁是否落下。他摸黑到粮仓这边，推一推门，门是锁着的。堂伯回身看一眼，确定身后无人，他熟练地摸出钥匙串中的一把钥匙，插入锁孔，锁梁"噗"一声跳起，门枢"吱溜"一声，堂伯闪身进屋。堂伯从粮仓出来时，褂子口袋里就多了几把粮食。

在我的童年记忆里，堂伯的形象高大、威武，像个英雄，与《地道战》中那个头缠白毛巾的敲钟人比毫不逊色。《地道战》是孩子们百看不厌的电影，敲钟人也是孩子们崇拜的对象。那时小孟庄的孩子们很崇拜堂伯，有志向有理想的孩子在规划自己的未来时，目标是一致的——长大了当队长，像堂伯一样披着外衣，早迎朝阳午顶烈日阔步走向古槐，用铁锤把钟敲得当当响，然后再举起铁皮喇叭对着全村人喊话。

权力充满诱惑，令人神往。

出乎大家预料，堂伯做梦也不会想到，有一天他会大权旁落，成为一介平民。堂伯丢官成民，孩子们一时难以适应，仿佛吃了一记闷棍，晕头转向不知所措。太阳还是那颗太阳，铁钟还是那口铁钟，高高挂在古槐的那根横枝上，但是它不再属于堂伯。一段时间，铁钟像哑巴一样不再发声；又一段时间，铁钟像犯了神经，会无缘由地响起。村民置若罔闻，他们知道那是皮孩子在嬉闹玩耍，过一过敲钟瘾。

准确说，堂伯不是丢官，是辞官。

分田到户，土地不再属于集体，队级建制被取消，取而代之的是村民小组。由队而组，如果仅仅是叫法上的不同，体制没变，权力依旧，堂伯会继续干。组长就组长吧，称呼变化无伤大雅，换汤没换药，星星还是那颗星星，月亮还是那个月亮。问题是组长已不能呼风唤雨，更不能指手画脚，与社员画等号。小孟庄五百多口人，人人回归家庭，以家庭为单位，在自己的责任田里挥洒汗水，播种希望，收获快乐。各人自扫门前雪，不管他人瓦上霜，是分田到户后人心的真实写照。堂伯看大势已去，组长成了鸡肋，继续干可能是公公驮儿媳吃力不落好。一番权衡，堂伯选择回归田园，与伯母一道侍弄田地，养育四双儿女。

辞官回家，堂伯好些日子不能适应，每到往日敲钟喊话时辰，堂伯都骚动不安，如坐针毡，几次披衣外出，出门又返回。伯母见了说："他大，别操心，人家早下田去了。"堂伯语不成句，梦游似的在院子里转圈圈，走了一会儿说："噢，噢，那我也去田里。"说后出门走了。伯母见堂伯没带工具，拿上铁锹追赶出去。

堂伯做队长时，村里有几个出了名的懒货，到田里没多久，不是拉屎就是撒尿，一走老长时间。堂伯知道他们的小伎俩，但又无法阻止，等他们返回，堂伯笑骂他们是懒牛上场——尿屎多。往田里走，堂伯经过几个懒货田头。懒货们全在干活，与往日判若两人，有一个竟然打着赤膊，堂伯与他说话都没有停手。堂伯一路感慨，来到自家田里，脱去上衣开始干活。做队长时，堂伯是指挥员，动口不动手，现在他成了社员。是社员就得干活，干了一会儿，汗出来了，腰酸手也疼。堂伯看手，两只手心都有水泡，再握锹把，钻心疼。堂伯忍痛继续干，伯母来到田里，见堂伯神情不对，掰开他的手一看，劈手夺他的锹，堂伯不松手，咬牙坚持。堂伯想的是，他是男人，家庭的顶梁柱，他不干活，责任田谁来耕种？一日三顿用什么喂养家里那八张嘴？

堂伯家在小孟庄是名副其实的大户，四个儿子娶四房媳妇，四个闺女嫁四房女婿；各家都有孩子，少则一个，多则两三个。新年儿女们回家拜年，堂屋里容不下，灶屋还要放两张桌子供孩子用。每年的这个时候，堂伯和伯母就到邻居家借桌搬凳，忙得像办喜事。我眼拙，至今没把四房媳妇和四房女婿与他们的配偶对上号，经常张冠李戴，乱点鸳鸯谱；一群孩子，有叫我叔，也有叫我舅的，我点头答应，也不问他们是谁家的孩子。乡间风俗，长辈仙逝，儿女不能远行，要守在身边，传说缺谁，下辈子谁就不是这家人的儿女。一元是长子，因我在这里，他一直没离开。堂屋人多，虽有吊扇，不知是乡间电力弱，还是开的挡位低，吊扇的风力像个危重病人有气无力，吹在身上毫无凉爽之感。堂伯还是我来时样子，呼吸均匀，两眼一眨不眨地盯住房顶，仿佛要把那里看个洞，抄近道直接从洞口去天堂似的。二元三元四元进进出出，给人感觉他们没有闲着，一直在为堂伯忙碌；一角二角三角站在门外，三姐妹不时耳语几句，脸上露出隐隐的笑意，此时她们可能想起童年某件趣事。是啊，这里是她们出嫁前生活生长的地方，每一块砖、每一片瓦、每一粒泥土都存有她们成长的身影，镌刻着她们的欢笑，记录着她们的趣事。只有四角待在屋里，不离我左右，还不时看我一眼，似有话想与我说，是关于堂伯的。人有知情欲，也有窥探欲，我也不例外。我撒了个谎，与一元说有要事要与朋友联系，说后上了车。车里热，我发动车，打开空调。四角见我走，过了会儿走出堂屋，在院子里转了转，见无人注意，出了前屋，一头钻进车里，坐到后座上。

我对四角说："四角啊，你生错年代了，否则搞地下工作倒是块好料。"

四角没有说话，我回头看，四角眼里盈满泪水，两滴泪晃晃悠悠的，眼看就要决堤而出。泪水是导语，我知道四角心里憋着话，倾诉即将开始，而且一发不可收——

“晓翔哥，我家兄妹多，大、妈把我们八个人喂饱养大不容易。男大当婚女大当嫁，我们四姐妹找婆家不是问题，难的是四个哥。鸟成家筑巢，男成家造屋。造屋谈何容易？不易也得造，没有梧桐树引不来金凤凰。待把四个哥的屋造好，又一一娶上媳妇，大、妈的腰弯了，头发稀了，也白了。

“妈没福气，老巴子四元娶上媳妇，没大事办了她却甩手走人，丢下大一个人过生活。大是四兄弟的大，也是四姐妹的大。我们商量好，要他在我们八兄妹家轮流过。出门的闺女泼出门的水，大脾气倔，不愿来我们家。强扭的瓜不甜，我们由着他，大就转车轱辘，四个哥每家一个月。这个月轮到三元家。三元两口子在深圳打工，孩子也跟过去，家用一把大锁锁上。大那天过去，打开铁锁推开门，霉味像夏天的热浪扑面而来，把大推到门外。大响亮地打出几个喷嚏，硬着头皮走进屋。看地下，地面有几个清晰的脚印，这是他刚刚踩下的。大想起做队长时，让保管员用草木灰在粮囤上盖的防盗印戳。抬头看，屋顶有个洞，一束光透过洞像射灯落在地面上。这个洞像天眼看着大，有发问，也有求救。造屋的艰辛就在眼前，大心情沉重郁郁寡欢，在屋子里走来走去，脑子仿佛断电一片空白，两条腿像断了筋骨失去力气，身子一软瘫倒在地，待被发现，再送到医院，医生说已过了最佳抢救时间。

“说起治疗，兄妹八人分成两派，四姐妹一派，意见一致：死马当作活马医；四兄弟一派，但又各揣心思。一元说大八十了，是高寿。二元接过话说，古人云人活七十古来稀。大多活十年，赚大了。三元有压力，大在他家出的事，他怕多出份子做冤大头，半天憋出一句，说深圳开销大，孩子花钱多，苦一年存不下几个。四元是老巴子，他倚小卖小，两手插进裤兜，像个闲人到处乱晃，他想的是天塌下由哥哥们顶。

“晓翔哥，人说家丑不可外扬，今天我就要扬一扬，让你知道他们有多丑陋！”

我点头，让她继续说。

“我说哥哥们各揣心思，说穿了就是怕花钱，望大早一天走！”

我插话：“不会吧，乌鸦还知反哺呢。”

四角像与我吵架，声音高起来：“他们不如乌鸦！晓翔哥，只要晓得点好歹的人都懂得时间对一个危重病人有多重要，而他们却在拖延。我们四姐妹要治疗，他们不表态。医生看不下去，出于人道，对大施救。第三天大苏醒，他把我们八个人挨个儿看一遍。一角对着大的耳朵说话，大没反应。过了许久，大的手动了动，而后向我们伸出拇指与小指。我们不知何意。二元眼睛一转，说大在交代后事，两个指头表达的可能是他的存款。一元三元四元闻后，摩拳擦掌，像吃了兴奋剂。一元把嘴凑到大的耳边，问存款是多少。先问六千，大没反应；又问六万，大还是没反应；再问六十万，大依然没反应。二元眼睛又转了转，试探着问，六百？大的头动了一下，像是点头。二元满腹狐疑，看着一元说，不会这么少吧，大是当过干部的。一角看不下去，对二元嚷了一句，说你们平时谁给过钱？大能有六百不少了！一元说别吵，大有多少钱，回家看看去。谁回去，四兄弟对谁都不放心，他们丢下大，刮风似的全走了，把大居住过的老宅梳篦式地寻找一遍，最终有所获——在床头的砖缝里发现一个塑料袋，里面包着六张百元票。四兄弟风风火火返回医院，向大求证，得到证实，一个个像霜打的茄子——蔫了。

“可气可恨的是二元。本来大已往好的方面转化，医生说照此下去，恢复如初不敢说，拄拐行走指日可待。二元说拄拐，我们都打工，谁照料？说后提议，兄妹八人出份子，为大买口棺材，以防不测。一元赞同，三元四元同意。胳膊拧不过大腿，我们四姐妹只能服从。大一天天好起来，虽吐字不清，但我们能听个大概。大还没痊愈，四兄弟提出要出院，医生拧不过，尊重四兄弟意见。出院前，医生向我们交代了许多注意事项。大听说出院了，多日不见的笑容回到了脸上。

“回家就是回老宅，大的饮食起居由我们四姐妹轮流照料。想不到的事情发生了——回家第二天，二元不守诺言，把买棺材的事告诉大。大听后脸色陡变，当天开始绝食绝水，拒绝服药，到今天已是第五天，昨天一元和二元把大从床上移到地下，就等着办后事……”

四角语速很快，说完兀自下车，看得出，这话在她心里已憋了几天。八个兄妹，四角排在末位，人微言轻，她把心里话告诉我，对己是发泄，与我是知情。堂伯的病有因，绝食绝水也有因。正逢高温天气，如果任其下去，堂伯将有生命之虞。想到这我关掉空调，将车子熄火，下车去堂屋。一元见我问：“和朋友联系过了？”我没理他，俯身看堂伯。堂屋里人来人往，还有孩子嬉笑打闹。我小声驱赶孩子，要他们到外面耍去。回过头，发现堂伯的眼睛动了一下。我怀疑看错了，盯着堂伯的眼睛看。堂伯没再眨眼睛，眼球却在慢慢转动，好像在寻找什么。我叫一声：“大伯。”堂伯的眼睛仿佛锈住一般，干涩、沉重、缓慢，半天才转过来，直直地对着我。他认出是我，嘴角痉挛似的动了动。看得出，他有话想对我说，但是疾病已让他无法把自己所思所想表达出来。我把堂伯的手握在手里，想让他通过手，把想说的话告诉我。堂伯的手有凉意，与正常人的手有所区别。四兄弟站在堂伯的另一侧，二元口无遮拦，说话无所顾忌，他见堂伯欲说不能的样子，对我说："晓翔兄弟，大这是回光返照。"听了这话，堂伯的手轻轻颤动，仿佛怕冷的人遭受冷风刺激打的寒战。我狠狠地看了二元一眼，生气道："有这样说话的吗！"堂伯的手在我掌心挣了一下，我想他是不舒服了，于是松开手。堂伯看着我，手放在自己的胸口上，又用力抬起，竖起食指指一指四个儿，而后指自己，再后收回手指，手无力地滑落到身体一侧。四兄弟面面相觑，不明何意。一元问我，我想起四角在车上说的话，两相对照，意思就出来了，我像手语翻译向他们解释："大伯刚才的意思是，我养你们小，你们不养我老。你们的良心何在！"后一句是我加上去的。

我的解释，让四兄弟无地自容。

听到我的话，堂伯的嘴又动了动，脸上似笑非笑，继而轻合双眼，呼吸变弱，心跳渐止……

小　弟

几年前晓晓写过小姨，现在写小弟。小弟不是亲小弟，他是晓晓小姨的儿子，正确称呼叫姨弟。晓晓不叫姨弟，叫小弟。叫小弟显得亲。

小弟是独生子。

独生子毛病多，小姨的儿子毛病更多。

这不奇怪，小姨就是每前进一步，要靠别人指路，否则就瞻前顾后畏葸不前，仿佛前方布满荆棘，稍有不慎将被扎得遍体鳞伤血肉模糊。小姨耳根软胆子小，遇事无主见，全靠别人拿主意，别人说东她往东，说西她往西，不多走一步路。别人就是晓晓。小弟生长在如此环境，又有这样的母亲做表率，耳濡目染，自然就步了母亲的后尘。堂堂男子汉，芝麻绿豆事也要询问别人。别人也是晓晓。晓晓是小姨家的指南针，没有晓晓，小姨母子不明方向，寸步难行。

说曹操，曹操就到。这不，小弟的电话来了。

小弟的电话储存在晓晓的手机里，手机响起，“小弟”二字如水下葫芦从屏幕深处浮现出来，晓晓视而不见，任音乐铃声无休止地响下去，大约过了十秒钟，再不接听就要自动挂机，才揿下接听键。请问谁呀？语气有点气喘吁吁，给对方感觉是人机分离，刚听到铃声就赶过来接听。

小弟说，哥，是我！

哎哟，是小弟呀，看我这破耳朵，自家兄弟都听不出。晓晓心口不一地骂自己，骂后问，有事吗？

小弟说，哥是贵人多忘事，连小弟的号码都记不住。话出口感觉不妥，忙改口，说哥事情多，小弟有话快说有屁快放，不能耽搁哥的宝贵时间！

晓晓一听，心呼嗵往下沉，心脏那里仿佛有了间隙，一股冷气在间隙里穿来穿去。小弟听电话里没有声音。无声就是等待，无声表明他在静听。机不可失，小弟竹筒倒豆子，开口说，哥啊，小弟这两天手头紧张，要3000元急用，请哥拉扯一把，待小弟事业上了大道，手头宽余，立马奉还，分文不差！

晓晓想你手头宽余过吗，好像从来都是捉襟见肘，跟饿死鬼转世一般。立马奉还，分文不差。说得比唱得好听，你是老鼠性格，爪子落地就忘事，晓晓可记得清楚，拉扯过你N次，少的不说，最多一次是4000元，至今不但没奉还，连一句客套话也没有。说句客套话并不难，舌头打个滚，表明的是态度，晓晓在文珍那里也好说话。这个家不是晓晓一个人的，有文珍一份，还有孩子一份。一次文珍给晓晓泼冷水，叫他别痴心妄想，借出的钱八成是肉包子打狗。文珍的意思是以此为戒，“肉包子”不能无休止地扔下去，要留着自家吃。文珍不是女人之见，也不是小气，她为的是他们这个家。晓晓想这一次不能有求必应，即便借也要大打折扣，让小弟知道谁家的钱都来之不易，而不是树叶，想要伸手就捋。想到这，晓晓回话说，小弟呀，哥跟你一样，最近手头也不宽余，缓一缓，过些日子再说吧。听这话小弟知道有戏，说，别哭穷了哥，你是瘦死的骆驼比马大，哪会在乎我这仨瓜俩枣啊。哥，我说得对吗？说后感觉有赖人家的意思，又补了一句，哥，要不你看看吧！

小弟勉强读完初中，无缘高中。离开校门那天，他跟随母亲，也就是晓晓的小姨来敲晓晓家的门。是晚上，那天晓晓有应酬，很晚才回来。钥匙插进锁孔，晓晓发现猫眼里有光，说明客厅的灯是开着的。晓晓奇怪，这么晚了文珍为何不睡觉。此种情况极为罕见，可算多年一遇。文珍贪睡，用她的话说是猪转世。真的是猪转世，文珍上床头挨枕头就入睡，有时和晓晓说着话，说完上句，下一句就被鼾声替代。文珍是孩子王，在重点小学当老师，还是班主任。工作辛苦可能是她嗜睡的主要原因。千万不能轻看教师这个职业，就说文珍所在的这所学校，不是说谁的孩子想上就能上的。如果孩子的户籍不在学区内，爹娘老子的钱再多也砸不开学校的门，也就是说，学校的门不为钱开；如果孩子的户籍在学区内，哪怕爹娘老子双双下岗，他们的孩子照样堂而皇之地坐在教室里读书。九年义务教育，施教区内的孩子在划定的区域内就学，接受良好的教育是他们应该享有的权利。一所好学校，带动了区域发展，也把学区内的房价抬起来，新建房、二手房，甚至三手房成了香馍馍，孩子升入五年级，两年后才离校，这时家长就会拿上房产证去中介那里登记，达到理想价位就出手。房子出手，并不等于吹灯拔蜡搬家走人，走也要等到孩子毕业离校那一天，卖房协议上写得清楚明白。不过房产证是可以过户的（与己方便与人也方便），过户后买家就可以高枕无忧了，新学年开始，不用求爷爷拜奶奶，更不用跟谁低头哈腰，报名时领孩子理直气壮地到学校去。小学是基础，根基打牢了，初中高中也会顺风顺水一路凯歌。大家想法一致，水涨船高，学区内的房价一路飙升，虽是三线城市，新房每平方米直逼三万，看趋势还要上升。爹娘老子挣钱干什么？为的就是下一代，让他们自小就在平坦的道路上行走。

综上所述，可以看出文珍不是普通的女流之辈，如果把她看成头发长见识短那就大错特错了。用市侩的眼光看，文珍天宽地阔，拥有众多的社会关系。海阔凭鱼跃，天高任鸟飞，班级的学生名册是她行走天下游刃社会的通行证。班级的 50 名学生，牵涉的是 50 个家庭，顺藤摸瓜，有 100 位家长分布在社会各个阶层，官员、知识分子、专业技术人员、老板、商人、手艺人等，这些家长就是她的资源。如果说社会是一张网，那么文珍就是活动在这张网上的蜘蛛人。

文珍如此，丈夫晓晓也非等闲之人，他是市报记者（业余爱好文学创作）。晓晓是名记者，擅写大新闻、大通讯，市里的重大活动有他采访的身影，他的大块文章常在头版出现，头版容纳不下转到二版也是寻常事，评选年度好新闻，晓晓年年名列其中，在报社人称得奖专业户。同是记者，差距一目了然。如同鸟，有的翱翔蓝天，有的筑巢檐下；又如马，有的日行千里，有的只能拉车驮草。

晓晓忙，白天忙采访，采访完要写稿，晚上常有外事活动。活动就是应酬，请客者多是被采访单位，抑或即将被采访的单位或个人，请客的目的是要晓晓手下留情，笔下生花。参加应酬多，认识的人就多。熟人好办事，人多路子宽，晓晓办事比其他记者容易得多。

这天晓晓本可以早点回家，哪知吃完饭请客者感觉没有尽兴，想去歌厅 K 歌，一呼百应。酒店隔壁就是歌厅，大伙嚷嚷着往那边去。晓晓想开溜，回家开夜车写稿子，刚转身被请客者发现，说晓记者，今天为的是你，你怎么能走？恭敬不如从命，晓晓随着人流去了。歌厅里的时间跑得快，唱唱歌、跳跳舞、吃吃坚果、喝喝啤酒，时间已到十二点。歌厅打烊的时间到了，一行人意犹未尽地挥手告别。

打开门，见文珍和小姨坐在客厅打盹，小弟在看电视，电视调成无声，像看哑剧。小弟见到晓晓有些拘谨，叫了一声哥就没了下言，眼睛没着没落，最后低头搓手指。说话声惊醒了两位梦中人，晓晓叫了声小姨。文珍松出一口气，睡眼惺忪地说你终于回来了，说后进了房间，把空间让给他和小姨。

晓晓为小弟找的工作，他干一个月就辞职离开。小弟跟别人说他炒了老板的鱿鱼。这是多日后，晓晓去这家单位公干，老板亲口对他说的。晓晓相信老板的话，一个资产过亿的私企老板，没必要说一个乳臭未干刚出校门的毛孩子坏话。晓晓相信，凭他的脸面，只要小弟待在这里，什么活都不干，老板也会发他工资的。晓晓听老板这么说，惊了一下，说这孩子信口雌黄胡说八道，请老板别介意，就当耳旁风。老板笑说，不看僧面看佛面，我哪会计较毛孩子，况且他还是你的小弟。晓晓想到那天晚上，小姨领他到家里来，看他满脸稚气青涩未开，在别人家里手足无措，目光像受惊的小鸟，在客厅里乱飞乱撞，久久找不着落脚处，看着叫人心生怜爱。就是这样一个人，转脸却说出这么绝情的话，真是人心难测啊。晓晓想哪天见到他要批评教育，正确引导，让他认清自己，一个仅有初中文化，比文盲强不了多少的社会青年，给老板打打开水，为科室传递材料送送报纸，有个安身之处，每月还有不菲的薪水，应该满足，可他却身在福中不知福。退一步说，就算有了好去处，不想在这里待，拍拍屁股抬脚走人，说那伤人话干啥。小弟不知，晓晓今天来这里公干，一是回头看，了解他在这里的工作情况；二是还情。老板接受小弟，晓晓就欠老板的情。还情方式有二,一是宴请，二是送礼，这是社会流行的两种交际方式。晓晓感觉都不可取，他要另辟蹊径，用高雅独特的方法来表达自己的一份心意。谁叫自己是“名记”呢，记者就要发挥自己的特长，用手中的笔为老板写一篇深度报道。虽然小弟离开这里，但已经来了，还是要把自己的心意表达出来。这是晓晓的做人准则。深度报道不是一蹴而就的事，不开夜车，不落几根头发写不出来。为了还情，晓晓甘愿吃这份苦。

深度报道完稿后，稿子交给版面编辑，晓晓开始做别的事。这天下班，见小姨和小弟在门口蹲着，看样子已来多时，赶紧开门请他们进屋。晓晓说，小姨你该打个电话，有事我去你那里。小姨说，打什么打？下班高峰，接电话不安全。晓晓开车上下班，小姨不打电话是为他着想。小姨又说，我和你弟都是闲人，时间大把大把的，多得无处安排，等一等没有关系。小姨是去年退休的，晓晓晓得；小弟赋闲，晓晓听小姨说才知道。晓晓把小姨母子安顿下来，又给他们沏上茶。晓晓留小姨在这里吃饭，小姨一口答应。晓晓知道小姨今天又有事要说。小姨过去就是这样，只要有事，就会留下来吃饭。小姨已经退休，按说应该没什么事，如果有也是小弟的事。小弟会有什么事？小姨说他是闲人，很可能又是找工作。早知如此，当初为何要把工作辞掉，这不是脱裤子放屁自找麻烦吗！晓晓一边想事，一边进厨房做饭。文珍回来时，饭已做好。

餐厅里有一张小圆桌，四个人在边上坐下，边吃饭边说话。小姨问晓晓儿子的学习情况。因小弟在场，晓晓没向小姨报喜，只说一般。其实儿子挺优秀，刚上初一就要住校，问他为什么，他说自己是男子汉，要给爸妈减轻负担。儿子不偏科，语数外全面发展，每次测试都是班级第一，年级排名前五。文珍理解晓晓，也没在小姨面前夸儿子。吃完饭，小姨叫小弟去客厅看电视。餐厅剩下三个人，小姨开始说事。小姨说家丑不可外扬，你们俩一个是我姨侄儿，一个是我侄儿媳，都是亲人。说着指指客厅，重重地叹息一声，你们的小弟不争气呀，晓晓给他安排那么轻松干净的工作，他不知珍惜，要自己找事。还扬言说路靠自己走，世界要自己闯。路那么好走？世界那么好闯？不跌个头破血流他会认输？晓晓问，小弟找的什么事？小姨嘁的一声，能有什么事？他能找什么事？去浴室洗澡，看搓背工出力不多挣钱不少，心就痒痒了。文珍安慰小姨，说不管什么工作，只要小弟喜欢、热爱就行，世上三百六十行，行行出状元 。小姨说我也没说搓背工不好，凭力气吃饭不丢人。我要说的是那家浴室的老板不厚道。晓晓问怎么啦？小姨说，你小弟干了两个月，搓背的提成钱全被老板扣着，向他要，他说到时候发给他。晓晓你说说，什么叫到时候？文珍问小姨，小弟工作的是哪家浴室。小姨说是蓝月亮。文珍听后说，我来问问，说后去房间打电话。一会儿出来，说明天老板会找小弟的。小姨转忧为喜，问文珍找的谁。文珍轻描淡写地说，他是我的一个学生家长。小弟的难事被文珍一个电话解决了，晓晓想小姨和小弟该告辞回家，他们走，他和文珍就可以做自己的事情了。不想小姨坐着不动，又说起另一件事。小姨说小弟在浴室认识一个修脚工，两个人如胶似漆难舍难分，扯都扯不开。晓晓说好啊，一个好汉三个帮，行走社会的人，没几个好朋友不行。小姨说他这个好朋友是女孩，比你弟大三岁。晓晓看一眼文珍，文珍也看晓晓。小姨说，女孩晚上也想来这里，硬被我拦下。晓晓想他们的关系已经明朗化，看来已不是初恋那么简单，现在的年轻人把贞操看得很轻，认识三天就能上床。果不其然，小姨告诉他们，女孩已经有了。晓晓回想一下，小弟离开私企满打满算也就两个月，这么短时间女孩就有了，就是说小弟刚到浴室就认识女孩，认识不久就偷食禁果。有什么可说的，放在眼前有两条路，一是去医院做掉，另一个是生下来，没有第三条路可走。小姨今天来是讨主意的，讨要搓背钱是搂草打兔子。听小姨的意思，女孩选择的是第二条路。文珍闻后恭喜小姨，说小姨快当奶奶了，是双喜临门。小姨被逗笑了，说喜也是喜，就是今后少不了麻烦你们。

多日后晓晓才意识到，小姨也是有心计的，而非往日那个只要做事就瞻前顾后、别人不拿主意就无所适从不明方向的小姨，她说的“今后少不了麻烦你们”，没过几天小弟和那个女孩就到门上来。小姨破天荒没有跟着。晓晓推测，小姨想的可能是小弟已有女朋友，不久还会有孩子，她应该退居幕后，让小弟经受锻炼，往后的路靠他自己走。

这次上门后，隔些日子小弟就要来一次。

小弟不像小姨，他来之前先打电话，确定晓晓在家才会过来。过去晓晓没少为小姨的工作和生活操心。小姨退休，功名利禄离得远了，需求也少了，一年半载没来晓晓家，晓晓感觉日子清静许多。不想好景不长，小弟接力赛似的，从小姨手中拿过接力棒，在晓晓家进进出出。

过去晓晓面对的是小姨一个人，现在是小弟和女孩。第一次为小弟找工作，晓晓考虑的是简单轻松，一个刚出校门的孩子能够胜任的事。现在不一样。虽说时间过去才几个月，但是不能再把小弟当孩子看，此时非彼时，现在的小弟已有女朋友，女朋友的肚子里还怀着他的孩子。就是说，小弟快当爸爸了。能当爸爸的人，就不是孩子。晓晓打量一眼小弟，感觉他较以往似乎成熟稳重了些，于是问他想做什么。小弟没长喉结的喉咙动了一下，说，哥，我还能回那家单位吗？晓晓说，回炉的烧饼不脆。当着女孩的面，晓晓给小弟留面子，没说他离开时说的那些话。晓晓说，回去吧，有消息给你打电话。小弟听后坐着不动。晓晓问还有事吗？小弟摇摇头又点点头，慌慌地说，哥，你给雯雯也找个事吧。至此，晓晓才知道女孩——他未来的弟媳叫雯雯。晓晓说，我看看吧。

一句看看吧，让小弟吃下定心丸。日后找晓晓办事，有的事晓晓有难度，一时办不了，小弟就会说，哥你看看吧。

进机关事业单位不敢说，到企业找碗饭吃不是难事，晓晓认识那么多老板，请他们帮忙都会给面子。

时间过去两天，晓晓还没想好给小弟和那个叫雯雯的女孩找个什么样的工作。小弟等不及了，打电话询问。晓晓实话实说，说我还没有想清楚。小弟急了，说，哥啊我是等米下锅，你是饱汉不知饿汉饥哦！晓晓深感奇怪，问小弟，小姨不管你了吗？小弟着急道，我妈不是不管，是我手上缺钱。没钱寸步难行，雯雯嘴馋想吃碗馄饨我都要向妈伸手，哥你不知道我有多为难！晓晓哪能不知没钱的难处？在过去的两天里，晓晓的大脑可没闲着，他在想为小弟和雯雯找一份有技术含量，日后又能立足生存的工作。简单说就是学门手艺。好手艺走遍天下，用前辈们的话说叫作荒年饿不死手艺人。小弟只有初中文化，木工、瓦工、油漆工、电焊工、水电工、驾驶都适合他；估计雯雯也没读多少书，编织、纺织、刺绣、缝纫这些活计应该能够学会。晓晓在电话里征询小弟的意见，小弟稍加思索，说，我学驾驶，雯雯学缝纫，哥你快给安排吧！听口气，好像晓晓家是开百货店的，要什么信手拈来。晓晓说一声我尽力办，就挂断电话。

小弟在择业时忽视了一个重要问题，有的行当学习期不拿钱，有的甚至要交学费。譬如驾驶。小弟想学 C 照，晓晓让他报 B 照。晓晓考虑的是就业，B 照明显比 C 照路子宽。到驾校报名时要交 4000 元学费。晓晓看小弟迟迟不掏口袋，估计没带钱，于是刷卡替他交了。雯雯学缝纫不用交学费，但也不拿工资。驾驶学习期短，一月后考试，合格了发给驾照。缝纫学习期长，半年满师，满师才领工资，也可以自己开店。一个月、半年不算长，坚持一下就过去，比过去的三年学习期短多了。人有事做，时间就过得快，眨眼间小弟要考试了。考试前小弟给晓晓打电话，要晓晓过去一下，说他来了他心里踏实。晓晓说有教练领着，驾校又是公安下属单位，考官、驾校是一家，通过是有把握的。小弟底气不足，说前进还可以，起步挂挡加速都熟练，车子跑得欢欢的，方向也正；倒桩老是碰杆，十倒十碰，没一次成功。晓晓说，碰杆就是撞墙，师傅是怎么教你的？小弟说，师傅教了，道理我也懂，实际操作时手脚就乱了。放下电话，晓晓陷入两难之中，感觉去不好，不去也不好。去，看似帮他，实是害他；不去，看似不管不问，实是爱护他。驾驶是个特殊职业，手握方向盘，脚下一边是油门一边是刹车，稍有闪失必酿大祸。技术靠学，经验靠积累，为小弟着想，也为小姨和女孩着想，晓晓选择不去。

第一次考试，小弟没通过。

第二次考试，还是没通过。

第三次考试，入场前小弟带着哭腔给晓晓打电话，说哥你再不来，这次还不通过我就不学了，你那 4000 块钱就当打水漂闹着玩吧！晓晓的心软了，他不是怕 4000 块真的打水漂，而是怕小弟甩手走人。甩手走人就是前功尽弃，回头找的还是他。这么一想，晓晓放下手里事开车直奔驾考现场。在路上晓晓给在驾校工作的熟人打电话，他到熟人也到了。晓晓没露面，全由熟人斡旋。这一次，小弟通过了。小弟不知晓晓已来考场，得知通过后给晓晓打电话报喜。晓晓装作才知道，说哥祝贺你。又说，倒桩还要练习，要不受害的是你自己。小弟心情大好，说，驾照本过几天就领到，哥你快给我安排工作吧！

雯雯还在学习期，看来学徒期满也不能工作了——她的肚子日渐隆起，工作要等产后。

领到驾照当天，小弟跑到报社，想让晓晓分享他的喜悦。这本证件于他而言就是一本通往社会各处的出入证、通行证，它是身份和地位的象征，与晓晓的记者证相比毫不逊色。晓晓外出采访，他就守株待兔，坐在椅子上等。到下班时间，还不见晓晓回来，小弟遗憾地离开。吃过晚饭，小弟给晓晓打电话，确定他在家，拉上雯雯就过来。晓晓今天外出采访，被采访者是市领导安排给报社，报社领导又安排给晓晓。此类采访晓晓不是第一次，每次他都慎重对待，全力以赴，确保在最短的时间内写出极有分量的新闻稿，给报社领导争面子。小弟和雯雯到来时，晓晓正在书房看采访记录，寻找写作灵感，小弟来了他没理会，小弟把驾照本放到桌子一角，他瞄一眼又低头忙自己的事。小弟受到冷淡，嘀咕一句，哥今天怎么啦？雯雯拉他一下，小声说，没眼色，没看哥正忙着吗？两个人退到客厅，文珍见了，放下手里事过来陪他俩说话。

小弟和雯雯一个学驾驶，一个学缝纫，文珍是知道的。小弟有所不知，他驾考过关，就是文珍帮的忙。晓晓那天去考场找的那个熟人，是文珍的一个学生家长。老师家有事找学生家长帮忙，家长们会想方设法竭尽全力，使出吃奶的力气讨老师喜欢。

小弟跟文珍叫大嫂，他当大嫂不知他已领了驾照，于是拿出证件显摆。在晓晓那里，晓晓对他的驾照视而不见，小弟感到很没面子；他怕大嫂也不给面子，就做出自我欣赏的样子，先看正面，后看反面。小弟做好两手准备，大嫂若发现，他就把本子给她看，不感兴趣就收起来。小弟的心思像旅游点上的小挂件明睁眼露地挂在脸上，文珍早就发现了，她假装不知，问小弟手上拿的什么？小弟见大嫂问他，忙把本子递过来，说，驾照，前几天刚考来的，大嫂你不知道啊？文珍拿过驾照本左瞅右看，说，我还真的不知呢。过会儿又说，小弟，这个本本就是你的饭碗啊，它比铁饭碗还要硬！小弟听大嫂夸他的驾照本，坐正身子，还挺了挺胸，正色道，大嫂，考驾照可难了，考官横挑鼻子竖挑眼，鸡蛋里面找骨头，就是不想让学员通过。人说事不过三，我一共考了三次！

文珍说，严是爱松是害。驾驶很特殊，不同于其他职业，哪里不足今后要补上，万万不能粗心大意。

小弟说，师傅也是这么说的。

客厅里有人说话，书房门虽然关着，但晓晓感觉还是有干扰。从事文字工作的人大多喜静怕吵，晓晓表现得尤为特出，他很少在办公室写东西，重大新闻稿都是在家里完成。文珍深知晓晓这一点，只要他进书房，她就不再出声，走路像猫，脚轻抬轻放。

看完采访记录，材料是丰沛的，但很难下笔，开几个头都不满意。晓晓知道是小弟打搅了他，于是走出书房。

小弟感觉晓晓不同以往，可能是要事缠身，正犹豫是否离开，见晓晓出来。小弟抓住机会问他的工作，他想有了答案就走人。

晓晓说，先实习一下，你回去等我电话。

小弟一听，说，还要实习呀？哥，这不是多此一举吗？

晓晓说，开车不是儿戏。车子上路就是虎，老虎是会吃人的。

事后回想，如果晓晓不变初衷，对小弟一口咬死，说自己囊中羞涩，挤不出钱拉扯他，当然也就没有后来的事。晓晓干工作有韧性，写材料不把自己的水平发挥到极致不会罢手，但对小弟却缺少对策，很多时候是有求必应，当小弟和雯雯抱着他们的孩子来到家里，他的心软了，又一次慷慨解囊。想不到这次解囊不是帮助，而是害他。事后回想，如果小弟手中钱数不足，即便有预谋也无法实施，不实施预谋也就胎死腹中。胎死腹中，小弟也就免受牢狱之灾。千错万错都是自己的错，晓晓的肠子都悔青了。世上没有后悔药，如果有就不会有遗憾，不该发生的事也永远不会发生。

小弟做事缺少定性。永不满足，用在工作上，任何事都会成功，不会失败。如果用这种眼光看世界，一定是这山没有那山高，到了那山没柴烧，永无满足感。

小弟在几家单位待过，每次时间都不长，长则几个月，短则几天，没有超过一年的。晓晓把他安排到一家熟悉的公司实习，才一个星期就不愿去，说师傅不让摸方向盘。晓晓打电话了解，原来那个师傅开的是新车。小弟是新手，师傅又惜车如命，不让开也在情理之中。晓晓为此专程到公司去，公司领导很给晓晓面子，专门挪出一辆旧车给小弟开。有车在手，小弟进步很快，半个月就把倒桩练熟了。能进能退，感觉良好，小弟不愿当实习生，想当班上路，办公室安排他打机动。打机动就是打杂，别的车子不在家，这时恰巧有人出门公干，小弟就顶上去。英雄有了用武之地，小弟的工作热情高涨，不几天就有了新想法。有想法是好事，关键要切合实际，不能离谱。小弟的想法是为领导服务。话虽然没有明说，但意思摆在那里。这就离谱了。公司的几位领导有专车，驾驶员是固定的，一个萝卜一个坑，多年没变化。办公室几个人打破脑壳也想不出小弟会提这个要求，一个个面面相觑，无人敢搭理。小弟有来头，办公室无人不知。怎么办？别人可以回避，办公室主任没有退路。一番权衡，一番思考，主任给出明确答复：不可以。小弟打破砂锅问到底，要主任给个说法。主任说，领导要的是安全。小弟一听这话，脸上火烧火燎，如同辣椒水洗过一般。打人不打脸，小弟感觉在这里没有前途，于是拔腿走人。小弟去的地方是出租车公司。是文珍帮的忙。文珍的一个学生家长在出租车公司当经理，经理看她的面子，在已定的名单上，把别人的名字换成小弟。经理这么做也是迫不得已，谁叫自己的孩子在人家手上呢。孩子的前途大于天。被换掉的那人也有来头，但两相比较，经理的天平倾向于孩子。

开出租车不同于在公司开车。公司开车有弹性，坐车者多是公干，公干有目的地，办完事返回，优哉游哉，到点下班。出租车司机永远在路上，只有跑才会多拉客，多拉客才能多赚钱。乘客是出租车司机的衣食父母，也是上帝。怎样才能多拉客？没有学问，只有诀窍，诀窍就是眼疾手快，见人打车，风驰电掣地冲过去，不让客人被别的司机抢走。初入这一行，小弟感觉新鲜，工作热情高，一天下来，刨除成本净赚一百多元。雯雯细算一下，照此下去，不要几年家里就能买车。有车，自己就是老板。小姨听了高兴，想儿子长大了，也出息了，往后可以顶门立户过日子了。不想好景不长，半年后小弟离开出租公司，转入黑车行业。黑车是未经交管部门审批，擅自组织，非法经营的一种运输业，政府严管，一旦查到将受重罚。小弟是明知山有虎偏向虎山行。胆量来自同行。同在出租车公司开车的田哥，得知开黑车能赚大钱，想转行，一个人不敢贸然行动，拉小弟入伙。小弟早有暴富之心，渴望一口吃成胖子，听田哥说起黑车，心想发财的机会来了，毫不犹豫，与田哥一道入了行。

开黑车挣钱快。坐黑车者多有急事，孩子丢失，老人迷路，人在旅途突遇急事，乘飞机、坐火车怕晚点，到生疏之地公干担心不能及时赶到，林林总总，不一而足。这些人办事心切，把钱视为身外之物。钱去灾免，否极泰来。有需求就有市场，这就是黑车存在并难以取缔的理由。开车者遇人求助不会心生怜悯，而是量体裁衣看菜下饭，对路远事重往往狮子大开口，要价数百甚至上千。愿打愿挨，你情我愿。小弟开黑车不到一个月赚钱逾万，喜得他夜里老说梦话。多亏田哥！感谢田哥！小弟也知感恩，这天约田哥早点收车，去龙虾馆喝酒啃龙虾。田哥接到电话，说奇怪呀，我有要紧事想找你呢，你的电话就来了，我俩是不是有心灵感应？小弟点头如捣蒜，连说是是是。

事后回想，这顿酒说是遭殃酒也行，说是走向地狱的饯行酒也对，当他俩在大发龙虾馆一隅坐定，面对一盆令人垂涎的十三香龙虾，两杯美酒碰在一起时，地狱之门正悄然打开。小弟当时并不知道，与田哥兴高采烈地喝美酒啃龙虾。美酒香嘴，龙虾暖胃。一瓶美酒见底，一盆龙虾啃光，小弟意犹未尽，还要拿酒上菜，田哥摁住小弟的手，红着眼睛说，酒足菜饱，我要说正事了。小弟这才想起田哥电话里说的有要紧事找他，忙伸长脖子，做洗耳恭听状。

田哥看看左右，把嘴对着小弟的耳朵，说，我们不开黑车，赚大钱去！

小弟感觉开黑车来钱挺快，每天都有钱进腰包，有点舍不得，但听说有大钱赚，忙问田哥，又发现新大陆啦？

田哥说，是的。

小弟醉迷呵眼的，看田哥这张脸，跟年画上的财神爷差不多；再看桌上的空酒瓶，两堆像小山似的龙虾壳，美酒佳肴已然下肚。

吃水不忘挖井人，不是田哥，他是不敢来此消费的。想想家里存下的一万元，谁能说田哥不是他的财神爷？小弟这样一想，忙对田哥表忠心，说田哥呀，我这辈子全听你的，你指向哪里，我就冲向哪里！

田哥拍一下小弟的背，说，有你这句话，我的胆子更大了！田哥说这话时，眼里闪出两道亮光，亮光如同毒蛇口中吐出的蛇信子，小弟不自然地退缩一下。田哥的新大陆是去乡间收购小麦和稻子，转手卖给粮库。田哥说，一夏一秋，保管你赚个包儿鼓。

小弟说，买了卖，赚的是差价啊。

田哥说，你只知其一，不知其二。

小弟问，其二是什么？

田哥再看左右，压低声音说，秤，我们在秤上做文章。

秤上做文章？秤，一根秤杆一个砣，斤是斤两是两，多一两翘尾少一两低头，来不得半点假；地磅是个铁家伙，看似笨拙，道理也一样。

田哥见小弟翻白眼，估计一时半会儿也想不明白，就快刀斩乱麻，说你按我说的做，保你净赚不赔！

只要能赚钱，小弟就刀山敢上火海敢闯，于是再次表态，说，田哥，我听你安排！

田哥看火候到了，嘴咂吧一下，两手不停挠头。小弟看田哥有难事，把胸脯拍得咚咚响，说田哥，有事你尽管吩咐！

田哥笑了笑，像说绕口令，说难也不难，说不难也难。

小弟催促道，难与不难你说出来嘛！

田哥不停搓动手指，说钱，哥想做事，钱不足。

小弟想到家里那一万块钱，于是问田哥差多少。田哥说，一万。小弟听后说，明天借你。田哥说，不用借，你拿来算你投资，分红时你多得。

晚上到家，小弟叫雯雯拿钱。雯雯拿出存折，存折上少了三千，问雯雯，雯雯把用掉的一项项算给小弟听。小弟想到晓晓，先打电话后上门。一番周折，凑齐一万元，小弟按田哥给的地址把钱汇出去，不几天快递把他所购东西送到家。这个东西就是地磅遥控器。遥控器的功能，货上地磅，如是购买，揿动按钮，货物重量减少；卖出，揿动另一个按钮，货物重量增加，一减一增，利润可观。高科技真是神奇！连着几天，买卖都很顺利，赚来的钱比他们想象的还要多。这天傍晚，两个人满心欢喜地把收来的粮食运进粮库，过磅后粮库的工作人员叫他们稍等。稍等时小弟在心里算细账，一算才知，今天的利润又创新高。正高兴时，见两名公安向他们走来。小弟这时还不知自己已在公安人员的掌控之中，他还对那个年轻公安笑了一下，想他比自己也大不了几岁。两名公安已来到他和田哥身边，小弟耳听“咔咔”两声响，低头看，他和田哥已被戴上手铐。是做梦？还是拍电视剧？小弟正要询问，就听年轻公安厉声说，老实点，跟我们去派出所！

这一去，小弟和田哥再没有出来。量刑时二人有所区别，因为密谋时，在龙虾馆请客是小弟掏的钱，购买地磅遥控器也是小弟汇的款。毋庸置疑，主谋就是小弟，而非田哥。铁证如山，事实如此，谁也更改不了。

挤奶的女人

晓英的奶子涨了，胸部像通了电，热辣辣、麻酥酥，舒服，也有点痛。晓英像被施了定身法，一动不动地僵在工作台上。晓英知道她若动，奶子受惊，奶水会像水枪一样往外喷射，一发而不可收。晓英不用低头，也知道自己涨奶时的样子：两只奶子像白面馒头，浑圆坚挺，将罩褂高高顶起，侧面看像两座山峰；奶穗招摇，高高耸立在乳房上。此时如果解开纽扣，就会看到奶子上的青筋，条条如蚯蚓，仿佛要破皮而出。晓英偷看左右，见兄弟姐妹都在埋头干活，无人注意她，这才低头打量自己，一看脸腾地红了——奶水已经渗透衣服，两块湿痕像花蝴蝶落在两座山峰上，分外显眼。晓英不敢耽搁，跟红杏组长耳语几句，快步走向洗手间。

晓英是北方人，来南方已八个年头。初来时，晓英是个黄毛丫头，吃了八年南方饭，已脱胎换骨，要是不开口，没人知道她是小孟庄人。

往事不堪回首，但晓英常想过去。想，是给自己敲警钟，警钟长鸣，才不会忘记过去。不忘过去，也就少走弯路。

晓英父母早逝，无依无靠的她投奔到哥哥门下。哥哥瘦肩挑重担，看几亩责任田喂不饱几口人的肚子，于是外出打工。哥哥走后，嫂子顶门立户，成了晓英的主人。那时晓英读初三，成绩中不溜儿，晓英有把握，再读几个月，考高中那是秃子头上捏虱子——十拿九稳的。嫂子只顾眼前，不看未来，别说几个月，一天都不愿等。她既不征求哥哥意见，也不和晓英商量，断然下令，叫她弃学回家，跟她下田劳动。晓英知道眼泪救不了自己，于是想用软话打动嫂子。晓英的软话是：离毕业仅剩几个月，曙光就在眼前，不读就是前功尽弃。她要恳求嫂子，请她看在亡去的双亲分上，给她一条出路，让双亲含笑九泉。晓英还想立字据，向嫂子保证，只要能读书，她这辈子不嫁人，当牛做马，也要报答嫂子的养育之恩。

晓英肚子里的话像冰糖葫芦一串一串往上蹿，把她的喉咙堵得结结实实，憋得她透不过气。晓英呼吸加重，像个哮喘病人，一呼一吸全用嘴巴。晓英难受极了，她给自己打气，催促自己赶紧说，要竹筒倒豆子，把肚里的话全部说出来。晓英对自己说，你的嘴就是你的路，就是你的未来。机不可失，时不再来，不说你将后悔一辈子！晓英鼓起勇气，头一点一点往上抬，她的视线刚触摸到嫂子的脸就脱兔似的逃离开，喉咙里的话也像老鼠遇见猫，倏忽不见踪影。晓英连连后退，一堵墙挡住她的退路。嫂子逼视她，嘴巴一开一阖，甩出一句狠话：“告诉你，今天你应也得应，不应也得应！”

晓英走投无路，嘴巴张了张，失语似的没有发出声响。

嫂子“咚”地跺一下脚，咬着牙齿问：“你是聋了还是哑了？”

晓英慌慌点头。

点头就是答应。嫂子从鼻孔里哼出一声，进屋去了。少顷，晓英也回到房间。这时正是上学时间，书包在桌子上放着，晓英却无权背它。回想刚刚发生的一幕，晓英不明白好好的一个人为何突然失语，像个哑巴只会点头。晓英害怕自己不会说话，她张开嘴巴，试着“啊”一声，声音从口中发出，清晰地进入耳中。验证结果，嗓子是好的，晓英放心了。后来再想这事，晓英对那天的失语之事有了精准解释：那就是弱小无助面对强悍暴力时的惊慌失措。

晓英辍学后，校长和老师来找嫂子，让嫂子从大局出发长远考虑，不为一时之难断送晓英前程。校长怕嫂子听不懂，要她别鼠目寸光，要放长线钓大鱼。嫂子铁口钢牙一口回绝，她冷笑一声对校长说：“狗屁！什么长线？什么大鱼？你是站着说话不腰疼！她去上学，往学堂里一坐，风不吹头雨不打脸，过舒坦日子。”嫂子突然打住，喘口气，用手指着晓英，又说，“她舒坦了，我这个当嫂子的就该累死累活啊，忙里忙外，还要管她吃喝拉撒。你俩说说，这公平吗？合理吗？”

校长遭骂也不生气，还给嫂子戴高帽。校长说：“你是嫂子，长嫂比母嘛！”

老师插言说：“母爱无私！母爱伟大！”

嫂子油盐不进，冷脸说：“糖抹鼻尖上！我问你们，好话能当饭吃，彩云能当衣穿吗？”

校长咂咂嘴，转换话题说：“你刚才说的吃喝拉撒，我这个当校长的管不了，但是学杂费能管。”

嫂子说：“你是男人，又是校长，要是看好这个丫头，就把她接家里去，当闺女养，也省得我操心！”

校长和老师无言以对，摇摇头走了。

施救未成，晓英从此成了农民。成了农民的晓英每天要做这几件事：喂猪、放羊、照料鸡鸭，做完这些还要下田。晓英最烦的是猪，那张尖嘴像无底洞，老也填不满，不时哼唧几声，还把尖嘴插进门缝，将门晃得“哐啷哐啷”响。一天嫂子从外面回来，见猪晃门，针扎似的大叫：“晓英！晓英！死哪里去啦？”无人应，跑到门外，见晓英在坡上放羊，手卷成喇叭叫喊。晓英应声而回，嫂子一把揪住她的耳朵，骂道：“死丫头，记性被狗吃啦？”

晓英被揪疼了，用手护着耳朵大叫：“嫂子，猪不饿，不信你看它的肚子！”

嫂子说：“猪有病啊，不饿它会叫唤？”

晓英说：“我怎么知道？”

嫂子甩手一巴掌，说：“叫你犟嘴！”

一条血迹蚯蚓似的从晓英嘴角爬出。晓英不哭，也不擦血迹，眼睛直直地看着嫂子。晓英记忆里，她这是第一次直面嫂子。嫂子力量比她大，也打了她，但晓英感觉她再也不怕她了。

被嫂子打后没几天，晓英带上换身衣裳和洗漱用品离家出走。晓英的一举一动全在嫂子眼里。嫂子视而不见。嫂子这样做是源于她对晓英的了解。嫂子想她是吃了巴掌和她斗气，拿出走做样子，吓唬她，想她说软话。如果她开口说话，或是伸手拉她，她就有了面子，也占了上风，今后哪怕上房揭瓦也不能动她一指。做你的白日梦去！嫂子想，一个不谙世事的黄毛丫头跟我斗心眼儿，那是天上地下差老鼻子远。我过的桥比你走的路长，吃下的盐比你吃的米多，想争面子，那是痴人说梦、痴心妄想！天要下雨娘要嫁人，有本事走远一点，走了永远别回来。嫂子有把握，晓英出走，也就是到大街上溜一圈，看看热闹，不到天黑就会灰溜溜地回来，当喂猪喂猪，当拴羊拴羊。

嫂子想错了，晓英出走后就杳无音信，再没回到这座屋檐下。

晓英只想远离嫂子，离开这个家。她铁下心——嫂子就是拉她，说软话挽留，好话堆成山，她也不回头。出乎意料，嫂子无动于衷，像个看客目送她出门、远去。晓英清楚，在嫂子眼里，她就是一碗水，五脏六腑都在她的眼睛里。说实话，出门刹那间，晓英也心生惶恐，脚下犹豫不决，每迈一步都很吃力，路仿佛有了吸力，拉她缠她扯她，让她留下。说实话，自出娘胎，晓英还没独自出过远门，最远的路就是学校，还有镇街，县城是什么样子她描述不清。但走着走着，思路渐渐清晰起来。开弓没有回头箭，哥哥能出门闯世界，她为什么不能？路不是天生就有，是人一步一步踏出来的。这么想着，晓英不再惶恐。脚下的路是上学的路，晓英走了好几年，闭着眼都不会走偏道。出门时晓英没有流泪，这会儿泪水模糊了双眼。晓英停下脚步，往前看，不远处就是镇街。镇街被柏油马路切成两半，分成东街与西街。西街建有车站，出远门的人就在那里候车，车来了就上去，车会把他们送往目的地。晓英上学时曾去过车站，车站简陋，陈设破旧，像个上了年纪的邋遢人，但晓英感到新鲜，她羡慕那些将要登车的人。那时的晓英不会想到，不久的一天她也会登车，也成为被人羡慕的人。想到这，晓英心里好受一些，不再为辍学的事纠结闹心。她往田里望了一眼，这一看就看到了父母的坟墓。晓英想应该走父母那里，与他们道别，告诉他们她已长大，今天要出远门，像哥哥一样闯世界去了。于是横插过去，在父母坟前跪下，重重地磕了四个响头。再次上路，晓英的脚步轻快了许多。

人地生疏，晓英小学时学过，还造过句子。造句时，晓英没有切身体会，按书本意思照葫芦画瓢地写出一段话，交给老师完事。来到县城，往站外走，眼前熙来攘往的全是人，定睛看没一张熟脸；走到大街上，满眼高楼，商铺一家挨着一家，和晓英见过的集镇完全两样，往日学过的成语兀然蹦出大脑。晓英脚下踟蹰，畏葸不前，一个抹口红的女人上来搭讪，熟人似的说："姑娘，第一次进城吧？"

晓英看看对方，腼腆又谨慎，回答说："是呢。"

女人上前一步，问："想打工赚钱？"

晓英想这个女人真厉害，跟嫂子一样，一眼就把她看穿。晓英不敢多话，抬脚就走。

女人跟着，没话找话说："姑娘还没吃饭吧？跟我走，我家管吃管住，物美价廉，包你满意。"

晓英见她拉生意，没别的意思，也就不再害怕。女人看晓英不躲她，就想做成这笔生意，熟人似的拉她一把，说："去看看吧，不满意姐送你回来。"

一个"姐"字拉近两个人的距离，也让晓英放松警惕。女人在前，晓英在后，二人沿街北行。走了一会儿，晓英不知终点在哪，心提起来，问："姐，还没到吗？"

女人回头说："快了，就在前面。"

晓英不好说什么，继续走。街上的人多，晓英怕走丢，紧紧地跟着女人。女人倒是不怕，小步快走，高跟鞋“嘀笃嘀笃”地敲击地面，清脆、悦耳，比敲鼓好听。穿过两条街，晓英心里发毛，虚汗都出来了，正想打退堂鼓，女人停下来说：“到了。”说着进了门。

晓英跟女人进去，女人帮晓英安排饭菜，还为她登记住宿。晓英说：“姐，吃完饭我就走，不住宿了。”

女人问：“你城里有亲戚？”

晓英说：“没有。”

女人拉起晓英的手，拍打着说：“傻丫头，城里没亲戚，晚上睡哪里，用糨糊粘墙上啊？”想想又说，“你是大姑娘，晚上乱窜不安全。”

晓英说：“姐，这才半下午，我……我还想走呢。”

女人想你才来，一宿没住就走，我不是白费唾沫吗。女人是这家小旅馆雇佣来的，不发工资，收入按拉客多少提成。女人不想让煮熟的鸭子飞走，把晓英叫妹，还拉她去看房间。女人说：“妹啊，你先住下，姐明天带你找工作赚钱！”

自父母去世，晓英就没得到过别人关爱，也没听到过知冷知热的话，今天这个素不相识的女人全给她了，晓英感动得热泪盈眶，一头扑进女人怀里，动情说：“姐，小妹听你安排。”

女人心里软了一下，想了想还是为晓英登记一张床铺。

第二天，女人把晓英领出门，她要兑现她昨天说过的话。其实女人比晓英强不了多少，她也是进城务工者，要是有办法换工作，早不干这个了。在车站拉客，多少带点蒙骗的意思，但是不骗在城里又无法生存。女人不敢多想，带晓英来到车站，见有出站的人就笑脸相迎，把印有小旅馆号码的名片往人手里塞，得空也瞅一眼海报栏和高压线杆，看有无招工信息。半天过去一无所获，还倒贴晓英一盒快餐。最后女人想出一个利人也利己的好事：让晓英也来车站拉客。拉到客提成归晓英，但晓英必须住在小旅馆。女人打着如意算盘：晓英住下，她就能从老板那里拿提成。提成的事要隐蔽，不能让晓英知道。

女人和晓英说，晓英知道自己口袋里仅剩零钱，整钱已付了房费，想走连买票钱都没有，于是答应了女人。晓英想的是，干这个是权宜之计，等挣到钱再作打算。

晓英离开县城是一个月之后的事，离开时女人不知，旅馆老板也不知。晓英想自己不欠谁的，没必要把自己的行踪告诉别人。坐在去南方的车上，晓英是想恨女人的，恨她自私。女人进城也是挣钱，自己花 50 元月租住房子，却让她花 50 元一晚住小旅馆。老板看晓英成为常客，就想多赚一些，把女人的提成取消了。女人拿不到提成，脸拉得老长，说难听话给老板听，晓英从中听出端倪，就想远离这两个见钱眼开的人。

车离县城愈来愈远，看路牌，还有 150 公里就到晓英去的那座城市。晓英选择这座城市，是听说哥哥在这里。两座山不碰头，两个人总能碰上。晓英想说不定某一天走在大街上，或在商店购物就能碰上哥哥。哥哥想不到妹妹也会来南方，见了她肯定不相信，也不敢认。

打了一会儿盹，车子到站。随着人流往外走，晓英有经验，见有人拉她住宿，一概不理。来到站外，晓英虽不知去哪里，但她装着匆忙的样子，两眼不停瞅望，给人感觉是在等人。到底是大城市，刚出车站，晓英就看到一则招工广告，她记下地址，一路找过去。是一家生产电子产品的工厂，晓英在门口细读招工简章，门都没敢进，顺原路返回车站。这家工厂招的是高中以上学历者，就是说最低文化是高中，学历越高越受欢迎。晓英有自知之明，她若进门应招，那是疤瘌眼照镜子——自找难看。

在车站转悠，晓英看到高压线杆有一则广告。广告时间长了，纸褪色，边角破损，字迹也模糊。晓英凑近一点，看清是劳保服装厂招缝纫工。缝缝补补的事晓英能干，但她不知是否过了招工时间。晓英想碰碰运气，大不了多跑几里路。晓英按图索骥地找到缝纫厂，出乎意料，竟被录用了。厂方丑话说在前：学徒期提供食宿，不发工资。晓英想能有落脚之地就算顺利，况且还能学技术，于是满口答应。

时间如流水，转眼20天过去，晓英学习期满，可以独立工作了。

独立工作是按件记工，晓英想这和在县城那家小旅馆拉客差不多，不同处是一个动嘴，一个动手。

晓英喜欢动手。

是流水作业，如果是上装，晓英负责衣襟两道直线；是裤子，晓英缝合两条裤管直缝。输送带从上首传来布料，晓英接过，展开布料，缝纫机“嗒嗒”一声响，如同知了扇翅，一道缝好了；再一声响，另一道缝好了。顺手把半成品放入输送带，传给下一位姐妹，再从输送带上取下布料，周而复始，每天干的就是这个。一个月下来，晓英领到与同组姐妹一样多的工资。有钱就开心，有钱生活就有保障，换季时晓英为自己购买一身新衣，休息日被姐妹拉去逛街，换上新衣，看着也体面。

不经意间又到月末。晓英见姐妹们计算工资，心想这有啥好算的，有组长计算，班长把关，错不了。不想工资到手，一个姐妹连数两遍，说错了，去找组长。组长拿出工单核对，真的少算二十元，当即造表补上。晓英想要是她绝不开口，二十元不算少，节省一点，够两天饭钱，但是钱和肚子比，她宁愿饿肚子。肚子饿了还会饱，名声坏了，这辈子就完了。

干了一天活，晓英不觉累，下班后脚步轻松地向食堂跑去。组长在后面喊：“死丫头跑啥呀？”

晓英站下来等，待组长走近了说：“组长姐，我买饭票去。”

组长问：“等米下锅啊？”

晓英说：“也不是，还够两天吃的。”

组长说：“看你急三火四的，我当是相亲呢。”

晓英被说得不好意思，红着脸说：“组长姐，别开玩笑了。”

一路说笑来到食堂，组长也是买饭票。晓英让组长先买，组长买后急匆匆地走了。晓英将钱递进窗口，拿出来的饭票却比钱多，晓英数一遍，又数一遍，还是多。正要把多出部分退回去，一抬眼，看见男会计向她眨眼睛。晓英知道男会计是有意为之。晓英心跳加快，脸像火烧一般烫，犹豫一下，还是把多出的票退回去。

几年后，晓英回首自己走过的路，最不能原谅自己的就是那次犹豫。

一次犹豫给心灵造成重创，让晓英终生疼痛，永世难忘。

男会计是个阴谋家、大色狼，晓英的一个细微举动被他精准捕捉到。

细回想，晓英见到男会计只有三次，就是说男会计见晓英也是三次——第一次是刚进厂，晓英用学徒证明领取饭票；第二次是独立工作后，晓英用挣来的工资买饭票；第三次就是这一次。

老话说：苍蝇不叮无缝蛋。

老话又说：天上不会掉馅饼。

晓英知道这些话只停留在字面上，她涉世不深，缺少切身感受。所以在后来的一天下班路上，晓英邂逅男会计，把男会计的热情问候当成世间最高礼物，于是用阳光般的笑容回馈对方。男会计受到阳光照耀，温暖、燥热，他把外衣脱下，潇洒地搭在肩上。晓英看到眼睛一亮——她熟悉这个动作。记得一次跟哥哥外出，哥哥走热了先是把外衣拿在手里，后又搭在肩上。晓英想男会计多半来自农村，这个习惯定是在农村养成的。这么一想，她的心就与男会计贴近了一点，于是又对男会计笑了一下。晓英这个笑带有告别的意思，不想男会计又有新的动作，他从肩上取下外衣，像突然想起什么，用手拍着脑门说：“看我，差点忘了正经事！”说着从口袋里掏出饭票。饭票用牛皮筋束起，有一指厚。男会计说：“这是你的！”

晓英感到突兀，脸上的笑像受惊的小鸟快速逃遁，手背到身后，一边后退一边说：“不是我的东西，我不能要！”

男会计“哧”地笑了，言之凿凿地说：“我盘过账，这是多出来的，你说不是你的，那会是谁的？”

晓英摇头说：“这是你的事，我哪里知道？”

男会计抢步上前，抓过晓英的手，把饭票拍进她的掌心，又用力握住说："我说是你就是你的，拿好了！"说后走了。

晓英像被施了定身法，目送男会计一步一步走远。

现在想，男会计走的每一步都是设计好的，环环相扣，严丝合缝。就像她们做缝纫，先有图，每一道工序都按照图纸走，走完工序，一件成品就出来了；而男会计设计的图不是成品衣，而是深渊，是陷阱，他用饭票做诱饵，引着晓英一步一步走向深渊，跌入陷阱。晓英在深渊里孤立无援，在陷阱里不能自拔，带着三个月的身孕卧在铁轨上，想借火车的铁轮了却生命，是组长给她新生。不是组长出手相助，也就没有她今天的正常生活。

未婚先孕，这是天大的丑事，要是传回小孟庄，嫂子要笑掉大牙，逝去的父母要遭全村人唾骂。晓英有家难回，也无脸面对全厂姐妹，走投无路时，组长给她打气，安慰说："别愁眉苦脸的，天塌下姐为你顶着！"

晓英刚打过胎，不敢多伤心，她强忍住泪水说："组长姐，我不能回小孟庄，也不能在厂里待。"

组长说："树挪死，人挪活。别怕，姐为你想办法！"说后风风火火地走了，傍晚时分又来晓英住处，晓英一看组长脸上的笑容就知道她的命运有了转机。晓英静静地等待。组长坐到晓英床头，抓住她的手说："我为你换了一份工作，你歇息几天就去上班。"

晓英惊喜地坐起身，问："组长姐，真的啊？"又问，"我要去哪里上班啊？是干什么的？"

组长说："老本行，还做服装。"

晓英一听泄了气，半晌才说："我不能在这里丢人现眼。"

组长拍拍晓英的腿，说："死丫头，想哪里去了，姐给你找个新地方，谁也不认识。"

晓英听是这样，转忧为喜，追问道："组长姐，快告诉我，是哪家厂子？"

组长亲昵地拍拍晓英的脸，说："丽华童装厂，专做儿童服装。"

晓英高兴地想流泪，被组长制止住。

组长一手托两家，几天后，晓英悄没声息地离开劳保服装厂，顺利地坐到丽华童装厂的工作台上。

晓英的新生活由此开始。

童装厂比劳保服装厂大，年轻人也多，走进车间仿佛进入蜂房，嗡嗡嘤嘤，忙而有序。注意看，缝纫工里竟然夹有男人，让晓英稀罕不已。在小孟庄，针线活属于女人，男人若是穿针引线定遭人笑话，说这个男人不男不女，像个二姨子（两性人）。男人落下这个名声，这辈子就完了，好女人是不会嫁他的。想到男女事，男会计又浮现眼前。晓英暗骂自己没出息，忙将目光移向别处。

晓英报到后被安排到一个空位上，她看左右都是姑娘，心里暗暗松了一口气。组长介绍晓英来这里，说她是熟练工，上机就能工作。晓英没给组长丢脸，上机就娴熟地操作起来，缝纫速度不比姐妹慢，输送带像溪流一般流淌，她接过布料，机器一声响动，再一声响动，工序完了，顺手将半成品放入输送带，不慌不忙，速度与输送带转速相当。

晓英来童装厂时穿的是秋装，现在毛衣已经上身，就是说她来这里已换了季节。时间真快啊。这天组长打电话给晓英，说她下班过来。晓英好多天没见组长，很是想念，接到电话，开心地说："组长姐，我好想你啊。"

组长说："姐一会儿就到。晓英啊，你的好事来啦！"

晓英说："组长姐，我在厂门口等你，不见不散！"

组长说的好事，指的是晓英的婚事。两个人在厂门口刚碰面，组长就迫不及待地说起来，还拿出照片让晓英看。晓英双手蒙面，像避瘟神一般往路边躲。组长跟过来，拉住她说："死丫头，跑什么？姐又不吃人！"

晓英看没人注意她们，站下说："组长姐，你说的好事就是这个啊？"

组长用指头点着晓英的脑门，问："婚姻是人一辈子最大的事，说大它比天大，你说不是好事，难道是坏事？"

前车之鉴，晓英不愿想这事。她噘着嘴巴不说话，组长看出来，就为她洗脑子，让她别一朝被蛇咬，十年怕井绳。组长说："世上好人多，坏人少，人跟人是不一样的。"

说了一会儿话，晓英的态度出现变化，嘴巴不噘了，也不再躲避。组长再次拿出照片。晓英瞄了一眼，是一张五寸彩色照片，一个与晓英年龄相仿的男子站在工厂门口向她微笑。晓英再瞄一眼，工厂就是自己工作的丽华童装厂。

晓英的心狂跳起来，说话的声音都变了，她问："组长姐，照片上的这个人是谁？他在哪里上班？"

组长笑说："这个人姓王，和你一个厂，在机修车间，干修理。"

组长的红线牵住了这对男女，一年后，一个小生命来到人间。

小生命给这对小夫妻带来欢乐，同时也带来现实问题。二人世界，一张床铺照样甜蜜度日，有了小生命就是三口之家。家就得有家的样子。丈夫小王在小生命呱呱坠地后，忙里偷闲地租赁一间民房，生活必需品未及置办，晓英和孩子就出院入住。

有了住所，就有了家。家温馨、甜蜜。家是一根桩，把晓英的心牢牢拴住。晓英的心变得踏实，岁月仿佛回到从前，她和哥跟着爸妈生活。一天夜里，晓英大声叫妈，吵醒小王，也惊醒孩子。孩子哭，晓英又是哄又是呵，孩子依然哭。小王建议说："喂奶试试。"

晓英慌慌撸起内衣，奶头堵住孩子嘴，孩子有奶吃，不哭了。晓英看一眼小王，说："你真有办法。"

小王吹嘘道："没吃过肉，还没见过猪吗？"

晓英推一下小王，笑说："刚说胖你就喘起来了。"

有了孩子快乐多，琐碎事也多。快乐而又忙碌的日子过得快，转眼产假就结束了。接到上班通知，晓英愁得吃不下饭。孩子怎么办？她让小王拿主意。

小王自言自语说："保姆不能找，找了负担重。"

晓英接话说："保姆是有钱人请的，我们请不起。"

小王说："要不这样……"说了半句停下，两眼看着晓英。

晓英催他快说。

小王说："我说了你别生气。"

晓英说："不生气。"

小王说："把你嫂子请来。"

听是这个，晓英的脸色陡变，大声说："不准提她！"

小王说："看你，说不生气还生气，出尔反尔。"停会儿又说，"要我说多亏嫂子那一掌，不是她我到哪娶这么好的老婆。你说是不？"

晓英撵鸡似的说："去！去！去！油嘴滑舌！"

小王做个滑稽表情，说："好，不说这个，说孩子。"他从晓英怀里抱过孩子，说，"我俩上对班，一切问题迎刃而解。"

晓英直言不讳说："我也想过，可我担心你带不好。"

小王把握十足地说："别担心，孩子饿了我喂，哭了我哄。八小时，坚持一下就过去了。"

晓英问："你喂啥？又拿啥哄？"

小王说："奶粉。"

晓英闪着泪花说："现成的奶吃不上，却要吃奶粉，钱打水漂儿了。"

小王说："我算过账，打水漂儿也比找人划算。"

上班第一天就是夜班。

出门前，晓英又让孩子吃奶，孩子吃得直打嗝，把奶头吐出来。晓英想孩子多吃一口奶水，就会省下一口奶粉。奶粉要钱买，而奶水不用。可孩子不听她的，吃饱就不吃了。晓英看时间，再不走就要迟到，这才放下孩子，心急火燎地往班上赶。

在班上，晓英手里干着活，心里想的却是孩子。晓英想的是现在时——孩子是醒还是睡？醒了闹人吗？小王和奶粉，会不会烫着孩子的小嘴……这就分心了，干活速度明显慢下来。

过去干活，晓英手上的速度与输送带同步，忙里偷闲还能与姐妹说几句闲话，一个班下来，并不感到累。今天也不累，但有点紧张——晓英感觉输送带在挑战她，想把她甩下。晓英心里骂输送带不是东西，过去我是姑娘你乖乖待我，今天当妈了就要弄我，狗眼看人！

晓英憋着一股劲，手上用力，速度上去了，感觉又回到姑娘时代。却没坚持多久，不觉中又想房子。

晓英和小王租住的房子在郊区，离童装厂十多里，骑车一小时。舍近求远来这里，图的是便宜。别看房子小得像鸽笼，仅十多平方，一张床、一张饭桌就占去大半，如果放在闹市，租金翻一番。小王跟晓英说，跑路费的是力气，省的是钞票。力气是什么？它是井里的水，前面用了后面就来，而钞票不是。这些道理晓英懂。晓英的心大着呢，她跟小王合计，等攒够首付款，就在郊区买房子，买不起大的，就买小户型。有了房子，就不用往外掏租金了。

目标明，日子就有奔头。

晓英一边想事一边干活，突然胸部一阵酥麻，浑身如遭电击，人一动不动地僵在那里。是涨奶了，十万火急，眼下要做的是找个背静地方挤奶水。晓英跟红杏组长耳语，请她上机帮忙。得到许可，晓英快步走进洗手间，纽扣没有完全解开，一对奶子就急不可耐地跳出来。晓英双手齐动，两只奶头像两支水枪"嘶嘶"喷奶水，奶水通过水池流进下水道，与脏水一道流走。多好的奶水啊，就这么白白地糟蹋了。挤了几把，奶子刚舒服晓英就停手。晓英知道过一会儿奶子还会涨，但她不愿多挤。奶水是孩子口粮，营养胜过奶粉，晓英想把奶水尽可能多地带回家。孩子多吃奶水就会省下奶粉，省下奶粉也就省下钞票。聚沙成塔，积少成多，少买一袋奶粉就省下几十元，毫无疑问，他们的积累也就增加几十元，积蓄多，离目标也就近了。晓英知道，小王虽没明说，他们的方向却是一致的。

我被好运撞了一下腰

1

听说孟小三发了大财，一家伙得了300万，听者脸上布满不屑，说骗鬼去吧，你当钱是树叶呀，一捋一大把。传话人尴尬极了，嘴巴像沙滩上的鱼张了几下，知道说破嘴也无人信，叹息一声走了。众人看传话人离开了，一个个敞开嘴巴笑。十里无真言。县城离小孟庄六十里，不用推算，也知这话水分有多大。孟小三发大财，除非老驴长角铁树开花。孟财富是有心人，他想无风不起浪，真相如何必须弄清楚。中午到家，他顾不上吃饭，一头扑进房间，抓起电话就打给儿子，要他打听一下，看孟小三犯了啥事。

知子莫如父。

孟财富的儿子孟小宝在县城做包工头，手下有一群农民工。农民工嘴巴甜，把孟小宝捧上天，人前孟总，人后也孟总，叫得他飘飘然，真把自己当成总经理。总经理就不是普通人，抽烟要“紫一品”，便宜了拿不出手；喝酒要百元一瓶的，钱低不上档次，喝了辣嗓子；出门要坐小轿车，把一辆半新摩托放在家里睡大觉。孟小宝自从成了“孟总”，家庭地位也不同以往，常把家人当手下，说话吆五喝六，官腔十足。这种情况，孟财富要他当侦探，看孟小三发啥大财，十有八九遭拒绝。孟财富换个角度说话，孟小宝果然感兴趣，当即表态说：“大呀，你等着，我这就打听去！”孟财富没敢挪窝，守在电话旁等消息。两顿饭工夫，电话响起，孟财富惊得像针扎屁股，凳子倒了也顾不上扶，抓起电话就往耳朵上捂。只听孟小宝在电话那头喊：“大啊，不得了喽，孟小三发大财啦。奶奶的，他是一夜暴富！”

孟财富听了，心快要蹦出来，他强咽一口唾沫，问：“孟小三发大财，你说说看，他是不是抢银行啦？”

孟小宝着急道：“大呀，你想歪啦，孟小三是走路捡元宝——走天时！”

孟财富疑惑道：“走天时？他……他真的捡到元宝啦？”

孟小宝说：“咳！不是捡元宝，是拆迁，政府给的补偿，一笔头就是 300 万。300 万啊！”

孟财富倒吸一口气，惊叫道：“天啦！300 万？小宝，你……你没听错吧？”

孟小宝又恢复往日模样，官腔十足道：“我会听错？告诉你，我的耳朵好着呢！”说后挂断电话。

电话这头的孟财富没有看到，也不会想到，孟小宝是指着自己的鼻尖说这话的。

2

在小孟庄，孟小三知名度挺高，鲜有不知的。提起他，老一辈会摇头，脸上似笑非笑，会看的能看出笑的后面隐藏的是不屑；小一辈会说那是个蹬三轮捡破烂的小气鬼。

如此看，小孟庄人是不待见孟小三的。这怨不得别人，路靠自己走，名要自己树，孟小三自己赖在地下，弄得一身脏也怨不得别人。

孟老爹在小孟庄辈分最高，辈分比他高的都已入土，成了故人。论资排辈，孟老爹成了小孟庄最受尊敬的人。孟老爹过七十大寿。人生七十古来稀。孟老爹过寿，这既是他个人的喜事，也是小孟庄人的喜事。生日这天，全村一户不落，每家都出一个代表去他家喝喜酒。孟老爹家院子大，八仙桌摆了六张，还有人没地方坐。孟老爹放眼一看，不等知客发话，挥手说："狗子，把你家院子挪一挪！"

听到召唤，一个叫狗子的男人从席位上站起来，跑着走了。不用吩咐，一群男人跟着狗子去。人多好做事，不多会儿，狗子家院子里的杂物就被挪出来，再一会儿院子里就摆上几桌酒席，剩余的人蜂拥而去。皆大欢喜，整个村庄都沉浸在祝寿的喜悦中。宴席开始，酒打开肉上桌，酒香肉味随风而去，引来一村的猫狗。猫蹲在桌下，一会儿用爪子挠主人，一会儿又用脸贴主人的脚，提醒主人别忘记它；狗趴在不远处，眼睛盯着桌子看，期待主人赏赐鱼刺或是肉骨。这一天，这个时辰，孟小三骑着三轮车一头汗水地回来了。他回来得正是时候，孟老爹看到他的三轮从门前经过，心里美滋滋的，想这个孟小三，全村人都说他小气，把钱看得比面子重，我看不尽然，今天不是回来了吗！他回来干什么？肯定是奔着喜酒来的！孟老爹和知客耳语，让他提前安排，把酒杯斟满、筷子摆上，孟小三来了就喝酒吃菜。左等不来，右等不来，直到两院人酒足饭饱，拿着喜糖、捧着寿桃散去也不见孟小三身影。孟老爹在心里骂一句：给脸不要，真他妈小气！

孟老爹做寿是喜事。乡俗曰：喜事不请不到。这么说孟小三没到孟老爹家喝喜酒是可以原谅的，要怪只怪孟老爹没提前招呼。但孟小三做下另一件事，就不能怪小孟庄人指着他的背影说三道四了。

五婶比孟老爹晚一辈，岁数却比孟老爹大，是米寿之人。五婶心善，老少无欺，见谁都笑，猫见她嬉闹狗见她摇尾。五婶身子骨硬朗，连感冒都少有，乡医院、村卫生所的门朝哪开一概不知。就是这样一个人，说走就走了。走即死。五婶走不是病走的，而是一觉没醒，第二天早饭时，五婶没有起来。这事从没发生过。五婶勤快，每天都是第一个起，放鸡、扫院，做完这些，家人才陆续起床。五婶的儿子见母亲没来吃饭，叫闺女去叫。闺女到床前叫了几声，不见应答，慌慌返回，说奶奶不理。儿子闻后奔至床前，叫声妈，五婶不应。儿子掀开被子，五婶双目紧闭，身体僵硬，看来已走了多时。

小孟庄人都说五婶是福人，走得利索，自己没遭罪，家人没受累。

乡俗曰：丧事不请自到。

五婶过世，小孟庄的人都以各种方式前去吊唁。出殡那天，家家关门，全村老少都去墓地送五婶，连远在省城的孟法官也赶了回来。

孟小三也回来的。五婶的家人记得清楚，在场的人也都看到了，孟小三是给五婶磕过头才离开的，可翻看账簿时，却怎么也找不到他的名。五婶的儿子几夜没合眼，眼睛发花，他怕看错了，揉揉眼又看，还是没有；接着翻礼簿，从头翻到尾依旧没找着孟小三的名。奇怪呀，记账人曾干过会计，做事细着呢，想出错都不易，就是说孟小三来吊唁连只花圈都没舍得买。消息传出，小孟庄人议论纷纷，都说孟小三小气、啬刻，是个一毛不拔的铁公鸡！

3

孟小三成了郊区人，说到底是沾“倒插门”的光，严格说是个冒牌货。小孟庄的年轻人不知底细，孟财富这一辈人是水牛吃荸荠——嘴上不说，心里有数。

时光退回到二十世纪七十年代，孟小三和他的兄弟仿如路旁的破砖烂瓦不受人待见。

孟小三兄弟多，按顺序排名，共有五人，都是带把的。五个带把的真叫人头疼，睁开眼就打闹，家里连只猫都养不活。别看兄弟几个在家闹成一锅粥，出门却是一群狼，打起仗来一致对外，拳打脚踢、指挖嘴咬，从不吃亏，村里的小伙伴惹不起，见到他们就躲。

日落月出，冬去春来，孟小三五兄弟眼看着长大了，大到讨媳妇的年龄。老大孟小一彻底没戏了，奔三十的人，脸黑皮糙暮气沉沉，看着像老丝瓜，别说姑娘，离婚女人也不愿嫁他，这辈子铁定打光棍。孟小二也滑入危险边缘，做父母的心急，死马当成活马医，隔三岔五往媒婆那里跑，家里两只老母鸡生的蛋，柜子里藏的几斤花生种全进了媒婆肚子里，也没见她领个姑娘到门上来。男欢女爱是你情我愿，和政府的扶贫济困是两码事。人往高处走水往低处流，仙女钟情穷小子只有戏文里有，现实生活从没见过。简言之，没有人愿意从米箩进糠箩，更无人愿往火坑里跳。常言说，猪多没好糠，人多无好饭。孟小三家那么多张嘴，每张嘴都是漏斗，多厚的家底也会吃穿。事实也是，用孟小三的话说，一天三顿吃眼珠（饭稀，能照见人影），只有三十年晚才能吃顿疙瘩饭。

这样的家让媒婆作难。眼见孟小二紧踩孟小一脚后跟，也踏入光混行列，孟小三有了紧迫感、恐惧感。他不想再糟蹋鸡蛋和花生米，悄悄跟父母说，他宁愿“倒插门”，绝不打光棍。

父亲吃惊道：“你心甘情愿做别人的养老儿？”

孟小三两腮的肌肉动了动，眼睛看定父亲，说：“我情愿！”

父亲又问：“你愿意为别人养老送终？”

孟小三斩钉截铁：“我愿意！”

父亲无话可说。

“倒插门”不体面，家庭走到这一步实属无奈。如果否定孟小三，他将恨他们一辈子。更重要的是，家里已有两个光棍。外人有所不知，光棍是会传染的，如果不从孟小三这里斩断病源，任其传播，这个家就成和尚庙了。利弊权衡，父亲最终拍板：不要老脸，成全孟小三！

多年后回头看这事，小孟庄人无一不竖大拇指，夸孟小三精明，说他父亲开明、有远见。

“倒插门”是男嫁女娶，媒婆闻说后主动上门，笑嘻嘻地掏出两张照片，任孟小三挑选。

两个姑娘一胖一瘦，胖的丑瘦的俊，孟小三相中的是瘦姑娘，父母看中的却是胖姑娘。孟小三诧异，怪父母黑白不分、美丑不辨。父亲开导孟小三，说：“世上三件宝：丑妻、洼田、旧棉袄。”又说，“美不能当饭吃，俊不能当衣穿。”孟小三清楚，父母相中胖姑娘，看的不是模样，而是她的家。胖姑娘家住西坝。西坝在哪？在郊区。郊区仅次于县城，比农村强百倍。据说那里的户口早就冻结，只有婚迁才能落户。

孩子不听老人言，吃苦在眼前。胖姑娘条件好，那就听父母的吧。

媒婆火眼金睛，看孟小三换了眼光，不停地端详胖姑娘，就知这桩婚姻有了眉目，于是向他介绍胖姑娘，说姑娘姓郝，名字叫郝翠翠。翠翠姑娘姐妹五个，人称五朵金花，前四朵已名花有主，做了别人的妻，剩下老巴子。老巴子芳龄二十，父母不让嫁，要她娶。孟小三要是乐意，就点个头，她立马坐车去西坝，择个见面日子。听了媒婆的话，孟小三的胸腔里像装了马达，整个人都要飞起来。

母亲看在眼里，催促道：“三儿，别磨蹭，赶紧应下啊！”

马达在轰鸣，孟小三感觉浑身的血液像洪水一样翻腾，嗓子发紧，想说话发不出声。母亲再次催促，他两眼离开照片，如同小鸡啄米，重重地点了几下头。

4

孟小三“倒插门”来到西坝，感觉自己就是一棵树，在小孟庄生长二十多年，被自己连根拔起，移栽到了西坝。西坝对于孟小三是陌生的，他不认识这里的人，也不熟悉这里的环境。开始几天，孟小三就像那些嫁到小孟庄的新媳妇，见人就笑，跟谁都打招呼。无事时，孟小三会走出门，顺路往前溜达，没几天，通向村外的几条路就被他摸清楚了。一天郝翠翠带他进城，孟小三一路在前，给人感觉是他在领路。

转眼蜜月过去，小两口儿开始正常生活。

西坝地少，人平几分田。几分田不种粮，种蔬菜，人们把这里称为蔬菜村。种蔬菜是细活，也是轻快活，跟女人缝衣绣花差不多。在小孟庄，男人不做这活。

出工第一天，孟小三没敢走在前，一路跟着郝翠翠。来到田里，看到一畦畦绿油油的蔬菜，孟小三不敢轻举妄动，眼睛瞟着郝翠翠，依葫芦画瓢，郝翠翠做什么他就做什么。

太阳跑得快，不觉快到中午。

小孟庄干活记工，半天下来，男人得五分，女人记四分。西坝不一样，同工同酬，男女平等，干半天，发五毛现金。

五毛不是小数，到街上能买七两猪肉，在小孟庄累死累活干两天也挣不到这么多。吃过饭，孟小三拿上工具，到门外等着。郝翠翠见了说：“你当西坝是小孟庄啊？”

孟小三不解，问：“怎么啦？”

郝翠翠一脸优越，说：“我们这里半天班，上午上班，下午休息。”

听到“上班”二字，孟小三想笑，心想这里虽说是郊区，干活不是记工，而是发现钱，但归根到底还是和土地打交道。和土地打交道的人是农民，与机器打交道的人是工人；农民在野外劳动，工人在室内开机器，二者有天壤之别，三岁小孩都懂。把劳动说成上班，明显在拔高自己，往自己脸上贴金。后来又想，工人上班挣的是工资，而这里的人上工挣的是现钱，现钱和工资是一码事。这样一想，感觉郝翠翠也没有说错。

入乡随俗，孟小三说：“我想上班，不想休息。”

郝翠翠笑说：“我知道你想的什么。”

孟小三问：“我想的什么？”

郝翠翠一字一句地说：“想——钱——呗——！”想想又说，“想钱没有错，初到西坝的人都这样。”

心里想的被郝翠翠戳穿，孟小三有点难为情。后来一想，他们是两口子，他想钱为的是这个家，不是为个人。思路转到这里，孟小三有了底气，说话也理直气壮：“我一不偷二不抢，凭力气吃饭，靠双手挣钱。”

郝翠翠看孟小三犟劲上来了，母鸡下蛋似的咯咯地笑起来。父母不知，好朋友也不知，郝翠翠自己清楚，她看中孟小三就是这股犟劲。自从父母不让嫁，叫她“娶”，她相过的小伙子有一打，看多了眼睛花，说这个不够帅，嫌那个像瘦猴，没一个称心如意的，不想就碰到了孟小三。相亲那天，初见孟小三，郝翠翠并没看出他就是自己想要的人。郝翠翠的择偶标准是什么，她也说不清。很显然，孟小三还没达到郝翠翠说清楚的那个标准。前几次，郝翠翠都没将相亲进行到底。半途离场，将媒婆和男方一干人晾在那里，这行为有点不礼貌，但也表明了态度。郝翠翠这种不拖泥带水、快刀斩乱麻的相亲作风，深得媒婆认可。就冲这个，媒婆愿为她多跑腿。今天郝翠翠受好奇心驱使，没有半途离场——她想听听这个带有浓烈泥巴味的小伙子会说些什么。这就误导了媒婆，她看郝翠翠坐着不走，以为看上了孟小三。媒婆像自己相中如意郎君似的，喜得眉开眼笑。媒婆看火候已到，问孟小三："你对郝翠翠满意吗？"

孟小三的脸腾地红了，低着头回答："满意。"

媒婆接着说："你到郝家就是顶梁柱，你愿意把郝翠翠的爹娘当父母？愿意为他们养老送终？"

听到这里，孟小三猛然抬头，像和谁斗气似的说："婆婆，这还用问吗？要是不愿意，我来这干什么？"

一个神情，一句话，赢得郝翠翠的芳心。

5

日子像一块布，开始是新的，渐渐皱了、旧了，有了洗不净的杂色。

孟小三做了父亲，有一男一女两个孩子，算是全福之人。按风俗，孩子随母亲，都姓郝。大孩子是男孩，叫郝强；二孩子是女孩，叫郝秀。两个孩子都健康，有爹爹奶奶照看，不用孟小三和郝翠翠操心。

郝强出生第一年，县里的化肥厂落户西坝。这里的地本来就少，再建个厂，地就更少。化肥厂怕群众上访，给出的条件是，每户招一人进厂当工人，西坝人闻讯后一片叫好，把失地之忧抛到脑后。郝翠翠处在两难之中，拿不准自己当工人好，还是孟小三当工人好，最后是郝翠翠的父亲一锤定音——让女儿进厂。孟小三心里有气，认为他们偏心，不把养老儿当亲生儿。当郝翠翠成为一名正式工人，有了城市户口本，把郝强的户口往上落时，孟小三才恍然大悟：姜还是老的辣。全西坝每户只有一人吃上国家口粮，而他家却有两个人。那时地方出台临时政策，农业户口想转为城镇户口，需交纳三万元。三万是天文数字，多数人家拿不出，只能望“钱”兴叹。孟小三家一人进厂当工人，却落下两个城镇户口，没费吹灰之力，净赚三万，真是走路捡元宝，讨了大便宜。自到西坝，孟小三都是含胸走路，自儿子落上城市户口，他的腰杆直了起来。其实，孩子随母是国家政策，化肥厂只是做个顺水人情。不几年郝秀出生。郝秀是超生，当时计划生育抓得紧，稍有不慎能丢掉饭碗，郝翠翠没敢声张，悄悄把郝秀送到小孟庄，让孟小三父母代为抚养。煎熬两年，待风声小些，才把郝秀接回西坝。因为违反政策，郝秀的户口没能落到郝翠翠名下，退而求其次，落在西坝，与孟小三共一个户口本。

一家四口，两种体制。

郝翠翠在化肥厂上班，工资不高，到月就拿。孟小三依旧上午上班，下午休息。刚成家那会儿，岳父母不算老，小的没出生，虽没有大进项，但凭孟小三和郝翠翠每天一元收入，过日子绰绰有余。后来有了孩子，岳父母年龄渐大，日子有点捉襟见肘。西坝不比小孟庄，这里吃水要钱，照明要钱，烧煤球要钱，上公厕也要钱，离钱寸步难行。孟小三是男人，得设法挣钱，把家撑起来。

孟小三在小孟庄学会种田，到西坝学会种菜，除此没别的技术，想挣钱只有一条路——出苦力。

下午无事，孟小三到县城转悠，两眼贼似的四处瞅望，寻找适合自己干的活计。半天跑下来，孟小三找到挣钱的路子——蹬三轮。

孟小三当时没有想到，在后来的日子里，蹬三轮成了他的主业，家庭主要经济来源靠一辆三轮。

6

孟小三的三轮紧跟时代，用时髦话说叫与时俱进。起初，孟小三骑的是脚蹬三轮，后来换成电动三轮，再后买的是带罩壳全封闭电瓶三轮。

骑脚蹬三轮那会儿，孟小三的家最困难。俩孩子吃零食要钱；房子年久失修，晴天见光、雨天见水，修葺需要钱；最要命的是，六旬岳母在平地上摔跟头，左腿骨折，急需住院治疗。一切都要钱，无钱寸步难行。屋漏偏遭连阴雨，化肥厂开始走下坡路，生产处于半停顿状态，工资不能全发。郝翠翠求姐姐们支援，二姐三姐四姐看大姐，要她拿主意。

大姐把母亲的被子掖了掖，使个眼色，五姐妹离开堂屋，到院心说话。大姐说：“老妹啥时学会哭穷的？我们五姐妹就数你日子好过，你别身在福中不知福哦。”

郝翠翠满眼都是难事，不知大姐说的福在哪里，但话不能直说，要说必须拐弯抹角。她说：“大姐说得是呢，有你们几个姐罩着，我的日子能不幸福吗？就是……就是眼前遇到点难事……”

大姐立马说："谁家没难事？过日子哪能一帆风顺？遇到沟坎，抬抬脚就跨过去。"说着抬眼看院子，又看老屋，叹息一声说，"这都是老爸老妈挣下的产业，待他们'百年'了，我们这几个'泼出门的水'，不会和你争，不会和你抢。老妹放宽心，我们一根草棒不会要。"

几姐妹看大姐站在她们立场说话，忙点头附和。

大姐感觉肚子里的话还没有说完，想想又说："老妹呀，你别逞能，说到底你是女人，孟小三才是男人，有难事该他出头，你少操心。"

听话听音，郝翠翠知道指望不上她们，也就不想费口舌，于是回到屋里准备饭菜，让姐姐们早吃早走。

姐姐们走后，孟小三骑着三轮回来，看岳母在床上哼哼，对郝翠翠说："不能耽误了，我这就带妈去医院。"说着把岳母抱上车。郝翠翠推出自行车，骑上和孟小三一道走。

看的急诊。

不出所料——住院。先拍片子，结果比想象的严重：胯骨开裂，要手术；左腿骨折，需打石膏固定。

一切听从医生安排。

住了半个月，出院回家静养。半个月，花费五千。是个大窟窿，要孟小三和郝翠翠慢慢填补。

岳母回家，日子又恢复往日模样。

化肥厂剩下半口气，还在苟延残喘。郝翠翠多日没上班，工资早已停发，全家生活靠孟小三支撑。孟小三上午上班，下午骑三轮拉客。郝翠翠在家照顾母亲，孟小三不用心挂两头，每天都是很晚回家。回家第一件事是清点零票，少时五六元，多时八九元，比上班强得多。后来孟小三干脆不上班，全天蹬三轮。一些日子下来，孟小三又有新动作，他在三轮车后挂个蛇皮袋，见到纸盒、塑料瓶下车捡拾，砖瓦、棍棒也放到车上，半天下来，收获颇丰。这是搂草打兔子，既拉客挣钱，也搞了副业——纸盒、塑料瓶可以卖钱，砖瓦、棍棒留着修补房屋。

孟小三父母年龄渐大，身体每况愈下，田里的活做不动了。孟小三夜里做梦，梦见父亲罹患重疾，几天没下床行走。早晨起来，孟小三说起夜里的梦，郝翠翠让孟小三回家看究竟。回家不能空手，孟小三用前一天的收入买了几样点心，骑上三轮急急忙忙往回赶。父亲果然躺在床上，是重感冒，已经好转。孟小三心里轻松，就想歇息会儿回家去，下午还能载客挣钱。父亲按自己的思路，叫孟小三到小卖店买包烟，出门走一走，见人散一支，联络一下感情。孟小三不想花钱，推说家里有事，离不开。父亲很不开心，说："你才到家，又火烧眉毛往家赶，人家知道了难免说闲话。"父亲突然想起一件事，拍着脑门说，"孟财富养了个大胖小子，明天办满月酒。他和你尿尿和烂泥一道长大，你赶巧回来，不出份子人家会说你小气。"

听到这话，孟小三感觉血往上涌，头脑发涨。他说："大啊，你别七大姑八大姨地乱拉扯，我是火烧眉毛——真有急事。大、妈，你们保重，我走了！"说后出门，骑上车逃也似的离开小孟庄。

7

孟小三不会唱歌，但是会哼。生意好时，客人付钱痛快，下车时抽出一张十元或者二十元的票子，往孟小三手里一拍，说不用找了。目送那人远去，孟小三心里一片阳光，看哪都顺眼，他飞身上车，一边哼小曲，一边招揽客人。过去孟小三哼的是《我被青春撞了一下腰》，现在哼的还是这首歌，只是歌名被改动一下，变成《我被好运撞了一下腰》。

是的，孟小三被好运撞了一下腰。

夜深人静时，孟小三躺在新房里，看窗外皎洁月光，听郝翠翠发出的轻微鼾声，想睡却无睡意，于是披衣下床，坐到客厅的沙发上，一坐就是几十分钟，甚至个把小时，每天都如此。

自打搬进新居，孟小三睡眠少了，一到夜晚就兴奋，脑子里像放电影，浮想联翩，一件件全是过往旧事。想旧事，孟小三突然产生因果联想。没错，万事有因皆有果，有因必有果。

别人可以不信，孟小三确信无疑。

就说蹬三轮。别人蹬三轮只为养家糊口，而孟小三却是搂草打兔子——既养家，也不忘修葺老屋。聚沙成塔，几年下来，意想不到的事情发生了，他们居住的老屋不再见光漏雨，院墙也变得高大结实；再过几年，院内又矗立起五六间堆放杂物的披厦。这老屋，这院子，这披厦看似貌不惊人，甚至有点破旧丑陋，不想在城市化进程里为孟小三一家立下大功。

这几年，县城像服用生长素，又像施下膨大素，不停向外膨胀，今天这里奠基，明天那里动工，新小区像雨后春笋，不注意就冒出来。孟小三天天在城里跑，每条路、每个小区就像自家的一样，闭着眼都不会跑错。后来接连碰鼻，孟小三才不再自信。

看这速度，孟小三想不要多久，西坝会像一块蛋糕被城市吞吃掉，到那时西坝人将没有自己的家园，一户户都成为移民，到政府指定的地方去安家落户。郝翠翠不信，说西坝是他们祖祖辈辈生活的地方，打死也不走。孟小三说这是大势所趋，对抗是徒劳的。孟小三说过这话没两年，西坝真的要整体搬迁，已经有人拿皮尺来丈量他们的院子和房屋了。丈量到孟小三家，一个领头的人和孟小三谈话，希望他带个好头，在补偿协议书上签字。孟小三犹豫，想白纸黑字地签给人家，对不起上门串联的人。串联的人想有福同享，把补偿标准往高抬，不达目的誓不罢休。孟小三也想多补偿，但同时也知道一口吃不成胖子。领头的人看出点什么，没为难孟小三，拿上协议书走了。隔天又来，向孟小三阐明早签字的益处。孟小三手捧协议书，对文字不感兴趣，只关心结算款。翻到第二页，结算款出现在眼前。孟小三有点怀疑，揉揉眼，再看。不错，是300万！孟小三平静一下心情，问："我签字，真的能拿到现钞？"

领头的说："我代表的是政府，政府说话会是儿戏？"

孟小三听后说："我相信政府！"说后拿笔签字。

孟小三没有想到，他的字签在了节骨眼儿上，第二天就接到去银行转款通知。接到通知的只有他一家，别的人家签字在后，只能拿房，而且是期房。

孟小三用现钞购了三套现房，他和郝翠翠、岳父母住一套，郝强、郝秀各一套。余下100万存进银行，孟小三算一下，利息够四口人开销的。

8

钱是什么？钱是脸面，钱是脊梁骨——有钱人敢说大话，有钱人出手大方。孟小三过去没有细想，现在是初有体会。

接到老大孟小一电话，说家里有事，要孟小三回去一趟。孟小三想一定是母亲出问题了。母亲春天住了一次院，没几天花去几千元，母亲心疼钱，病没痊愈就出院，今天八成是旧病复发。孟小三不敢耽搁，放下电话就出门。郝翠翠跟在后面说："空手走啊，不带钱能行？"孟小三返回房间，从新橱柜里拿出三千元，骑上电瓶车走了。

孟小三心急火燎地赶到家，看到母亲坐在门口剥毛豆，心放下又提起，问母亲："大呢？"

母亲见孟小三回来了，满脸都是笑，抬手往东指一指，说："你大啊，到孟财富家串门去了。"

父母都好好的，家里也没变化，孟小三不明白孟小一为何打电话叫他回来。不等问，母亲揭开谜底。母亲说："小三啊，是妈叫小一打的电话。"

孟小三问："有事吗？"

母亲放下毛豆，凑到孟小三耳朵上问："小三啊，小孟庄人都说你发了大财。你告诉妈，到底是真是假？"

孟小三前后看看，小声告诉母亲："妈，是真的。"

母亲听说是真的，不剥毛豆了，拍去身上的毛豆屑，拎上小杌子往屋里走，说："我这就去把你大叫回来。"母亲还没出门，父亲的声音在门外响起："小三回来啦？"

孟小三听到父亲叫他，一步跨到门外，和父亲面对面地站着。孟小三说：“大，你回来啦？妈正要去叫你呢。”

父亲说：“听说你回来，我就坐不住了。”

母亲笑说：“就你耳朵尖！”

父亲说：“不是我耳朵尖，是人家的眼睛尖，小三刚进村，就有人看到他了。”

一家人正说得热闹，孟财富进了院子。孟财富和孟小三小时候常在一起玩，是好伙伴，孟小三离开小孟庄，二人断了交往。回想起早年的事，孟小三心里很惭愧，他不该为节省几个钱，不去喝孟财富儿子的满月酒。转眼间孟财富的儿子长大了，在城里做了小老板，挺有出息的。怀着歉意，孟小三抢步上前，紧紧握住孟财富的手，说：“多年不见，我们都老了。”

孟财富摇着孟小三的手说：“谁说不是呢，日子催人老哦！”

往这里来的人多起来，孟小三知道来人全是看他的，说白了是来证实他到底发了多少财。想过去，孟小三回小孟庄，他有意回避村里人，村里人也当没看到他，互不招呼。今天人家笑脸上门，孟小三想他应该有所表示，于是给郝翠翠打个平安电话，然后掏出几张大票，要老大孟小一上街买酒买菜，他晚上在家吃饭。孟小一骑车走了，孟小三没指派别人，自己到村头小卖部买了两条烟、几斤糖果，全村一户不落，见大人散烟，见孩子发糖。走到孟久远门口，孟小三进门坐了一会儿。孟久远是五婶的儿子，五婶去世，孟小三没舍得送花圈，时间过去二十年，孟久远记得，孟小三也没忘。今天进门来，孟小三有谢罪的意思。临别时，孟小三放下两包烟，给孩子捧下两捧糖。

当晚，孟小三家比过年还热闹，他把八仙桌放在院心，把电灯拉出来，院子里明晃晃的，像挂着小太阳。来串门的人川流不息，是男人，孟小三要人家喝两杯；是孩子，他亲手搛一筷菜往孩子嘴里塞。看这架势，不用问，大伙也看出孟小三发了大财。

孟小三喝高了，当晚歇下没走。第二天要回自己的家，孟小三掏口袋，看钱还剩下不少，数出两千元给母亲。母亲从没拿过这么多钱，不敢伸手接。孟小三把钱塞给母亲，说："妈，你拿着，这是你儿子孝敬你和大的！"

放下钱，孟小三回家了。离开小孟庄，车上沥青路，电瓶车平稳地向前跑去。孟小三看着前方，情不自禁地哼起小曲，他哼唱的小曲是《我被好运撞了一下腰》。

有朋自远方来

刚上车，汤老板的手机响了，号码陌生，还是“80”开头，汤老板想不是哪家楼市开盘，问他有无买房打算，就是某个小姐推销保健品，抑或代开发票、民间贷款什么的，就没有接听。拨打电话的人很有耐心，一次不接再打一次，汤老板被吵得心烦，接了，原来是老同学胡莎莎打来的。胡莎莎说话不客气，开口就说：“我是胡莎莎。汤老板忙什么呢，短信不回，微信不看，电话不接，数钞票啊？”汤老板一听忙打哈哈，说：“不知是你，不知者不怪罪嘛！”胡莎莎得理不饶人，说：“这是我的家庭号码，上次和手机号一起给你的，真是贵人多忘事！”汤老板想起来了，去年本地同学聚会，胡莎莎从另一桌走过来，敬酒时塞给他一张小纸条，上面写有两个电话号码。汤老板手拿小纸条，和胡莎莎碰杯时开了一句玩笑，说这张小纸条放在三十年前，意义就不一样了。胡莎莎装疯卖傻，问怎么不一样。旁边的同学起哄说，搞对象呗，你追汤老板。女追男，抱金山。汤老板感觉很有面子，脖子一仰喝下杯中酒。往下同学相互走动，你敬我我敬你，一圈跑下来，汤老板就忘了小纸条，要不是胡莎莎今天说起，这件事将永驻记忆盲区，很难浮上大脑皮层。这话不能说，说了胡莎莎情何以堪？汤老板商场滚爬多年，遇事处变不惊，待人给足面子。他脑子一转，对胡莎莎说：“刚换的手机，号码还没倒腾过来。”这么说，胡莎莎也能接受，于是不计前嫌，说起正经事。胡莎莎说：“汤老板，省城的几个同学要来故地看看，你有工夫陪同吗？”汤老板听是这事，问胡莎莎：“他们哪天来，吃住我全包！”胡莎莎听了很不高兴，说：“谁要你包啦？你的钱姓汤，我们不吃大户，不占你便宜。”汤老板说：“需要我做什么，班花尽管吩咐。”“班花”，久违的称呼，胡莎莎心里花团锦簇，开心地说：“哪天来我告诉你。记住啊，我们是 AA 制。”

挂断电话，汤老板正一正身子，翻看手机，果然有未读信息；再看微信，未读的更多。汤老板一条没看，不看的原因是自己眼睛老花，看手机上的字有点吃力。汤老板有老花镜，100 度，戴上了看字很清楚，但他不愿戴。不愿戴的原因是，老花镜只能看近处，看远处头晕、眼花，这就要戴镜者不停地戴上拿下，拿下再戴上。汤老板嫌麻烦，戴了一次就不戴了。不戴眼镜，这就意味着他拒绝短信和微信。生意场上的朋友都知道，有事就和汤老板通电话，当面锣对面鼓，有一说一，直截了当。用汤老板的话说，那些新玩意适合年轻人，老家伙们还是打电话，电话里谈事清楚，不掉链子。汤老板的司机小王听后说：“老板您可不老啊，按年龄划分应是壮年。”这话听着顺耳，汤老板闻后用手梳理几下头发，叹息道：“半百了，跨进老年行列喽。”小王一边开车一边笑，说：“老板，我要更正一下，您不到半百，才小五十。”汤老板也笑，问小王：“小王你给我解释解释，半百是多少？五十是多少？”小王耍赖道：“我不管多少，反正不一样，就是不一样！”他们说说笑笑，不觉已进鸡场大门。门卫老远看到车子，用遥控器把电动门打开，昂首挺胸，两手中指紧贴裤缝，恭恭敬敬地迎接老板到来。

接过胡莎莎的电话，又和小王聊了几句，汤老板的心情就像今天的阳光一样灿烂，下车后脸上挂着笑，走路脚底轻飘飘的，人仿佛要飞起来。汤老板的笑和身轻如燕的行走身影被办公室两个小青年捕捉到，主任小张向财务小李看一眼，小李明白今天要去银行提现，小张手里的几张发票有了着落。果不其然，小张到老板那里汇报工作，顺带着把发票签了。小张还没回来，小李就接到老板电话，要她过去一下。小李明白“过去”老板会要她做什么，出门时把支票带上。汤老板见到支票，用手点小李，后又点小张，说你们两个就是我肚子里的蛔虫，我想到的你们全想到了。小张没看小李，小李也没看小张，他们齐齐看着汤老板。小张说：“老板，我们离您的要求还很远。”汤老板不等小李说话，挥手说：“不说了，不说了，你们分头忙去吧。”

汤老板心情好，与胡莎莎和小王有点关系，这关系建立在“朝闻天下”的一条新闻上，二者有因果关系，前者仿佛一辆行驶的车，胡莎莎和小王适时地踩了一下油门，车突然加速，跑得更欢更快了——“朝闻天下”中有一条新闻是这样说的，肆虐全国的禽流感已得到有效控制，经卫生部门检测、专家认可，北京、上海、天津、广州等城市已允许活鸡上市。电视里还配有画面：运输活鸡的车驶入人头攒动的蔬菜市场，市民见了活鸡不再避之唯恐不及，而是争相购买。镜头转到蛋品市场，销售行情也令人欣喜。这条新闻别人看到就是新闻，知道禽流感已经过去，鸡可以吃，蛋也可以吃。但汤老板不一样，他看到的是雾霾消散，压在心头的巨石被搬走，他的企业即将走出困境，曙光就在眼前，机遇在向他招手。

汤老板喜爱看新闻，只要在家就把电视打开，他的企业有今天，不能不说与新闻有关。会看的看门道，不会看的看热闹。汤老板对市场把握，对企业走向，信息大多来自新闻。汤老板对市场有敏锐的捕捉能力和分析能力。就说今天，他从“朝闻天下”的这条新闻里捕捉到，他的企业经过这次“洗礼”，将踩在那帮垮下去的老板们的肩膀上站立起来，而且将迅速壮大。刚才他给小张下达生产任务，通知休假的工人立即回场，将储藏的蛋分类，好的运往孵化室，剩下的发送蛋品市场。

汤老板的经营之道是：与时间赛跑，抢占市场制高点。

安排好工作，汤老板又想起车上的那个电话。这个胡莎莎，三十年前的那股自以为是的劲头哪里去了？无疑是时间。此时非彼时。时间是把刀，削去的不光是棱角，闪光的一面也难以幸免。那时的胡莎莎梳着两条乌溜溜的麻花辫，低头时辫子滑下双肩垂在胸前，走路时辫子在腰间来回摆动，婀娜多姿，好像对注目者招手致意。毫不夸张地说，班里的男生无一不想亲手摸一摸胡莎莎的麻花辫。因这两条辫子，胡莎莎摘得“班花”称号。男生暗地里都叫她班花，体育课抑或课外活动，有意无意都想和她说句话。这要视胡莎莎的情绪而定，高兴时她会和问话者交流几句，不高兴就当耳旁风，遭到冷遇的男生也不觉尴尬。女大十八变，不管班里的女生如何变，胡莎莎的班花地位无人撼动，她把这份荣誉保持到中学毕业。

想起一件趣事。

高三那年秋天，学校组织全班同学去工厂学工。一天晚上，吴刚同学在水龙头下洗脸，低头时瞥见胡莎莎从女生宿舍出来，手里拎着竹壳水瓶。吴刚别有用心地前后看看，没有其他人。吴刚抹去脸上的水，快步上前，从胡莎莎手中抢走水瓶，一阵风似的奔向水房，拧开热水龙头，眨眼水瓶满了。塞好水瓶塞，吴刚又以同样的速度返回来。可能太激动，吴刚有点顾此失彼；也可能两个人交往少，缺少默契，某个环节没有衔接好，吴刚跑到胡莎莎面前，不等胡莎莎接住水瓶他就松开手。祸事发生了——只听平地一声雷，嘭！水瓶落地了，瓶胆破碎，热水喷涌而出。胡莎莎像受惊的小鹿跳开一步，吴刚像个傻子站在原地，热水亲吻了他的脚面，留下几个大大的吻痕。如果无人看见，吴刚会暗吃苦果，对外宣称自己不小心烫伤了脚。男生嘛做事毛手毛脚，也是说得通的，老师那里也能蒙混过关。偏偏带队老师听到响声，出门找原因，吴刚脚面上的几个大水泡泄了密。老师不做调查就妄下结论，说是胡莎莎有意为之，制造的这起事故。一件小事被定性为事故，有点小题大做，吴刚瘸着腿解释，为胡莎莎开脱。老师一听，心说好啊，你英雄救美，想自投罗网，我成全你，于是赏了顶早恋的帽子，让吴刚做深刻检讨。回到宿舍，吴刚胡编乱造地写满两页纸。递交检讨时，吴刚想，这要是事实该有多好啊……

说曹操曹操就到——汤老板正在想胡莎莎，胡莎莎的电话就来了，汤老板看还是早上那个号码，没问哪位，开口就叫班花。胡莎莎听了很开心，笑说：“汤老板日理万机，还能记住我的号码，叫人感动。”

汤老板说：“我记住了你说，不记住你也说，真理好像一直在你那边。”

胡莎莎意识到什么，毕竟不是三十年前，说话可以由着性子来，于是变换语气，说：“我有事请教汤老板，不知您有无时间。”

女人敏感多变，她们心里有两个太阳，一个在白天运转，一个潜伏在黑夜，哪个登场表演视主人的情绪而定——情绪难以固定，它受环境和主人所面对的人支配。就说胡莎莎，刚才说话是那种语气，时光仿佛回到三十年前，一转眼又把自己放得很低，把“您”都用上了。问题出在哪里？汤老板想可能与自己有关。胡莎莎不是小姑娘，时间也不是三十年前。胡莎莎在国企工作，身份是依靠薪水养家糊口的科室人员；而他是私企老板，手下有几十名靠他吃饭的员工，身份是年纳税百万的纳税人。琢磨到这里，汤老板想可能是自己言语不慎让她难堪，于是也变换语气，把自己放低。他说：“我说班花，我有名字，你能不能不叫老板？”

胡莎莎听后说：“我也有名字，请你也不要叫我班花。”

汤老板说：“好。”

胡莎莎说：“汤家宽，我在想省城的同学来，本地同学是不是都叫上，我拿不准。”

汤家宽的手刚抬起又放下，一想是和胡莎莎通电话，而非视频，于是重新抬起手，用力挥动一下，说：“都叫上，能找到的都叫上，省城的同学是大家的同学，又不是我俩私有！”

胡莎莎为难地说：“情况不是你想象得那么简单。”

汤家宽说：“你的意思是……”

胡莎莎字斟句酌，想了想说：“五个指头分长短。有的同学下岗多年，家境不怎么好，我担心他们来了会有负担，还会自卑，所以我很矛盾。”

汤家宽没有想到这一层，他琢磨一下，说：“两全其美，那些下岗的同学就不叫了。”

胡莎莎说：“他们知道了会很难过的。”

退不行，那就进。汤家宽自作主张地说：“别自寻烦恼了。都叫上，下面的事不用你考虑！”

胡莎莎说：“又来了，你们做老板的就是财大气粗！”

汤家宽问：“我又说错啦？”

胡莎莎轻叹一声，问：“你考虑过他们的自尊没有？”

经商这些年，汤家宽做了不少善事，给敬老院送礼物，让老人的生活丰富多彩些；给失学儿童送钱，让他们重返校园，赠予者和受赠者很融洽，场面热闹，没见谁尴尬。胡莎莎今天说的，他没有想过，也没遇见过。

胡莎莎听电话里没有声音，当汤家宽有事忙去了，“喂”了一声。汤家宽说：“我听着呢。”

胡莎莎说：“人活一张脸，树活一层皮。”

汤家宽说：“我明白你的意思。”

胡莎莎说：“我们要把好事做好，让每个参加者都有脸面，感觉他们就是主人。”

汤家宽说：“你心细，想得周全。”

胡莎莎叹息一声说：“我们不能饱汉不知饿汉饥啊。”

汤家宽点头说：“是啊。”说后问，“他们哪天来，行程定下没有？”

胡莎莎说：“还没呢。”

汤家宽说：“你负责联络，定下了告诉我，下面的事我让办公室去办。”

胡莎莎说：“也好。记住了，我们是 AA 制。”

省城来了五位同学，清一色全是女生，几个男生没有来，理由是走不开。汤家宽接到胡莎莎电话，说让小王去省城接。胡莎莎说不用，他们坐车来。汤家宽说，她们到时你和小王去车站迎接，我在“开元”等候。“开元”是五星级酒店，工薪阶层消费不起。胡莎莎单位领导的孩子结婚在那里办的喜宴，胡莎莎有幸见识过一次，档次挺高，用“豪华”形容不为过。此次接待，胡莎莎的心理价位是参加者每人出资 200 元。200 元是按普通酒店匡算的，去“开元”怕要超。汤家宽见胡莎莎不说话，知道她想的什么，说：“开元有高中低三种消费标准，我不会让同学们为难的。”既然定下，胡莎莎也不好更改。

省城来的几位同学全是当年随父母下放，举家迁到这里，后来政策变化，她们又返回省城，一别三十载。这几位同学，本地同学称之为“下放户”，她们来时是孩子，走时已是成人。回想在校时，汤家宽这群本地学生，自觉低她们一等，校园相遇或路上邂逅不敢正眼看，同学几年，一句囫囵话都没有说过。在“开元”门前等候，汤家宽想这几个人的模样，越想越模糊，没一个清晰的。汤家宽有本影集，里面有一张全班同学合影。照片没有手掌大，五十几名同学挤在一起，脸小如豌豆粒，五官难辨，自己勉强能认出自己，别人没几个能和名字对上号。汤家宽背着手在酒店门前等候，听到有人叫他，回身看到几个中年女人对他笑，胡莎莎在一旁指指点点，汤家宽知道省城的同学到了，忙说："同学们路上辛苦，赶紧进酒店歇息。"胡莎莎走过来介绍，汤家宽才把人和名字对应起来。

第一餐是接风洗尘，安排在"开元"酒店的"国缘"厅。人不多，汤家宽、胡莎莎、司机小王加上省城同学共八人，上的是本地特色菜——"淮扬菜"，喝的也是本地酒——"国缘 4K"。省城的几位同学走后没再来过，对这里的肴菜不甚了解。省城是大都市，融南汇北，接纳东西，各地名菜，酒店的厨师能做出一两种，酒店以此为招牌菜，大肆渲染招揽顾客，但想找一家专做一个地方特色菜肴的酒店却很难，做到最好、做到极致更难。省城的几位同学今天品尝到正宗淮扬菜，算是大饱口福，有点相聚恨晚，还有贾宝玉"我来迟了"之憾，她们表示还要来，把那几个男生也拉上。胡莎莎不在状态，老是开小差；菜也吃得少，筷子蜻蜓点水似的，每次只搛那么一点，跟喂猫差不多。省城同学吴爱莲反客为主，几次为她搛菜。汤家宽示意胡莎莎提起精神，别有负担，她就是不理会。酒足饭饱，汤家宽又把同学带到楼上唱歌。吴爱莲听说唱歌，高兴地说："我要献丑了。汤同学、胡同学，还有小王师傅，你们不许笑话我……"

胡莎莎忍无可忍，瞅空对汤家宽说："要适可而止。"

汤家宽小声说："要让她们高兴而来，满意而归。"

胡莎莎问："好事都放在今天，明天怎么安排？"

汤家宽说："明天人多，叙旧、喝酒、合影。"

如此安排，胡莎莎放心了。

昨晚睡得迟，早上醒来有点迷糊，想到今天的事就不敢赖床。胡莎莎起身后，把饭做好，出门时告诉丈夫她去酒店陪同学。赶到“开元”，汤家宽也刚到。早饭是自助餐，凭房卡进餐厅，不另外收费，胡莎莎挺满意的。

胡莎莎通知本地同学十点来酒店，才九点，有人打她电话，说到了。一人到，三三两两跟着到，不到十点，差不多到齐了。少数几个没来，也打来电话，说在外地出差，一时赶不回。人在江湖，身不由己，谁都有特殊事。汤家宽看女同学抱在一起说话，男同学在一旁叙旧，临时决定先合影。几十个人在一起，招呼起来不容易。汤家宽喊痛嗓子，才把同学叫到门外。小王手捧照相机，快门“咔嚓”一声响，三十年后的集体照定格在相机里。

继而进酒店叙旧。

十二点午餐。

开席前要讲话，同学们在等待。胡莎莎和汤家宽相互推，汤家宽没有退路，手拿话筒站起来。说什么，开场白好说，三十年前的同学情也好说，盼望相聚的迫切心情更好说，难说的是现在。汤家宽回想起几天前胡莎莎与他通话时说的话，思路渐渐清晰起来。汤家宽说完好说的话，话头一转开始说自己。同学们当他要说自己的辉煌业绩，显摆自己的资产，谈企业未来的发展蓝图。省城的同学翘首以盼，本地同学有的洗耳恭听，想从中受到启迪；有的想回避，借故到洗手间方便去。不想汤家宽没按大伙的思路来，说起禽流感。禽流感同学们不陌生，前些日子电视里常说这事，报纸上也刊登文章，让人远离活禽，以防染病。有的养鸡场一鸡得病，全场活鸡都要处理，不是焚烧就是挖坑深埋。从电视画面里看到，那些处理活鸡的人身穿防护服，嘴戴大口罩，有的人竟然戴起防毒面具，他们面对的仿佛不是家禽，而是核泄漏。一时间人们见鸡色变，鸡已不是口中美食，而是危害人类的天敌，菜市场不见鸡，连鸡蛋也无人问津。形势吓人。同学里有人为汤家宽担忧，怕他的几万只鸡染病，担心他遭受重创，从此一蹶不振……

“……同学们看到的仅是表面。”汤家宽声音低沉，“我逃过一劫，死里逃生，其实我并不比那些倒下的老板好多少。看眼前，疫情是被我控制住了，鸡场还在，但是活鸡出不去，蛋又无处销售。同学们，你们知道我一天要消耗多少成本吗？”他竖起五个指头，“五万，五万块啊！我苦苦挣扎，两个月亏损三百万！钱从哪里来，全靠银行借贷。我现在去银行，人家已经不理我，怕我资不抵债，怕我还不起——贷给我的钱成窟窿。现在我是骑虎难下，靠借债度日，只希望疫情早日过去，让我的生活走上正常轨道……”

“家宽同学，我借你 10 万！”吴爱莲用纸巾拭去泪水，像在课堂上，先举手，后说话。

“我也借 10 万！”本地的一个同学跟着表态。

“家宽同学，只要你说一声，我们没多有少。”这话是从角落里发出的，胡莎莎看得很清，说话人是吴刚同学，刚才去过洗手间。

……

汤家宽向在座的同学深深鞠了一躬，说：“我感谢同学们，需要的话一定向你们开口。”

掌声响起。

这顿酒无人藏着掖着，都放开量喝，“三高”者也不例外，散席时，好多同学是搀扶着离去的。省城同学由小王送，车子开走后，胡莎莎去吧台结账，收银员只按每客 50 元收取。胡莎莎心有疑惑，最后还是把账结了。

客散主人安。

走在回家路上，汤家宽想这 50 元，对于那些下岗同学，应该不足以成为压垮他们的最后一根稻草。

想做 DNA 的男孩

1

在家，小蒙一直是母亲和姐姐的眼中钉，怎么看都不顺眼，每天不敲打几次，她俩如同吃鱼卡了刺，嗓子眼儿里不舒服。小蒙一度很怀疑自己的身世，他想自己一定不是母亲亲生，而是路边捡或是野外抱回家的。小蒙悄悄去过医院，想了解 DNA 的检查程序，如果简单易行而又不多花钱，他就抽一管血下来，让医生看看他到底是谁生的。计划最终夭折，原因不是怕麻烦，也不是钱，更不是小蒙胆小如鼠怕针扎，而是医生的态度。那个接待他的女医生看着挺顺眼，一双大眼扑闪扑闪的，仿佛 X 光镜，一眼就能穿透人的内心世界，让就诊者忧愁而来轻松而去。小蒙当时想，这个女医生就是他的福星，他的身世经她诊断，立马就真相大白了。妈呀，你就原谅我一回吧，我这么做也是被逼无奈忍无可忍，因为我太想找到亲妈了。姐呀，你就等着瞧吧，你是不是我亲姐还两说，如果是，过去的一切就是一笔烂账，可以忽略不计一笔勾销；若不是，我可要针尖麦芒锱铢必较，以眼还眼，以牙还牙了。小蒙的做事原则是人不犯我我不犯人，人若犯我我必犯人。小蒙的脑子在跑火车，好事坏事都在想；两手汗津津黏糊糊，这汗一半是欣喜，一半是紧张。小蒙攥着欣喜与紧张，激动地向女医生陈述来此的缘起以及所要达到的目的。他的嘴巴像机关枪，子弹一梭连着一梭，肚子里的话还没有嗒嗒完，女医生的脸变了，眼睛也不再扑闪，而是一眨不眨地盯住他，站在她面前的仿佛不是人，而是一头怪兽；说话腔调也有变化，开口全是疑问句：第一句是你是逃学来的吧？后一句是你发烧了没有？还有一句是你是吃饱饭撑得难受，跑我这消食来的是吧？最后用的是感叹句：去！去！去！赶紧上学去，别干扰我工作！话音刚落，女医生就对着门外叫号：下一位！结果可想而知，小蒙灰溜溜地离开医院。身世问题泡了汤，小蒙想活人不能让尿憋死，那就暂且存疑吧。

母亲和姐姐把小蒙视为眼中钉，父亲要好一些。到底是男人啊，境界远比女人高，心胸也比女人宽。这么说并不代表父亲对小蒙有多好，他要爬高父亲立马搬梯子。说好是言语上。小蒙的印象里，父亲对他很少吹胡子瞪眼睛，对姐姐也是这样。金无足赤人无完人，父亲的缺点是软耳根没主见，小蒙有错，母亲一个眼色，他就像士兵听到首长指令迅速出击。父亲的手掌像烙铁，打在哪里，哪里就红，而且疼。

父亲的手不认人，心却向着小蒙。小蒙能感觉到，父亲的所作所为是迫不得已。说句实在话，小蒙没有第二次去医院查 DNA，看的是父亲的面子。是父亲让这个家保持原样，没让左邻右舍看笑话。

2

先说母亲。

在家里，小蒙像姐姐一样，把母亲叫妈（不管是真妈还是假妈）。喊人不蚀本，舌头打个滚。叫声妈，也就是动动嘴皮子的事。想想看，同在一座屋檐下，同进一个门，同吃一锅饭，姐姐叫妈，小蒙不叫，那不是作死吗？别人的妈是何习性小蒙不知道，小蒙妈的习性他可是一清二楚。这个人有两个缺点，一是唠叨，也就是碎嘴，从睁眼下床到脱鞋上床（上班八小时除外），嘴很少合拢，见人说人，见物说物，一地鸡毛，口干了喝口水，嗓子滋润了继续说，听得小蒙的耳朵起老茧。二是吝啬，也就是小气，百元票子恨不得撕成两半花，与人交往最怕出份子。出份子怕什么，人家有喜事你庆贺，你家有喜事人家庆贺，一支一收两平衡，谁也不吃亏，空赚一顿大餐，还能带回一盒喜糖，有什么不好？大人心眼儿多，小蒙搞不懂。

先说缺点一。

小蒙家，母亲是领袖，是最高统帅。打个比方，小蒙的家如果是一辆车，母亲就是方向盘。再打个比方，小蒙的家如果是个国家，母亲就是国王，其他成员全是臣民——母亲在她的国度里飞扬跋扈，纵横驰骋，为所欲为。

“杀千刀的死纽扣你乱窜个啥呀你居心叵测想硌死我呀？”母亲醒来后，噘着嘴吸溜牙花子，手在脊背上捋一把，一枚纽扣落在床上。母亲捡起一看，是自己内衣上脱落的。母亲这天的话题就由这枚纽扣而起：“不识好歹的东西你放着好日子不过琢磨着自由是吧你可知道你一旦自由了也就毫无价值没有价值谁还稀罕你重用你？”母亲肺活量大，说话不停顿，一口气能把她想说的话痛快淋漓地表述完。小蒙曾想，母亲若要参加说话比赛或憋气竞赛，冠军那是秃子头上捉虱子——十拿九稳；如果努力一把，荣登吉尼斯世界纪录也大有可能，一个世界级人物瞬间产生（有些明星就是这么产生的）。

母亲说话时，在她视野内的人或物都是她数说对象，不进入视野的也未必就有好运。小蒙就是那个倒霉蛋。小蒙无数次想，按他出现在母亲口中的频率，该去买彩票，若买，头奖非他莫属，别人全是陪衬。

母亲从床上下来，走进堂屋，拉开门，天光泄洪似的涌进来，室内角角落落都看得清楚。“早起三光迟起三慌看地下脏的是哪个不换鞋到处乱跑没别人肯定是小蒙茶几上的臭袜子也是小蒙的吧小蒙你还不起床啊太阳晒到屁股啦你个邋遢鬼不上学拉倒……”

母亲唠叨着走进厨房，拧开煤气，把钢精锅坐到灶上。钢精锅有年头了，锅底换过几次，锅腰处有一道接痕，粗粗的，像腰带，有碍观瞻。别人家早就升级用不锈钢锅。不锈钢锅锃明瓦亮，看着舒坦。母亲也动过升级心思，最终因钱而搁浅。

提钱必说缺点二。

钱是母亲的命。是命值钱还是钱值钱？这个问题一直困扰着小蒙，至今没弄明白。小蒙想，母亲要是知道他在琢磨她，不把他骂死才怪。

一只不锈钢锅，好的几百块，一般的一百多。一百多，百元大票一张多，十元票面十多张，用那么多票子买只锅，不划算。退一步说，钢精锅又不是不能用。不管钢精锅还是不锈钢锅，功能都是做饭。饭是给人吃的。锅是器皿，不能吃。道理想明白，就不再为锅闹纠结。

母亲一年有几怕，一怕过节，二怕过年。过节礼多，五一、十一、元旦，这三个节日多有喜礼，张三儿子结婚，知会一声；李四闺女出嫁，送张请柬；王五老爸过寿，打个电话，一个小区住着，低头不见抬头见，心里不情愿也得装笑脸。眼下物价高，礼金也水涨船高步步攀升，几年前五十就能打发，眼下百元大票要两张。两张啊，一个月工资有多少个两张？这个家窟窿大补丁小，处处要花钱，离钱寸步难行。小区里不断出现新面孔，老面孔哪里去了，换新房搬走了！一套房小的几十万，大的百把万，还不算装修。天上不会掉馅饼，一口也吃不成胖子，那么多钱你得像小鸟筑巢慢慢积累。母亲心里有本账：她的工资加父亲的工资减去当月支出，能剩下一半，遇上节日剩下小半。过年花钱如流水，稍不留神就会赤字——首先是吃食，其次添新衣，再次是两个孩子的压岁钱。别小看这压岁钱，一个孩子一百，俩孩子就是二百（幸好肥水没流外人田）。年初一到年初五，母亲和父亲足不出户，猫在家吃瓜子看电视，晚会看了几次记不清了。姐姐不定知道，小蒙清楚他俩不出门的真实原因。记得前年，那天是年初五，早上母亲照例把电视打开，父亲伸长脖子看，还是春节联欢晚会，是剪辑后重播，比直播简洁。再好的节目看多了也乏味，看了一会儿父亲站起来，小步行走活动筋骨。走到阳台上，抬头看，太阳高高地挂在天空，无风，气温不是很低；看楼下，几个熟人在聊天，脸上全是笑，看得出他们聊得很愉快。父亲按捺不住，也想加入聊天行列，于是下楼去。什么叫功亏一篑？什么叫前功尽弃？父亲此次出门就是最好注释。下楼没一会儿，父亲垂头丧气地返回来。母亲一看暗叫不好。问父亲刚才好好的，怎么一转脸就变得不开心了？父亲叹息一声说：“我们几个正在聊，不料大老郑的婆娘抱着孙子过来，说明天是大老郑六十寿辰，请大伙赏光，中午到万豪大酒店小聚。”母亲听后像换了面具，黑着脸用恨铁不成钢的口吻说：“过完今天年就撒脚丫跑远了你四天都能待多一天就熬不住了你算过账没有你这一出门三百元就打水漂跑大老郑家里去了（礼金加压岁钱）你的脚真值钱快成金脚了！”母亲是跺脚说完这句话的。小蒙看得出父亲有话想说，看母亲气成那样，就把话咕噜一声咽进肚里。

3

该说姐姐了。

姐姐叫小敏。敏的寓意毋庸赘述，父母不是知识分子，能想到这个字，如果不是剽窃，肯定死了不少脑细胞。愿望是一回事，事实是另一回事。也就是说，姐姐的发展与父母意愿相去甚远，前景不容乐观。当然了，姐姐离一塌糊涂和无可救药还有很长距离，如果听之任之任其发展，距离也会缩短，下坡容易上坡难，这个道理浅显易懂。如果像古人那样头悬梁锥刺股，奇迹肯定能出现，所谓一滴汗水一粒果实、一分耕耘一分收获是也。当然了，皇帝不急太监急也是无用的，主动权在小敏手里，命运自己把握。小蒙指的是学习。说句心里话，姐姐的智商不低，她若两耳不闻窗外事，一心只读圣贤书，不做或者少做狗逮耗子闲事，成绩立马就能上升，起码不比小蒙差。同胞姐弟一母所生（假如是），差异不会太大。

啰唆到这里，大伙可能明白小蒙和姐姐的矛盾焦点在哪里，也就是说姐姐和母亲一个鼻孔出气，共同对付小蒙，是嫉妒心理作祟。仇富、望人穷的心理谁都有，亲姐弟也不例外。别人可以这样想，但小蒙不可以，如果他有这个想法，那就是脚踩高凳抓头发，有意拔高自己。其实小蒙的成绩比姐姐也好不到哪里去，姐姐班级排名中等偏下，小蒙中等偏上，半斤八两差别不大，“三好”与他俩无缘。小蒙清楚姐姐对他不好的原因，说出来有点难以启齿，如果不说，又如鲠在喉。有如两难，不如竹筒倒豆一吐为快。

故事发生在去年暑假。那天活该要发生大事。如果日子像根链条，每一节都可以复制，那么这对姐弟也就会相安无事友好相处，后面的故事也就不复存在。但事情的发展常常出人预料，新情况新问题随时可能出现，出现得让人措手不及，防不胜防。这就是生活。

八月流火，形容的是夏日温度之高。这是书面语，有隔靴之感。真实情况是，这天热得奇特，屋内像汗蒸房，室外像取暖器，吸进鼻腔的不是空气，而是火；气压也低，低得人呼吸不畅，胸腔里像塞了棉花。小蒙待在家里，想写暑假作业，怕汗水弄湿纸张；想出门玩耍，又怕中暑。姐姐也在家。父母上班去了，走时带上饭菜，中午可以不回家，免遭奔波日晒之苦。父母不在家，家里姐姐说了算。姐姐见小蒙发呆，说：“看你表现，快成三好生了。”姐姐说过这话就进房间，小蒙看到门在她身后轻轻合上（这时的姐姐和母亲还不是盟军）。姐姐没说这话，小蒙感觉待着挺好，听了这话就坐不住了，想出门溜达溜达。按说天热成这样是不该有小便的，不知怎么出门前还是想轻装上阵，把小便解掉，于是进了卫生间。麻烦事来了，他推开门，姐姐在里面。她怎么会在这里？她不是进房间去了吗？小蒙蒙住了，瞪着一双死鱼眼（姐姐语）。进来的真不是时候，姐姐如厕后刚好站起，裤子提在手上。小蒙一头撞进来，姐姐也蒙住了，像尊雕塑僵在那里，私处暴露无遗。姐姐醒过来，抬手给小蒙一记耳光，骂道："小流氓！"从这天的这一刻起，姐姐毫不犹豫地跳进母亲的战壕，与她成了壕友。世上没有后悔药，每一件事发生后，就是木板上钉钉子。扪心自问，小蒙不是故意的，要怪只怪天热——天热让他精神恍惚，把卫生间误当成房间。

姐姐骂小蒙小流氓，小蒙不敢回嘴，也没有反驳，吃了巴掌，他抱头鼠窜，不顾天热，一头冲向门外。

我是小流氓？回放刚刚过去的那一幕，回味姐姐咬牙切齿的骂人口吻，小蒙对自己的身份产生怀疑。

小流氓就小流氓吧，退一步海阔天空，小蒙想要是姐姐知道他心里还有小秘密，不骂他老流氓才怪。

暑假破事多。是上一周，那天姐姐在做作业，小蒙见她咬笔帽，手中的笔迟迟不动，就知道她遇到了拦路虎。姐姐无计可施，也可以说黔驴技穷，还可以说走投无路、万般无奈，于是把低她两级的小蒙叫过来，用笔敲着"拦路虎"问："会做吗？"小蒙伸长脖子看，是数学，还是应用题。小蒙如实回答："不会。"姐姐听后笑说："知道你不会，你后年才学到，要会就怪了。"小蒙对姐姐翻白眼，说："这不是捉弄人嘛，明知我不会还问，多此一举！"说后打算离开，不想眼睛翻动时用力过大，视线偏离方向，穿过姐姐的衣领口，落到她的胸脯上，两只"青苹果"一览无余。小蒙听到自己胸腔里嘭的一声响，仿佛气球爆炸，心里山崩地裂，山呼海啸。小蒙感觉身子像着了火，他不敢多待，一边撤退一边说：“对不起姐，我也做作业去，做作业去……”

4

轮到父亲登场了。

评价一个人要公正客观，稍有偏颇就不是一个完整的人，况且是父亲。

父亲已不年轻，额头有几道皱纹，仿佛大风走过水面；皮肤粗糙，脸上不见一丝光泽。就是这么一张脸，如果你使劲看，往深处看，穿过风尘，透过岁月，把时光定格在父亲风华正茂年代，不难发现父亲是个俊男，否则母亲也相不中他。父母这代人，婚姻不是指腹为婚，也不是家长包办代替，而是媒妁之言（时代前进了一大步）。简言之，就是媒婆牵线搭桥，先在男女两家走动，靠一张三寸不烂之舌，见男的说女美，见女的夸男俊，把二人的心说得蠢蠢欲动，渴望相见，感觉不见就错失良机，这才掐指择日，给出见面时间。不难想象，母亲一眼就相中父亲，并暗中决定这辈子跟定这个男人，生是他的人，死是他的鬼。但出于女性矜持，母亲没有急于表态，而是守株待兔，静心等待。怕什么呢，人近在咫尺，是自己的别人抢不去，不是自己的用麻绳也拴不住。母亲低头，两条麻花辫丝绸一般滑下，垂于乳房边。母亲把辫子抓在手里，指头不停绞辫梢，以此平息激动的心情。媒婆看出端倪，小声问母亲相中没有。母亲假装害羞，头埋得更低，已到膝盖那里。媒婆见得多了，心里暗笑一声，又问父亲。父亲是男人，他想男人就要有男人样，说话不能拖泥带水，更不能模棱两可，让听者一头雾水摸不着真假。他在回答媒婆问话前，用充满爱意的目光又看一眼母亲，这才鸡啄米似的点几下头。媒婆得到准信，再次问母亲。到表态的时候了，母亲这才羞答答地点一下头。尘埃落定，媒婆如释重负，心里松出一口气，正一正身子，心想万事大吉了，下面就等着吃喜糖喝喜酒了。

开局顺利。

按说父亲有这么好的恋爱基础，母亲嫁他后，他该是家庭的定海神针，指东母亲不会说西，指狗母亲不会撵鸡，不想事情却反着来，问题的症结在哪里呢？

推测一：人生如戏，家庭是舞台，男人是主角。主角应谨言慎行，君子一言驷马难追，说到做到不放空炮。父亲可能没意识到自身角色的重要性，给渴望执掌家庭大权的母亲提供和平演变之机。

小蒙与父亲是两代人，早年的事不清楚，眼前事知道一些。

列举一例。

姐姐升学考试，填写学校时，她不想上她就读的那所中学，理由是学风差，男生爱打架，女生早恋多。这还了得？父亲闻后拍案而起，气愤地说："离谱！离谱！我们读书时听老师话——学生以学为主，兼学别样。这'别样'不是打架，也不是早恋，而是本领。这个校长是怎么当的，班主任又是怎么做的，都该引咎辞职，回家种田去！"说完这话，父亲前后看看，见室内就他和姐姐，手拍胸脯，豪气冲天地说，"一中风气正，教学质量好。小敏，我们不惜代价，上一中！"句尾用的是惊叹号，又配以手势，斩钉截铁，铿锵有力。姐姐见父亲支持她，激动地说："爸，你真是我的好老爸！”不想隔墙有耳，父亲的话被在阳台上叠衣服的母亲听到了。收好衣服，母亲不声不响地走进房间。父亲见母亲像老鼠见猫，想悄悄溜出去。母亲挡在门口，对姐姐说：“小敏你出去一下我有话和你爸说。”姐姐离开后，母亲把门关上，转身时狠狠地剜了父亲一眼。父亲暗叫不好，耷拉着脑袋，像个触犯校规的学生等待老师批评。母亲对父亲笑一笑，阴阳怪气地说：“藏得挺深啊和你同床共枕这么多年恁是没看出你能耐挺大请把你和小敏说的话重复一遍让我也高兴高兴！”父亲嘴巴嚅动几下，又紧紧闭上。父亲不说话，母亲说，她用的是责问口吻：“小敏的成绩你又不是不清楚上这所中学目前还没有十成把握你却怂恿她上一中你说这是不是癞蛤蟆想吃天鹅肉如果按你路子走到头来一头滑一头抹怎么办？”不等父亲说话，母亲又说，“一中是省重点牛得很哪怕你是大老板没有过硬关系人家都不会正眼瞧你！”父亲不能不说话了，他小声嘀咕：“我哪知道这个啊……”母亲揶揄道：“不知道就信口开河啊听你口气好像把握挺大我问你市里的大领导谁和你是铁哥们儿谁是你的铁姐妹？”父亲满脸尴尬，自贬道：“我一介草民，哪来的铁哥们儿铁姐妹？我和小敏说的话，那是狗咬虱子瞎嚼嚼。”母亲说：“你狗咬虱子瞎嚼嚼做好人恼人事谁来做这回我成全你让你好人做到底！”说后要出门，父亲一把拉住她，央求道：“你别走好不好？我一没钱，二没门路，哪敢做好人？”母亲甩鼻涕一样甩去父亲的手，说：“解铃还须系铃人水怎么泼出去你怎么给我收回来！”

覆水难收，结果可想而知。小敏得知父亲放空炮，流了一夜泪。父亲的形象一落千丈，小敏几天没理他。

推测二：家庭是集体，在这个集体里，男人和女人分工不同，各司其职。简单说就是男主外抓大事，女管内问小事。家庭如果是团级建制，那么男人就是团长，女人则是政委。团长做团长的事，政委干政委的活，如果逆着来，就本末倒置，灭了男人威风，长了女人志气。

再举一例。

父亲是工人，坐的却是办公室，干的是文字工作。这么一说，大伙一定认为父亲要么是厂办秘书，一支笔闯天下，不是写报告，就是写总结；要么是宣传科的通讯报道员，每天写些豆腐块，为厂长歌功颂德，为工厂摇旗呐喊。都估计错了，父亲不搞文字，搞的是阿拉伯数字。这么说大伙明白了吧，父亲是材料员。父亲的字不敢恭维，但阿拉伯数字写得确实漂亮，2 像鹅，5 像秤钩，6 像豆芽，7 像拐杖,8 像葫芦，跟书上写的一模一样，车床工人看了直伸舌头。材料员与农村大呼隆时代的记工员差不多，农民下田劳动，汗一身一身地出，一天下来，记工员不把你应得的工分记上，汗水就白流了。材料员也是这样，车床工在工作台前忙活八小时，耳朵被机器吵了一天，劳动成果被一件件登记下来，产品运进库房，这一天才算完。父亲的岗位不显赫，但很受工人兄弟（特别是车床工）尊重。父亲出现在车间，见到的全是笑脸。

回到家就是另一回事，父亲一次对小蒙说，一种社会两重天。小蒙不理解，问父亲何意，要他解释一下。父亲连连摆手，说他是信口开河，不可当真，更不要外传。

父亲在工厂手不提四两（母亲语），下班后就要松松筋骨出出汗水，这叫劳逸结合，对健康有益（还是母亲语）。

“他爸（这是母亲对父亲的称呼），地面尽是脚印，要打扫了！”

“好嘞！”父亲像个店小二，母亲一声令下，他就屁颠屁颠地忙起来。

“他爸，昨天的衣服洗了没？”

父亲往阳台瞄一眼，晾衣架上空空如也，他一拍后脑勺，说：“看我这记性！”说后走上阳台，把脏衣服放进洗衣机，不一会儿阳台那里就会传出嗡嗡的洗衣声。

逢到星期天，厨房成了父亲的主战场，母亲是评论员，不时点评一下。父亲很谦虚，对母亲频频点头，表态说下次一定做好。

小蒙去过同学家，不看不知道，对比发现，父亲所做之事，别人家全是母亲做。小蒙想破脑壳也想不出，父母是何时把位置颠倒的。

5

最后说小蒙。

前面说的是父亲，大伙看后知道父亲的家庭地位不高，说话没有分量。老话说，孩子的毛病娘惯的，大人与大人之间也是这样。不用多说，母亲如此对待父亲，责任由父亲一个人承担，与旁人无关。酒是父亲亲手酿造的，是苦是甜，他一个人独饮。

近些日子，小蒙很想和父亲交流一下，听听他对家庭的感觉，对母亲的评价。小蒙想只要父亲开诚布公，不摆架子，他就剖腹掏心，一吐为快。如果交流愉快，小蒙还想搂草打兔子，顺带给父亲提条意见，让他别出手太重。打孩子吓唬为主，不能动真格，他不是管大印的，没必要一掌一个手印。时逢暑假，小蒙想机会多得是，但当他付诸行动，机会却不肯配合，如同小鸟，眼见落在枝头，他还没靠近，小鸟就飞走了。理想和现实不能同步，小蒙只能等待。等待煎熬人，小蒙就盼望出现奇迹。奇迹就是母亲加班。眼见日历一张一张往后翻，假期过半，母亲全是按点回来，毫无加班迹象。罢罢罢，愿望不能实现，那就涛声依旧吧。

“小蒙你贼眉鼠眼鬼鬼祟祟又在琢磨什么告诉你明年就轮到你中考自己的路自己走考好了你上好学校考砸了你自己兜明确告诉你我一没钱二没门路！”

“小声点。”父亲指指对门，被人家听到了笑话。父亲是中间派，他的本意是要母亲打住，让小蒙安心写作业去。

母亲是国王，国王说话臣民岂能插嘴！父亲话音刚落，母亲的枪口已掉转过来：“你嚷嚷什么我管教孩子有错吗我看你是拉帮结派没事找事！”

父亲刚回家，见家里有火药味，就想把火消灭在萌芽状态，母亲安则全家安，不想火势变了方向，呼啦啦烧向父亲。父亲也怕惹火烧身，于是闭口不语，把空饭盒放进碗橱，一头扎进厨房，准备晚饭去了。小蒙不敢停留，趁机溜进房间。小敏的心思在习题上，小蒙一头闯进来，打乱她的思路。小敏对小蒙翻白眼，小蒙回她一个白眼。坐到写字桌前，小蒙的心还不能平静。小蒙懂得感恩，他在回味父亲说的话——那句话乍听有点不疼不痒，细一想是偏向小蒙的，这就是父亲的高明处。哪里有压迫哪里就有反抗，父亲的斗争方式很巧妙，表面波澜不惊，水下湍流滚滚——冲这个，小蒙就想拉父亲做盟军。

扯远了，还是说小蒙。

小蒙不耍赖，承认自己有错，这个错是把天捅了个大窟窿，窟窿还在，母亲每月修补一次，至今没补好。

事情是这样的。

小蒙有个要好的同学，家庭很富有。富人有个通病——望子成龙，望女成凤，希望下一代更富有，做人上人。五年级那年夏天，同学家买了一台钢琴，牌子挺洋气，叫凯撒堡，两万多块钱。小蒙一听惊得半天合不拢嘴。钢琴黑里透亮，亮里透光，小蒙伸头看，鼻是鼻眼是眼，五官被照得一清二楚。同学坐在钢琴凳上，炫耀说是他妈让他学的，说着手指在琴键上飞动起来，琴内流淌出一串妙曼之音。小蒙听出是外国歌曲，很好听。弹完一曲，小蒙睁大眼睛问，你会弹琴？同学笑说，我考过八级啦，弹曲小菜一碟。说后又忘情地弹起来，动作夸张、卖弄。小蒙站在一旁既当观众又当听众。同学尽兴后起身说，我上厕所去，你不走，等我一会儿。同学刚离开，小蒙一屁股坐到琴凳上。凳子软软的，同学的体温还在。小蒙把手放在琴体上，细腻、润滑、清凉、高贵……小蒙的大脑快速运转，在他的记忆里翻箱倒柜，把能想到的好词都用到这架钢琴上。小蒙回头看，同学还在厕所里。他回过头，把目光落在琴键上，键分黑白两排，小蒙想弹，又怕同学笑话，就老实坐着。坐在琴前，小蒙想他要拥有这台琴就好了，这么想着，手下意识地摸口袋。口袋里有个硬物，掏出一看，是裁纸刀。小蒙此时还不知大祸已悄然逼近，他拿着裁纸刀，放下琴键盖，刀尖对着琴体，像往常在树体上刻字一般，写下“小蒙”两个字。不同的是树体吃刀，琴体不吃，刀尖行走时四面滑动，“小蒙”两个字写得歪歪扭扭，很不美观。

小蒙还在自责，同学回来了，眼前一幕让他大惊失色，尖叫道，不得了啦，我家的琴被小蒙划坏啦！同学的母亲闻声而至，看后二话没说，要小蒙赔。小蒙意识到问题严重，哇地哭起来。哭不解决问题，两家经过争吵、辩论、协商、让步、妥协，最后达成共识，小蒙家赔款一万元，月付二百，由小蒙亲手递交，付完两讫。

从赔款之日起，小蒙就成了母亲的眼中钉。

左眼跳财

1

公鸡吼叫一次，夜色就浅一层，仿佛墨汁掺了水，第三次吼叫，天就亮了。小麦起身穿衣服，见脚头无动静，说，哥，你还不起啊？大麦翻身，面朝墙壁，说，从今天起，我不是学生，当社员了。小麦这才想起，学校昨天开的欢送会，哥这一届学生毕业离校，奔赴社会，到广阔的天地里大有作为去了。从今天起，哥将成为一名名副其实的人民公社社员。

大麦没睡过回笼觉，乍睡睡不着，于是起身下床。大麦往外走，感觉左眼皮忽闪忽闪地跳，跟鸡啄似的。左眼跳财，右眼跳祸。母亲说过这话。既然能发财，你就可劲跳吧，跳翻天才好呢。大麦这样想，就到姐姐玉米的梳头桌上找镜子，他要亲眼看看左眼跳动时的样子。玉米正在梳头，见大麦拿镜子，手紧紧地抓住，冷脸说，要死啊大麦！镜子是女生用品，你是男生，照个魂啊！

玉米喜欢骂人，除了父母，家里谁都骂，大麦小麦和豌豆听了当耳旁风，她想骂就骂去，骂了身上也不少什么。大麦伸手要镜子，说，姐，我眼睛跳，我想瞧瞧，看它是怎么跳的。

玉米听大麦说眼睛跳，好奇心冒出来，问大麦哪只眼睛跳。

看玉米伸长脖子，大麦就想逗逗她，于是反着说，右眼。

玉米一听，嘴角下挂，脸上藏着坏笑，把镜子推过来，也反着说，你仔细瞧，瞧仔细了，好事正排着长队等你呢！又说，大麦你可不能吃独食，有好事想着姐，还有小麦和豌豆也不能忘！

说来奇怪，大麦对着镜子细瞧时，眼睛不跳了。不跳了，再瞧也没啥意思。大麦把镜子还给玉米，一边扣纽扣，一边往外走。跨出门槛，看到父亲从鸡窝那里往回走，手里窝着两枚鸡蛋。父亲看到大麦，停下脚步，把别在腰上的烟袋取下，递给大麦，说，抽几口吧，抽烟提精神。

大凡客人上门，父亲就会拿烟袋央人家，叫人抽一袋。敬烟是父亲待客的最高礼节。大麦一头雾水，诧异道，大，我不是客人，我是你儿子大麦啊！

父亲面带微笑，蔼声说，大不糊涂。说着把烟袋往大麦手里塞，大麦啊，从今天起，你可以抽烟啦。

大麦没有接受，也没有拒绝，此刻他的脑子一片空白，感觉像课堂上没听懂老师说的话。大麦看着父亲，希望他说得明白些。

这天是一九七五年七月十一日，时间：早晨七点。这是个平常日子，是前一天的复制：公鸡叫早母猪拱门；太阳被院外的大树遮挡着，阳光金线似的穿过树叶缝隙，斜插在院墙上，像一把把镀金的剑；天湛蓝，蓝得仿佛要往下滴水。蓝天下有几朵白云，云蓬松、干净、飘逸，如新采的棉花。云是移动的，也是变化的，头顶的那朵起先像一只羊，转眼就变成飞翔的鹰。老鹰居高临下，俯视大地，仿佛在寻找猎物，随时可能俯冲下来。鸡窝外有两只回窝产蛋的母鸡，一只芦花、一只黄花。芦花偏脸看天，无意中发现空中的鹰，正虎视眈眈地盯着它。鹰是鸡的天敌，被它抓着很难活命，芦花惊慌失措，嚎叫一声，一头钻进窝里。黄花放眼四看，见天下太平，就知芦花制造假象是真，其目的是争抢蛋窝。

大麦把这看在眼里，他没笑芦花胆小，也没夸黄花淡定，他的注意力在父亲那里，他希望父亲巷子里扛木头——直截了当地和他说说抽烟的事。父亲没有说，他见大麦没反应，就把烟锅伸进烟荷包，装满烟叶，拿出烟锅，用指头轻轻压一压，点火，猛吸，连吸两口，嘴巴鼓得像球，喉结上下一动，烟溜进肚子里。屏息，眯眼，待憋足了劲，烟才从鼻孔冲出来。可能是憋得太久，烟出鼻孔像两股冲出闸门的水汹涌而去。

父亲抽烟的样子很陶醉。

大麦看明白，抽烟确实是一件美事，不过这件美事不属于孩子，只有大人才有权享受。今天父亲央他抽烟，说明他已长大，不再是往日那个背着书包上学校的半大孩子了。

孩子与大人，校门是分水岭。

难道眼跳就是一袋烟？大麦在猜测。

饭桌摆在凉棚下，一家人围坐下来，稀饭端上桌，二爷来了。二爷是父亲的堂弟，在粮管所当会计。二爷是国家人，吃住在粮管所，一周回家一次，过一夜就走。父亲见他来串门，赶紧起身，说，稀客稀客。说着抽出屁股下的凳子，又从腰上取下烟袋递给二爷。二爷坐下，对父亲摇摇手，从衣兜里掏出纸烟，说，烟锅呛，还是纸烟平和。父亲嘿嘿地笑着，蹲在二爷旁边，点上烟锅陪二爷。

不等父亲说话，二爷开口问，大麦毕业了吧？

父亲说，昨天离的校门。

二爷笑笑，食指轻点，纸烟上的灰纷纷落下。二爷把烟从左手换到右手，说，大麦暂且没事吧？

父亲也笑笑，说，没事。又说，吃过饭去队长那里报到。

二爷从凳子上站起来，把烟蒂扔到门外，说，别忙着报到，先去我家忙几天吧。

父亲想起，前些日子二爷用粮管所的大卡车运回一堆砖瓦，于是问，你家要造屋？

二爷点头。

2

小孟庄人不信命，信手。要想肚子饱，全靠两手刨。手勤吃干饭，手懒喝稀饭——这是小孟庄人口口相传的生活哲学。二爷属于特例，他不用手刨也有饭吃，吃的还是国家饭，全村几百口人，除了他找不出第二个。这很矛盾——就是说二爷能做上国家人，领国家薪水，靠的是命。二爷颠覆了小孟庄人的生活信条，把命做了新的诠释，将一个看不见摸不着而确又存在的东西明睁眼露地摆在众人面前，由不得你不信。

二爷相貌没有特别之处，稍有不同的是眼睛。土地和气候原因，小孟庄人多是单眼皮小眼睛。小眼灵活，眨动敏捷，下田劳作，野风吹过，尘土飞扬，草屑迷眼，小眼的优势就凸显出来了。适者生存，物种进化有其自身道理。二爷是双眼皮大眼睛，虽是稍有，但也有违常理。小孟庄人猜测，这“稍有”或许就是二爷的过人之处。只有“稍有”之人，才有特殊之命啊。小孟庄人爱听故事，历数故事里的重要人物，过耳不忘在记忆里打下烙印的大多是有别于常人的人，或手臂过膝，或头大如斗，或目如铜铃，或声若洪钟……小孟庄人用故事里的人物做对照，答案就出来了——《封神演义》里那个高明，人称千里眼，二爷与他是有几分相似的。千里眼眼观千里，二爷能预知未来，未来关乎前程，于是二爷就有了今天。二爷的眼睛真是大，他专注于某件事或某个人，眸子奇大，堪比牛眼，胆小者低头躲避，不敢与其对视。孩子们暗地里称二爷大牛眼。

牛眼大，
大牛眼，
小孟庄里独一双，
有人见了怕，
有人见了夸。
怕的是孩子，
夸的是大人。

女孩子把二爷编进童谣，跳皮筋时，就唱这首童谣。

二爷排行第二，上有一个哥下有一个弟。二爷的娘走得早，三兄弟由父亲一手带大。所谓带大，就是冷了有衣遮体，饿了有口饭食。没娘的孩子泼皮，三兄弟跟有娘的孩子一样长大。二爷的哥和弟斗大的字不识一筐，唯独二爷能认几个字。二爷认字是沾别人的光，从私塾先生那里蹭来的。蹭，不是正规入学，由先生面授，而是别人学，他在旁边听，学的人会，听的人也会了。私塾先生是发现了的，但他没有点破，也没有制止，后来是二爷自己不好意思蹭，才没再旁听。就是几次看似不正规的学习，却成就了二爷。一天二爷的哥回家说，粮管所招扛包工。二爷的父亲听后说，这碗饭撑人，端不得。这话三兄弟懂，粮管所每年都有被“撑”着的人，不是累得吐血，把好端端的身子弄成病秧子，就是摔断骨头，下半辈子离不开拐杖，把平坦的路走成了高低不平。粮管所每年都招扛包工，小孟庄人甘愿在土坷垃里刨食，也不拿鸡蛋碰石头。麻包二百斤，扛着它走踏板上粮仓，踏板在麻包和人的重压下颤颤悠悠，跟钢丝一样难走，这不是一般人所能为。二爷是明知山有虎偏向虎山行。麻包不是山，它遮挡不住二爷的视线。麻包背后的风景一览无余地呈现在二爷眼前，二爷看到的是大米白面和铁做的饭碗。就在二爷的父亲说过那话的第二天，二爷去粮管所打探消息，得知情况属实时，他向粮管所的工作人员要一张小纸片，把自己的姓名、出生年月和家庭地址工工整整地写在上面，亲手送到报名处。巧事无处不在，那天所长到报名处了解报名情况，看到桌上的小纸片，拿起一看，字体方方正正，跟钢板刻的一样，扬着纸片问是谁写的。报名处有几个人，二爷说是他写的。所长打量他，心生怀疑，但不便明说，哗的一声撕下一张信笺，拿下上衣口袋里的笔，说你再写一张给我看看。二爷嘴角上扬，心想小菜一碟，你难不住我，于是低头写起来，点横竖撇捺，每一笔都写得认真，写好往前一推。所长低头看，又把两张纸片放到一起，对比发现，后写的这张更好。他点点头，说你明天过来。第二天过来，二爷做好扛包准备，哪知所长没叫他去晒谷场，而是领他到开票室，让他开单子。二爷后来知道，他顶替的那个开单员前一天请产假，回家生孩子去了。几年后二爷转正，成为粮管所的一名正式员工，成了国家人。这是后话。

二爷坐在那个请产假的女开单员的座位上开单据，斤两和钱数都会写，写姓名有难度。二爷会写的字有限，不认识不会写的姓氏很多，好在他随身揣着《百家姓》，遇到不认识和不会写的字，他就把《百家姓》翻开递到窗外，问人家是哪个字，既解了难，又不露破绽。早出晚归，中午在粮管所吃一顿饭，连着几天都是这样。这天二爷回到家，他的父亲见了问，二子，看你屁颠屁颠的，整天不归家，忙什么呢？

二爷想了想，估计自己的屁股在女开单员那张凳子上坐稳当了，才回答父亲。他说，大，我到粮管所上班去了。

父亲听后十分惊讶，说，这么大的事你都不吭一声，麻包那么好扛？累出好歹，我哪天到你妈那边去，怎么向她交代？

二爷听了笑说，放心吧大，累不到我。

听这话父亲说，别癞蛤蟆头上插鸡毛假充大公鸡，你那点能耐我还不知？告诉你，硬汉都累得吐血，除非你的身子是铁打钢造。

二爷说，我不扛麻包。

父亲瞪大眼睛问，不扛麻包，那你干什么，是看场还是扫地？

二爷说，当会计。

打破脑壳父亲也不信，说，你一没拜过师，二没进过学堂，扁担长的一字怕都写不直，当的什么会计？

二爷脸上挂着笑，说，大啊，你要是不怕跑腿，明天去看看就知道了。

第二天早饭后，二爷去上班，父亲看他出门，悄悄地跟在后边，眼见为实，他要看二子有没有骗他。二爷明知父亲就在身后，他一路都没有回头。进了粮管所，看售粮窗口有人排队，二爷小跑着去开门。直到这时父亲还没有全信，他想二子是演戏给他看。父亲不错眼地看，不想二子从身上摸出钥匙，打开门，一闪身进了开票室。父亲心里跳跳的，脚定在原处。愣怔片刻，父亲掉转方向，到窗口去看究竟。透过窗户洞，父亲看到二子人模狗样地坐在桌前，右手握笔，写字开单，开好递到窗口，窗外那人拿着单子喜滋滋地去称粮。

父亲心里有两个疑团，一个是二子何时学会写字的；另一个是他怎么就坐上开票员那张凳子的。

父亲的疑团，也是小孟庄人的疑团。

旧疑团没解开，新疑团又接踵而至——二爷不肯相亲。男大当婚女大当嫁，自古就是这样，但是二爷到了娶亲年龄，媒婆提亲，他死活不相。父亲急得跳脚，说过了这村没了那店，人的好时光就像菜园里的菜，过季就老。当一个人的嫩脸变成老脸，那时再想相亲比登天还难。二爷我行我素，父亲催急了就不回家。那时二爷在粮管所已有宿舍。不知谁起的头，暗地里有人乱议论，说二爷不相亲，八成是二姨子（表示不男不女并倾向于女子的男人，类似于今天的伪娘）。如果不是，哪有男人不想女人的？说者言之凿凿，听者频频点头。就在小孟庄人一厢情愿地认为二爷这辈子不会讨女人时，二爷回家宣布说他有女人了。二爷说，他相中的人是那个回家生产的女开单员的二妹，年龄比他小一轮。那天二爷把女人带回家，小孟庄人看后说，女人的脸皮嫩得像葱白，指甲一掐能冒水。老夫少妻。小孟庄人掰着指头往上数，史上无人娶过这么小的女人。人们顺着事情往前捋，一捋吓一跳——二爷坐上女开单员那张凳子时，他的女人还是个十来岁的黄毛丫头。那时二爷已到相亲年龄，他怎么就知道这个比他小一轮的黄毛丫头长大了就是他的女人？树下一群孩子在跳皮筋，听了童谣，答案出来了。

二爷的一双大眼能知未来，他的比他小一轮的女人也有一双能知未来的眼睛，这个女人自做了二爷的女人，丰衣足食日月无忧，从未对柴米油盐犯过愁。女人嫁人图的什么，不就是吃饭穿衣吗？

3

在旧址上造新屋，结构为全砖瓦，气魄之大小孟庄找不出第二家。二爷善于创造奇迹——端铁饭碗、吃国家饭，他是小孟庄第一人；讨的女人比自己小一轮，小孟庄也是史无前例。现在又有新举动。岁月悠悠，二爷正值壮年，不知他的下一个奇迹会是什么。

远的按下不说，先说造新屋。

小孟庄人对建造砖瓦结构的房屋不内行，他们见二爷用粮管所的大卡车往家运砖瓦，估摸造的是砖包门、砖包窗，后来看到那堆材料，才知低估了二爷。小孟庄有几个土工匠，打土墙、缮屋草是行家。他们得知二爷要造屋，聚在一起商量，草图画了一张又一张；还一起上街，到公社和粮管所转悠，对房屋样式、长宽高矮仔细瞅望，心里有底才返回。万事俱备，就等二爷一声招呼，他们就操家伙动工。一天不见人来，两天不见人来，他们退而求其次，想二爷不要他们当主角，打下手总比生手强些的。直到开工，他们才知道，二爷看不上他们。开工那天，几个人跑去看，放线的面生，拿刀砌墙的也面生，看身手就知人家做过大工程；小工多数不认识，熟悉的只有大麦。和大麦配对抬砖的是个姑娘，看着面熟，却不知姓名，打听才知是二爷女人的幺妹，也就是小姨子。幺妹和大麦同班，也刚出校门。

在小孟庄，只有二爷敢做这事，他可以六亲不认，换个人拉不下这张脸。

大麦的父亲得知详情，感觉很有面子。大麦受邀去二爷家做事，全家人都高兴，只有玉米心生嫉妒，对大麦甩脸子，说他不讲真话，小小年纪一肚鬼点子，明明左眼跳，却说是右眼。

母亲听了问，大麦眼睛跳了，何时跳的？

玉米说，早晨他到我屋里找镜子，说要看眼睛跳。

母亲说，你没问问他，是哪只眼睛跳？

玉米说，问了，他说是右眼。

右眼？那跳的可是祸啊！母亲叫起来。

我估摸他是正话反说，依我看是左眼跳。玉米解释。

何以见得？母亲追问。

玉米说，要是右眼跳，二爷一早会上门请他？

母亲一想也是，心里释然。这时上工的钟声敲响，父亲在前，母亲和玉米在后，踩着钟声下田去了。

4

二爷的家在前，大麦的家在后，之间隔着一口水塘。两家住的虽不是一条村庄，但同吃一塘水。印象中，大麦从没去过二爷家。这不奇怪，大麦是学生，一天大部分时间在学校，放学回家，割草放羊、挑菜喂猪，力所能及地做点家事，没工夫串门；星期天也不闲着，跟父亲下田劳动。大麦是学生，算半劳力，挣的工分是成人的一半。别小看这一半，聚沙成塔，积少成多，年终决算，工分加到一起，也能多分些粮食。

二爷的几个孩子尚小，还不能劳动。但就他家的情况看，就是到大麦现在的年龄也不用下田挣工分。二爷家不愁粮食。说靠山吃山靠水吃水也好，说近水楼台先得月也没错，反正二爷家没断过大米、白面，粗粮更不用说。二爷的女人嫁过来好几个年头，孩子生了四个，队里的田有几块，与邻队的地界线在何处一概不知。队长想讨好二爷的女人，一天到二爷门上去，对二爷的女人说有轻巧活，好多女人报名，僧多粥少。队长的意思是，二爷的女人如能腾出空，铁定算一个。二爷的女人听了，没说感谢话，看一眼怀里的小儿子，说我可不能因小失大，为挣工分，丢下孩子不管的。这话要是别的女人说，队长会不给好脸色，还会大声告诉这个女人，好事从此与她绝缘了。但这话出自二爷的女人之口，队长就不能不有所考虑，难听话宁愿烂在肚子里也不能张嘴乱嘟噜。说出口的话泼出门的水，利与弊队长还是掂得清楚的。听了这话，队长脸上笑了一下，往外边走边说，不去也罢，荒天野地，野风裂石头，你受不了那苦。到门口停下，想一想又说，家里的米断了，二娃子闹着要吃白米饭，过一天我找二爷买去。二爷的女人听了，眼睛眨动几下，说，队长你稍等。说着回身，把小儿子放到床上，拿口袋到米缸里挖了几碗米，掂一掂有十来斤，出来往队长手里塞。队长客气一下，拎上走了。目送队长远去，二爷的女人才返回。刚才挖米时，二爷的女人是犹豫的，想是不是挖几斤白面给队长，面缸就在米缸旁边，要挖很顺手，一想队长家不会缺这个，才作罢。二爷的女人心细，做事有策略，她想队长家就是没白面，也不能大米白面一起给，好处要分开，细水长流，恩惠不断，关系才会长久。就像给孩子糖果，一次一颗，孩子吃得意犹未尽，才会心馋糖果，惦记糖果，感恩给糖果的人；如果给两颗三颗或是一把，胃口就会变大，下次再给数量只能多不能少，多是应该的，因为已有先例，少了欲望得不到满足，难免没有情绪。欲望是个坑，坑难填；情绪如猛兽，猛兽会吃人。二爷的女人出门虽少，却能看透人心，悟透人性。

大麦敬重二爷，爱屋及乌，对二爷的女人也很尊敬，见面叫二婶。大麦嘴巴甜，二爷的女人经常夸奖。二爷听得多了，这次就把他叫来家里帮忙。

大麦没到过二爷家，但对二爷家不陌生。这是大麦踏进二爷家院门，扑面而来的熟悉气味告诉他的。

大麦嗅觉灵敏，鼻子可与狗猫媲美。

中午时分，大麦饥肠辘辘地从学校回来，刚进村口，一股仿若记忆中的母乳气味若隐若现地游进鼻孔，勾魂摄魄，馋得大麦直流口水，口水唤醒馋虫，大麦肚子里叽叽咕咕地叫。大麦知道，这是米饭熟了的气味。这气味是二爷家的专利，别人家没有。稍一会儿，这气味又被一股浓香覆盖。这股浓香招猫引狗，树上的小鸟闻了也忘了叫。村庄像睡着了一般，孩子可以大胆奔跑，不用担心被恶狗追咬。村里的狗和猫闻香而动，像被绳索牵引，口流哈喇子往一个方向聚拢。也就这时，狗猫才和谐，它们已忘记身边是谁，也不在乎身边是谁，兴奋点全在那股浓香上。凭经验大麦判断浓香出自小炒。过年时大麦吃过这道菜，吃过了，味道就镌刻在记忆里。晚上，夜风又悄然送来一种不同于中午的两道气味。细细品味，这气味带有阳光的味道，还有泥土经太阳暴晒散发出的淡淡馨香。这是白面蒸熟后散发出来的。风是小南风。如此说，是二爷家蒸白面馒头了。

二爷创造的不单单是人生奇迹。

二爷家给大麦无尽的想象，二爷家的气味激活了大麦的想象力。在校时，大麦的作文一直好，老师说他想象力丰富。这得感谢二爷。

没想到，大麦来二爷家会邂逅女同学。女同学叫贾秀云。见面时大麦犹豫一下，想是不是主动和贾秀云打招呼，虽说在校几年他们没有说过话，但今天是在小孟庄，又是在二爷家，他应尽地主之谊。就这时二婶过来介绍，说大麦啊，秀云是我幺妹，她不大你不小，按辈分你该叫她老姨。

大麦的脸热了一下，当着二婶的面，老老实实地叫了声老姨。

贾秀云一听笑喷了，捂嘴说，姐，我和大麦是同学！

二婶一头雾水，怎么，你们是同学？

贾秀云说，是啊，我们一个班的。

二婶也笑，说，你不说我哪会知道！

贾秀云说，同学叫姨，难听死了。

叫与不叫都是姨，辈分不能乱。二婶说着离开，到院子一角打下手去了。大麦往那里看，一个壮汉在杀猪，猪脖子还在滴血，壮汉就用捅条在猪身子里捅，后单膝跪地，嘴对住猪脚爪吹气。壮汉吹一口，猪身子就张开一些，一口、两口、三口……壮汉的气一口一口地吹进猪身子，猪身子渐渐鼓胀起来，身上的毛像刺猬一样一根根站立着，壮汉停下。防止跑气，壮汉用细绳将猪脚爪紧紧扎住。做好这个，下道工序是褪毛、开膛。院角处支一口地锅，锅里加满水，锅下火正旺，水吱溜溜地响。水开后，壮汉指挥二婶将开水全部舀进褪毛盆。二婶做好这事，壮汉瞥一眼猪，吐口唾沫在掌心，两手对着搓几下，憋一口气，嗨一声喊叫，猪就进了褪毛盆……

造屋杀猪，猪肉做菜，此举全村又是第一家。村里年龄最高、辈分最长的孟老太爷，牙都老没了，顶上的几根乱发和下巴的一撮山羊胡也老成白色，人却精神。开工那天，孟老太爷拄着龙头拐挪到二爷家，看后咂着牙床说，乖乖隆哩咚，打我记事，只见过孟财主家造屋买过半爿猪。二尿子（二爷乳名）也是造屋，却杀了整口猪。啧啧，这气魄，地主老财不敢比！

孟老太爷的话说就说了，在场的人全听到了，却无人往外传，小孟庄人知道，这话传出去对二爷不利。小孟庄人还知道，二爷不利了，全村人也没什么好处。

大麦也在现场，他和同学贾秀云是一对，负责抬砖运土，人在做事，耳朵没闲着，孟老太爷说的话一字不落全部听到了。大麦对孟老太爷的话有看法，他想怎么能拿二爷跟地主老财做比较呢？这不是把二爷往火坑里推嘛！因手上事多，砌墙的师傅等着用砖，大麦没工夫去更正孟老太爷的话。好在孟老太爷没有多待，他看工地凌乱，做事的人多，怕出意外，看一眼就离开了。

大麦和贾秀云抬砖用的是绳子，砖头码成摞，码到半人高，绳子分开，从下边兜住，抬起就走。一摞砖足有二百斤。运土用的是筐，一筐土也有二百斤。贾秀云是女生，女生力弱，理应在前，抬砖运土，大麦不是把绳子放在扁担中间，而是尽可能往后放，自己能走路就行。如此一来，重量就在大麦这边了。一趟两趟没什么，几趟下来肩膀就被压疼了。疼好办，大麦将肩上垫件衣服，疼痛缓解了。缓解不是没有，痛感仍在，影子一般跟着大麦。大麦用手摸摸疼痛处，感觉是破皮了。大麦没有说，他怕说了贾秀云瞧不起他。也就一会儿，大麦就忘了疼痛，他的注意力跑到壮汉那边去了。壮汉把猪劈成两爿，肉白膘肥，看着就馋人。壮汉拿出铁钩，将一爿肉挂到树上，另一爿放在案上肢解。两爿肉分成多少顿？依二爷的做事风格，他是会让人吃个够的。这么一想，大麦的眼睛就往灶屋瞄，灶屋里一个婆娘在淘米。壮汉那里没有二婶的事了，二婶又到灶屋，为婆娘打下手。一会儿，壮汉拎起一块肉，也到灶屋去，灶屋里有三个人在忙。二爷家屋里屋外都是人，比过年还热闹。灶屋里传出刺啦一声响，跟着飘出一股肉香。这香比小炒味浓，大麦闻了打个喷嚏。大麦怕贾秀云笑话，不想她也打了。这是什么菜，是大炒吗？大麦搜索记忆，他没吃过大炒，当然也就不知大炒是什么样子。大麦还想，壮汉拎的那块肉，不会就做一个大炒吧，应该再红烧，或是做肉坨。脑子想着菜，脚下走得快，贾秀云被他推得直打趔趄。贾秀云回一下头，大麦一看便知其意，于是放慢脚步。他们是同学，同学是心有灵犀的。

早上吃的稀饭，撒了几泡尿，太阳没爬到头顶肚子就空了。好在有肉香闻，闻到肉香大麦的腰就不会下沉。灶屋内热气弥漫，从外往里看，朦朦胧胧的，跟仙境一般。肉香鼓舞人，肉香给人力量，肉香让人浮想联翩。大麦感觉到，贾秀云的脚变得比先前轻快，鞋底像有弹簧，脚刚落下就被弹起；肩上也有力，力量通过扁担传递过来，牵着大麦往前走。抬砖运土要经过灶屋，虽然看不清里面的人在做什么，但听得见铲勺与铁锅的碰击声，还有刀子在砧板上的切菜声。两种声音赛过音乐，强似天籁，大麦着迷，贾秀云也着迷，他们陶醉其中，再次经过灶屋，贾秀云站下，大麦也站下，两双脚像生了根，不会走了。就这时，二婶从仙境中走出，说，秀云、大麦，帮着端菜、端饭。说后对施工师傅叫一声，开饭喽！

坐到饭桌上，看着桌上的菜，大麦数一下，共八个菜。荤菜四道：小炒、红肉（红烧）、白肉（放白糖蒸馏）、鸡蛋；素菜四个：豆腐、千张、豆芽、粉丝。看这刀功，肉丝细，肉块方，不是厨子切不出来。大麦猜想厨子可能是壮汉，而非那个婆娘。放线、砌墙的师傅坐下来，人就齐了。二爷说话，他说今天是开工第一顿，大伙不要客气，一定要吃饱吃好，说着端碗拿筷，央大伙吃。大麦拿起筷子，手刚伸向白肉，眼睛跳了。又是左眼。

左眼跳财。

大麦将白肉放进嘴里，舌头一动融化了。香啊！甜啊！大麦的筷子又伸向红肉。早晨眼睛跳，大麦猜测是一袋烟。现在又跳，大麦知道不是烟，而是眼前的这八个菜……

姹紫嫣红

1

姐啊，晚上有饭局吗？没有？太好啦！妹为你接风洗尘……姐吔，你就放心吧，来了放开肚皮吃，敞开酒量喝……谁掏钱？你就别杞人忧天了，小妹自有安排。好了，别废话，浪费妹的话费钱！记住啊，天上人间大酒店，102，不见不散！

嫣红打过电话，推开洗手间的门，伸头往两边瞄一眼，没有熟人，这才大大方方地走出来，到盥洗台前洗手，从包里拿出化妆盒，对镜补妆，左瞧右看，满意了才离开。从洗手间到小厅仅几米距离，嫣红也要走出风采——高跟鞋笃笃笃地敲击地面，像击鼓，小腰在笃笃声里左一扭右一扭地向前移动，如同垂柳临风，所过之处留下一路香风。香风有黏性，附在走廊里经久不散，内行人一闻便知，这是高档的法国香水。

这是某天下午，嫣红在名流咖啡馆的洗手间里悄悄给姐姐姹紫打的电话。

名流咖啡馆是全市环境最好、档次最高的休闲场所，如它的宣传语所说，是商务洽谈、休闲聊天、打牌下棋、遐想发呆的最佳场所。此馆消费高，工资低的人不敢进。

嫣红是受朋友之邀，来此休闲的。朋友不多，三男一女，外人感觉其中有一对是情侣，只有服务员清楚他们目前还是单身，因为他们选择的厅是111。111寓意光棍，每年的11月11日被称为光棍节。光棍本为贬义之词，商家们反其道而行之，抓住机会大做文章，媒体也跟着炒作，倒是把生意做得风生水起，一个个赚得钵满盆盈，年轻人少有不知的。名流咖啡馆的厅用阿拉伯数字命名，每个数字都有特殊含义。2与爱谐音，222为谈情说爱者首选；3深奥，属国学范畴，333深受文人学者青睐；4简谱读音为发，发财发达发家发福……444像个大众情人，人见人爱；666、888寓意顺利吉祥，含有财源滚滚之意，深得老板和创业者喜欢，富豪大款们也很喜爱，这两个厅整日客满，少有空闲；7读音与吃相近，从事餐饮业的老板爱来此休闲品茗，共谋发展；9含有天长地久之意，新朋见面、老友相会爱到此厅。每个厅格局大致相同，两张沙发对面放，中间摆一长几，喝茶当几，打牌是桌。嫣红与一男性朋友坐一张沙发，另两个男性朋友坐对面。四个人嗑瓜子、聊天。瓜子嗑多了生火，话说多了乏味，于是喝咖啡、发呆、打牌。他们打牌不斗地主，不炒地皮，而是掼蛋。

掼蛋变化多，它是一种智力趣味游戏，引用《掼蛋宝典》里的话说是个技术活。牌抓到手中，如何组合既要考虑自己，也要考量对方，更要防范对手。此种游戏的精髓是“变”。变就是变化，万花筒一般，翻手为云覆手是雨，变得对手措手不及方寸大乱。如果墨守成规一成不变，遭遇对手阻击而不用“炸弹”开路，任其恣意妄为一路凯歌地奔向终点，就中了对手的计谋。掼蛋的快乐隐藏在与高手过招之中。找准战机，把住火候，用“炸弹”给对手当头一棒，是最痛快的事。将遇良才，棋逢对手，才凸显掼蛋乐趣。嫣红喜爱掼蛋，三个男性朋友对掼蛋有瘾，几个人隔三岔五就聚到一块儿，几天不打手就痒痒。

今天打了四局，比分 2 比 2，平手，皆大欢喜。

既是朋友，打完牌就不能空着肚子走，饭是要吃的；吃完饭也不要急着散，到歌厅亮亮嗓子很有必要。如此，这一天过得才充实，才有意义。进门女士优先，体现的是男子的绅士风度；掏钱男士优先，体现的同样是绅士风度。三个男友做了分工，甲男买咖啡馆的单，乙男负责晚餐，丙男负责唱歌。

饭局地点已定，四个人离开名流咖啡馆。甲男乙男丙男各开一辆跑车，嫣红上了甲男的车。三个人的车有两辆宝马，一辆捷豹，都是高档车，但他们感觉不够招眼，于是换上街跑排气管，想引人瞩目一点油门，车尾就发出嘭嘭的爆炸声，吓得行人一惊一乍，当是皮孩子临街扔爆竹。天上人间大酒店在新城，与主城区有一段距离，跑车几次爆响，就看到酒店的霓虹灯街女似的向他们抛媚眼。

跑车离开名流咖啡馆，嫣红的眼睛就没闲着，不停往两边看，希望能看到姹紫。嫣红已想好，如果看到姹紫就叫甲男停车，把姹紫带上。车到酒店也没见姹紫，嫣红想她可能打车来。泊好车，酒店的迎宾小姐把他们带去 102，到门口停下，打着请进的手势。三个男友也绅士地停下脚步。女士优先，嫣红先进。嫣红进门后，三个男友鱼贯而入。姹紫已到，正在喝茶。嫣红看到姹紫，跑过去拥抱，回头对三个男友说，我姐，姹紫，刚从上海回来。三个男友闻后一一伸出手，与姹紫轻握一下，说欢迎。姹紫受到如此礼遇，心里激动，目光像采花的蝴蝶从三个男友的脸上依次“飞”过。姹紫是见过世面的，待人接物知道分寸。她笑着对嫣红的三个男友说，给你们添麻烦了。甲男说，姐是稀客，请都请不到！乙男也是这话。丙男没走老路，想了想说，嫣红是我们的朋友，你是她姐也就是我们的姐。这话听着暖人，姹紫想嫣红的朋友儒雅体面，说话得体，一看就是正经人，不是母亲说的不三不四。上了岁数的人喜欢夸大其词，见风就是雨，爱把芝麻说成西瓜。这是代沟，没办法。

这是姹紫对嫣红三个男友的第一印象。

晚餐标准不低，二百起订。乙男不说话，向服务员竖起四个指头。服务员开心一笑，转身离去，到厨师那里开菜单。须臾返回，把菜单递给乙男，乙男抬手挡回，说，不用看，这里的菜不错，照单上！

当地风俗，谁请客谁坐面对正门的那个席位，客人按职务高低、年龄大小先右后左分坐两旁。乙男想打破常规，推举姹紫坐面对正门的席位。姹紫吓得连连后退，说不妥不妥。嫣红也摆手。乙男叹息一声，说吃顿饭哪来这么多规矩？说着坐下。他把姹紫拉到右首，嫣红安排在左边。甲男丙男不要安排，各自坐下。

喝的是茅台酒，人不多，上两瓶。

菜果然不错，全是硬货，看来乙男没少来这里。

按说三个男友都开车，应该不喝酒，乙男想喝，就寻找喝酒理由。他说无酒不成席，今天和姹紫姐第一次见面，喝酒以示庆贺。

甲男点头拥护。

丙男语出惊人，他说百年修得同船渡，千年修得共枕眠，与姹紫姐相识是缘分，不喝酒可不行！

姹紫说话有礼有节，她说你们手里有车，如果因为我喝酒被查，我就有不可推卸的责任。听姐一句话，为了安全，以茶代酒，就像常言说的，只要感情有，喝水也是酒。

乙男听后说，姹紫姐为我们好，我们感谢，但姹紫姐说我们喝酒被查是你责任，言重了。姹紫姐放心，喝酒是我们的事，我们不会怪罪你！

甲男诡秘一笑，说，姹紫姐有所不知，我们哥几个有的是办法。

乙男一锤定音，说，为让姹紫姐放心，我们找代驾！

听说找代驾，姹紫不再阻拦。

姹紫嫣红也是能喝几杯的，平时她们滴酒不沾，今天受气氛感染，姐妹俩也端起酒杯。五个人喝，两瓶酒很快见底。乙男想上酒，丙男小声说，下面还有活动，留点量到歌厅喝吧。甲男也是这话。乙男听两个人都这样说，就不再坚持，于是买单换地方。喝酒前说找代驾的，喝了酒这话被丢到脑后去了。来时嫣红坐甲男的车，现在上了乙男的车。姹紫的头有点晕，也忘了找代驾的事，不过听说去歌厅，就想借故不去。姹紫是受嫣红之邀来吃这顿饭的，人家虽然没把她当外，因为不是专门请她，难免有蹭饭之嫌，用本地话说叫当锅铲，再去唱歌，她会更加不好意思。见姹紫要告辞，丙男反对说，姹紫姐，你能吃乙男的饭，就不能唱我的歌？我长得没他好看是吧？姹紫听这话，酒完全醒了，她知道丙男是真心留她，走了他会怪罪，于是留下。

唱歌不用到主城区，新城就有。丙男路熟走在前面，车子还没提速就到了。姹紫抬头看，歌厅的名字叫天上星，名字下方有一行小字：量贩式 KTV。想到刚才吃饭的地方，姹紫想这两家的老板可能是一个人，或是一家人开的。丙男到前台订个大厅，他考虑的是厅大可以唱歌，也可以跳舞。丙男未雨绸缪，想得周到，他的选择姹紫嫣红开心，甲男乙男满意。几个人在歌厅坐下，循惯例，东道主先开嗓，谦辞叫抛砖引玉。丙男一曲唱罢，将话筒传给嫣红，嫣红刚亮嗓子甲男就礼貌地向姹紫伸手，姹紫愉快地接受邀请。嫣红唱的是邓丽君的歌《月亮代表我的心》。姹紫也喜欢邓丽君，读中学时还买过她的碟片，记得一次班级搞联欢，姹紫唱了两首邓丽君的歌。姹紫学习不拔尖，在班级默默无闻，那次联欢她成了明星，同学们见她不再叫姹紫，改口叫小邓丽君。姹紫想着往事，脚下就乱了，幸好歌已近尾声，甲男左手轻抬，姹紫一个旋转下了场。掌声响起，送给姹紫嫣红。酒水已上，水果吃食放满茶几。大家的肚子不饿，东西吃不下，酒可以喝。啤酒喝多了撑肚子，于是改喝红酒。他们一会唱歌、跳舞，一会喝酒。时间过得很快，不觉已到十二点。歌厅打烊的时间到了，服务员要下班。几个人意犹未尽，想找地方继续玩，走出歌厅一看，只有路灯还恪尽职守地亮着，店铺酒吧黑灯瞎火的全部关门打烊。

世上没有不散的宴席，好在过了今天还有明天，几个人愉快地上车回家。

姹紫想起代驾的事。

甲男笑说，警察早进入梦乡，这会儿在路上查车，是脑子进水，说着驾车出发。三辆车向主城区进发，夜深人静，尾气管的爆响声惊天动地。车快路短，姹紫在心里默数，尾气管炸响八次，她和嫣红就下车了。

2

夜已深，姹紫跟丈夫发短信，说晚上不回去了，回娘家。丈夫很快回复：知。不出所料。姐妹俩怕吵醒父母，轻手轻脚地打开门。父亲在房间轻咳一声，表明他没睡。母亲披衣从卧室出来，冷着脸看嫣红，说一顿饭吃这么久？一个人疯不够，把你姐也拖上？

姹紫看着母亲说，妈，不怪嫣红，我也想玩。

听姹紫这么说，母亲嘴巴动了动，把后面的话压下，回卧室时丢下一句：时间不早了，赶紧睡觉。

嫣红看母亲离去，抿嘴一笑，拉姹紫进卧室。

姹紫走进曾经是自己现在是嫣红的房间，床是她睡过的床，但是床上用品焕然一新，已不是旧时模样。嫣红不像姹紫喜欢花花朵朵，她爱蓝色。姹紫对色彩缺少研究，更不懂色彩与人的性格有何关系。嫣红比姹紫小不了几岁，嫣红不但对上述精通，对人的星座也颇感兴趣，且能说出道道。两代人之间有代沟不足为奇，那是年龄与阅历不同所致；姹紫与嫣红是姐妹，她感觉两个人之间也有代沟。看来代沟不仅仅是年龄辈分和阅历的差异，而是观念。观念不同，眼界就不同，看问题的角度、深度也不一样。姹紫记得自己打记事起，对小动物特别感兴趣，见到小猫小狗脚下就生了根。那时她多想母亲能为她买一只小猫或是小狗，每次提出，母亲都用不容商量的口吻告诉她不可能。母亲态度强硬，语气斩钉截铁，她用力一拉姹紫就被连根拔起，不走也得走。姹紫走得踉踉跄跄跌跌撞撞，随时要跌倒的样子，她退而求其次，央求母亲说不要小猫小狗了，养小鼠行吗？姹紫之所以提这个，是因为她一次去同学家，见同学玩这个；另一个原因是小鼠比大人的手指头大不了多少，肯定比小猫小狗便宜。母亲爱讨便宜，每次去菜场买菜都与人家讨价还价，便宜了才会买。姹紫以此类推，估计母亲能同意。姹紫的推理没有错，但母亲我行我素，没按姹紫的路子走。就是说母亲仍然没有同意，她见姹紫又提要求，低头狠狠地剜一眼，这一眼如一盆冷水兜头泼下，姹紫成了落汤鸡。为让姹紫不存幻想，死了购买小动物之心，母亲用嘲讽的语气说，养鼠？你还没说养狼养虎养熊呢！母亲可能意识到言语重了，伤了姹紫的心，像自言自语，也像是说给姹紫听，只听她重重地叹息一声，说，我养人都困难，哪有精力养小动物啊！母亲说这话，姹紫能够理解，从那往后再没提过这方面的要求。

姹紫的父母都在企业上班，企业不是国企，而是大集体。大集体工资低，发的劳保用品少，工作环境也差，比国企矮一大截。姹紫常听父母说这个。父亲是橡胶厂的一名车床工，上的是三班倒；母亲在化肥厂上班，无技术，是一名装袋员，上的也是三班倒。那时姹紫还不到十岁，上小学；嫣红四五岁，放在托儿所。姹紫记得父母为她和嫣红把班次调开，确保家中有人。意想不到的事时有发生，譬如加班。加班是好事，可以多拿钱，问题是加班了，下面的班就要微调。如果父亲加班，他就不能保证他上夜班，母亲不是夜班。这样的事每个月都能遇上一两次，那两天姹紫算是遭殃了，她都自顾不暇呢，却要担起照顾嫣红的重任。嫣红跟母亲睡的多，跟父亲睡的少，两个人都不在家，仿佛天塌地陷，嫣红号啕不止，不把嗓子哭哑不会睡。其实嫣红是哭累了才睡着的。嫣红睡了，姹紫却不敢睡，怕坏人进门偷东西，越是怕，越是感觉屋子里有窸窸窣窣的响动声。姹紫将头蒙进被子，把自己捂得透不过气。这是典型的自欺欺人。夜里睡不踏实，第二天打不起精神，课堂上老是打瞌睡。姹紫学习不拔尖，与这不无关系。记不清从何时起，姹紫有了喜好，她喜欢花手帕，对红发卡也情有独钟。

姹紫拉开床头柜抽屉，抽屉里琳琅满目，全是她不熟悉的东西，她的花手帕红发卡不知去向。嫣红像知道姹紫找什么，说，姐你寻宝啊？一件不少，都在。说着手伸到床下一划拉，一个塑料包滚出来。塑料包上满是灰尘，姹紫顾不上拍打，打开一看，东西果然在。这些东西是姹紫一个一个积攒起来的，抖开一个手帕就勾起一段回忆，解开一只发卡就感觉时光在倒流——往事历历在目。手中的每一件东西都来之不易，用现在的话说全是从牙缝里省下的。那时姹紫最怕父母一同上夜班，但是盼望他们一同上早班。橡胶厂化肥厂在郊区，离家远，父母上早班要早起，走前母亲会放些零钱下来，让姹紫带嫣红出去吃早餐。姹紫买烧饼油条给嫣红吃，自己不吃，钱就省下了。聚沙成塔集腋成裘，于是就有了花手帕和红发卡。姹紫那时最爱去的地方是百货公司，每次去都有新发现——那些心爱之物正舒舒服服地躺在柜台的玻璃罩内，像个骄傲的公主向她展示自身的美丽。姹紫心痒难忍，久久不愿离去。每件物品都明码标价，姹紫在心里计算要几顿饭才能买回一件。售货员见多了这样的孩子，她见姹紫垂涎欲滴，哗啦一声拉开玻璃门，拿出花手帕和红发卡，摊在玻璃台面上。姹紫想售货员这是火上浇油啊，她受不了了，捂着脸跑开。遗憾事经常发生——待姹紫攒够钱回头来购买心爱之物时，物品已被别人买走……

姹紫从一叠手帕里抽出一个印着黄山迎客松图案的手帕，一段往事回到眼前。手帕的原主人是同班同学。同学的妈妈去黄山出差，见这款手帕带有黄山标记，很有纪念意义，于是买回送给女儿。女儿带来学校，课间拿给姹紫看，姹紫看了就想据为己有，几轮商谈，最后用两个发卡换回。

往事难忘，时间仿佛这只塑料袋，世事布满灰尘，但是只要打开袋口，往事就跳将出来，件件呈于眼前。

往事里有着诸多秘密，嫣红的秘密是什么？

姹紫想嫣红的秘密就隐藏在抽屉内，张贴在墙壁上。墙壁上的东西一目了然——动漫片里的主人公，影视明星，国际时装模特。抽屉里的东西不便细看，嫣红虽是妹妹，但妹妹已然不是往日的妹妹，她长大了，人大心大，必有隐私，翻看隐私是对他人不敬。

从喜好上看，姹紫和嫣红确是有代沟的。

3

姹紫嫣红彻夜未眠，姐妹好久没见，两个人有很多话要说。话题从晚饭开始，姹紫开门见山，问嫣红三位男士，哪个是她朋友。嫣红说都是啊，你没看出来？姹紫说，我说的不是一般朋友。嫣红明白，姹紫说的朋友是超越现在的关系，上升为男女朋友，再前进一步是可以托付终身，成为未婚夫的朋友。嫣红不是没想过，而是现实与理想相去甚远。说直白点就是她想人家不想，男女之事是你情我愿，像两块磁铁相遇，单相思不行，剃头挑子一头热更不行。姹紫既然说了，她现在就得想，而且要正面回答，不能回避。就目前情况看，他们依然在第一层面上，没有上升迹象，往后也难说。嫣红对姹紫摇摇头。

姹紫原来坐在床的另一头，见嫣红摇头，屁股一抬转到这头来，姐妹俩像幼时一样倚在一起，姹紫将嫣红的被子掖一掖，嫣红心里漾起一股暖流，挪挪身子，与姹紫贴得更紧些。

姹紫说，依我看，三位男士都很出色，着装得体，举止文雅，谈吐不俗，出手大方。分开看，丙男更优秀。

嫣红说，姐的眼睛厉害，丙男确实不一样。

姹紫问，区别在哪？

嫣红说，他是科班。

姹紫问，此话怎讲？

嫣红说，丙男师大毕业，本科。

姹紫问，甲男乙男呢？

嫣红说，两个都出过国。

姹紫说，喝过洋墨水，海归呀！

嫣红摇摇头，说，姐有所不知，现在留学不同以往，过去是真留学，学到的是知识，带回的是本领；现在是假留学，流淌出去的是真金白银。

姹紫说，看三个人的做派，像纨绔子弟。

嫣红说，三个人都是有钱人家的孩子，父亲均做煤炭生意。

姹紫惊讶道，煤老板呀！

嫣红点头。

姹紫又问，三个人不会是啃老族吧，他们有文化，应该有自己的事业。

嫣红说，据我了解，他们目前不是没事做，而是不做事。

你们是怎么认识的？又是何时交往的？姹紫刨根问底。

嫣红的心狂跳起来，姹紫如果留心观察，就会发现嫣红面含羞色。

姹紫上学时有负担，每逢父母上夜班她要负责嫣红的饮食起居，每负责一次，第二天就打不起精神，长此以往对学习造成不良影响，成绩不太理想，中学毕业就踏上社会。嫣红是妹妹，父母在家依赖父母，父母不在缠着姐姐，大树底下乘阴凉，衣来伸手饭来张口。嫣红的成绩比姹紫好一些，考上卫校护理专业，学制三年。一年级嫣红的成绩在班级名列前茅，各科考试排名第一，同学叫她学霸，老师对她另眼相待。一次班主任把她叫进办公室，鼓励她，这个成绩保持下去，专升本没有问题。嫣红也有信心，想按老师的路子走。内因与外因联手，理想一定会成为现实，嫣红的前途一片光明。意想不到的事情出现了，二年级下半学期，嫣红的成绩呈下滑趋势，期中考试已有同学超越她。问题出在哪里？是内因还是外因，班主任要弄个明白。惩前毖后，对症下药。嫣红又一次被叫进办公室。大专也是大学，大学不同于中小学，老师与学生界限分明，师道尊严。大学，老师进课堂是老师，离开讲台就是朋友。朋友说话随便，调侃两句也无妨，不用板着面孔。嫣红走进办公室，不像平时那么放松，好像满腹心事，又在竭力掩饰。嫣红不是演员，掩饰的结果是弄巧成拙，把真实的一面暴露出来。班主任看在眼里，说话变得谨慎，不像平常那么随便。班主任在寻找说话切口。单刀直入快刀斩乱麻，是中小学老师的惯用手法，解决问题立竿见影，省时省心。此种方法简单粗暴，中小学生还是孩子，不懂伪装不会保护，不失为一剂灵丹妙药。大学生有思想有主见，适宜文火，切忌粗暴直白，循循善诱以诚相待效果更佳。班主任给自己的茶杯续满水，摆开架势准备长谈，嫣红却不给机会，她看一眼手表，对班主任说，我有急事，对不起呀老师，说完就走。班主任看她离开，重重地叹息一声。室内有一股好闻的香味，这气味是嫣红留下的。班主任知道，这个学生已误入歧路，在人生的另一条道上渐行渐远。

班主任深感遗憾。这样的学生像流感，班级里不止她一个。

嫣红上课时接到甲男短信，说五点半接她，去一个好玩的地方，顺便给她介绍两位新朋友。记住，车顶有“奥特曼”的是我的车。嫣红的手机调在静音上，手指蜻蜓点水一般，快速发出几个字：我去过吗？回复跟着过来：NO！嫣红又问：新朋友我见过吗？甲男回复：见过，但不相识。嫣红回个笑脸。

认识甲男是最近的事，饮水思源，是刘冉冉穿的针引的线。刘冉冉和嫣红一个班一个组一个寝室，走得比较近，算是朋友。和刘冉冉成为朋友之前，嫣红的精力在学习上，心无旁骛一心一用，各科成绩都很好。一天晚自习，嫣红的嗓子不舒服，征兆像感冒，回寝室服用感冒冲剂。刘冉冉也在，正在床上翻箱子。嫣红当她也是找药吃，就说别找了，我这有。刘冉冉奇怪道，你那里有？同学们都当你不食人间烟火呢，原来是老实驴子偷麸吃！嫣红举着 999 感冒冲剂，对着刘冉冉摇一摇。刘冉冉一看捂着嘴笑，说，我的天啦，你有的是这个啊？我找的和你那个风马牛不相及。嫣红喝下药，说，你没感冒呀？刘冉冉收住笑，说谁感冒啦？你个书呆子！嫣红后来想过这个问题，如果那天和刘冉冉说话到此为止，喝过药拔腿走人，去教室继续晚自习，就不会丢失学霸这顶桂冠。因为多说一句话，刘冉冉说她是书呆子，嫣红闻后愣在原地，成了真呆子。刘冉冉一看又笑起来，说这个绰号起得好，名副其实啊！嫣红这才知道，同学们叫她学霸是场面语，背后叫的是绰号——书呆子。书呆子就是书痴，书痴就是痴子，痴子就是神经病。街上的精神病人隔三岔五就会见到，衣衫褴褛，目光呆滞，胡言乱语，行为怪异。同学们把她与这类人画等号，可见自己落拓到何种地步。嫣红生气了，说，刘冉冉你看在同班同组同寝室的份上，说一句公道话，我真的那么差，真的令人生厌吗？刘冉冉见嫣红认真起来，说生厌不至于，但是你天马行空独往独来，不食人间烟火叫同学们有看法。嫣红问，我应该怎么做？刘冉冉把找到的东西放入手包，说，这好办，你别去教室，跟我见世面去。嫣红咬住下嘴唇，拿出赴汤蹈火的劲头，说你稍等，我去教室拿回东西就跟你走。刘冉冉说，等你去了返回来，黄花菜早凉啦。又说，一摞破书，没人稀罕。嫣红想想也是，于是跟刘冉冉走了。从学校后门出来，嫣红看到树荫下停着一辆车，刘冉冉一招手，车子鱼似的从树荫下缓缓游出，停到刘冉冉面前。刘冉冉拉开门一头钻进去，嫣红不知所措，进不是退不好。刘冉冉摇下玻璃，说你个呆子，别磨蹭啦，快上车！嫣红慌慌地开门上车。学校后面的路是一条林荫道，树大根深浓荫匝地，树荫仿佛隧道向前延伸。路灯被大树遮挡，光线昏暗，车窗玻璃贴着暗纸，车内模糊不清，嫣红隐约看到司机是个男性，刘冉冉坐在副驾驶位置上，别的就看不清了。车出林荫道，驶入主城区，路灯的光开闸放水似的涌进车内。嫣红有豁然开朗之感，她看到司机是个帅小伙，也就是后来与自己交往甚密的甲男。帅小伙对刘冉冉露齿一笑，又回头对嫣红一笑，说你好。嫣红有点走神，恍恍惚惚的，没有及时回礼。刘冉冉回头说，嫣红，甲男问你好。嫣红忙说，你好甲男。两个人问过好，就算认识了。车往城外去，速度很快，不知终点是哪里。嫣红想问又怕刘冉冉批评，于是摆出死猪不怕开水烫的架势。嫣红想天塌有刘冉冉顶着，刘冉冉不怕，她也不怕。车子像放爆竹，响声被远远地抛在车后。嫣红想起邻居家的皮孩子，春节炸鞭炮，左手打火机右手执鞭炮，趁人不备点一颗甩出去，鞭芯子像蛇舌，知情者捂紧耳朵速速避开，不知者兀自前行，鞭炮炸响，行路者吓得面如土色抱头鼠窜。皮孩子不露面，藏在暗处偷着乐。嫣红想这个叫甲男的司机也是皮孩子，甚至比皮孩子还要皮。嫣红不明白，她上车后眼睛就没离开甲男，不知他何时点的火又何时扔出的鞭炮。嫣红把甲男想象成魔术师，魔术师玩的是障眼法，常人很难看清楚。车子减速，在一家歌厅门前停下。甲男在前，刘冉冉居中，嫣红殿后，三个人鱼贯进入歌厅，服务生领着去小厅。小厅里正热闹，音响聒耳，顶灯闪烁，有人唱歌，有人跳舞，有人碰杯喝酒。刘冉冉对这里不陌生，刚入座就被人邀请去跳舞。刘冉冉舞姿优美得体，举手投足自然流畅，看出不是一日之功。一曲结束，舞者回到座位，男士相互敬酒，女士嗑瓜子品点心吃水果。嫣红坐着不动，这里的一切于她是陌生的。这就是刘冉冉说的“世面”吗？如果让嫣红评价，说不上喜欢，也说不上反感。一曲又起，一位男士邀请嫣红跳舞，嫣红吓得往后躲藏，连说不会。刘冉冉过来解围，说她是生瓜蛋，真的不会跳。刘冉冉邀请男士，男士欣然接受。

第一次进舞厅，嫣红以不会唱歌不会跳舞为由，婉拒邀请，坐在沙发上当看客，酒还是喝了一点。开始有人敬酒，嫣红礼貌地端起杯子，酒并不见少。甲男敬她，嫣红如法炮制。甲男发现后劝嫣红喝一点。嫣红说不会喝。甲男说喝酒没有会喝不会喝，世上无难事就怕口一张。说着示范一下，把半杯酒倒进嘴里，喉结上下一动咽下去了。甲男将酒杯倒过来，说，就这么简单。嫣红没有退路。她想刚才出来坐的是他的车，一会儿回去还要坐他的车，看来不喝酒是说不过去的，于是学着甲男的样子把酒倒入口中，眼一闭咽下去，甲男兴奋地鼓起掌来。防线被攻破，别的男士也过来敬酒。嫣红很为难，为难也要喝，否则将会得罪人。刘冉冉在一旁鼓劲，说一杯是喝，两杯也是喝，豁出去吧！嫣红做好醉的准备，结果没醉，走路有点头重脚轻，是微醺。

有了一次就有二次三次，第三次进歌厅，嫣红被逼拿起话筒，唱了一首邓丽君的歌《甜蜜蜜》。刘冉冉一听，拳头雨点般地落在嫣红后背上，说你个死丫头，隐藏得比特务还深！那晚结束时，刘冉冉与上两次一样对嫣红耳语，说你先回，我还有点事。嫣红往出口走，刘冉冉快步跟过来，说，往后你单独行动吧。嫣红问为什么？刘冉冉说你毕业了。

4

师傅领进门，修行靠个人。刘冉冉先后三次带嫣红外出，应该算老师。后来“老师”不带她，让她单独行动，嫣红两眼一抹黑，想打退堂鼓，回过头继续当学霸。嫣红也是这样做的，连着几天都去晚自习。这天下午，嫣红在上课，感觉手机动了一下，打开看有一条短信，是甲男发来的。嫣红奇怪，甲男是和刘冉冉联系的，他俩没通过电话，也没发过短信，他怎么知道她的号码？解释有两个，一是刘冉冉提供，二是甲男用障眼法获得——魔术师有特异功能，窃取一个号码如囊中取物。就目前的情况看，第一种可能性不大，也就是说刘冉冉不会提供，如果提供，前提必定是甲男打探询问。依嫣红的眼光看，如果甲男询问，刘冉冉一定醋意顿生，说甲男是花花公子，吃着碗里看着锅里，见了美女生歪心，从此二人将产生隔阂，甚至断交。进一步分析，刘冉冉也不可能提供，她是不会做引狼入室的蠢事的。刘冉冉前几天对嫣红说她已“毕业”。既然“毕业”，“师生”二人就是两股道上的车，很难并轨同行。想到这里，嫣红看一眼刘冉冉。刘冉冉在专心听课，笔在课本上写写画画，不像刚提供过号码的样子。那么剩下的就是解释二了。嫣红无心深究，燃眉之急的是如何回复甲男。甲男约她晚上吃饭，应还是不应，要尽快回复。嫣红在回复前多个心眼儿，看甲男是否邀请刘冉冉。按常理邀请也在情理之中，因为甲男认识她是刘冉冉牵的线，吃水不忘挖井人，甲男是不会过河拆桥的。前几次跟刘冉冉出去全是唱歌，这次是吃饭，刘冉冉去，她俩正好同行。这么想着，嫣红就给刘冉冉发短信，问她晚上是否有活动。刘冉冉回复说回家，断炊了。嫣红一看心狂跳起来，脸像着火似的热。这时嫣红就不想接受邀请，她担心刘冉冉不去，她去了同样是过河拆桥，刘冉冉要是知道，她们的关系也就到头了。嫣红刚回信息，甲男的信息又到：六点，学校后门口，不见不散。嫣红黔驴技穷，没辙了。

下课后，嫣红抱着书本慌慌地回寝室，几位同学也先后回来。刘冉冉简单地收拾一下，跟同学们拜拜，看来是真的回家。嫣红的心又一次狂跳起来，她做贼心虚，连正视刘冉冉的勇气也没有。

时间过得很慢。

到吃饭时间，同学们陆续走了，走时叫嫣红，嫣红说有朋友来玩，留着肚子和朋友一道吃。听她这么说，同学们诡秘一笑离开寝室。人去室空，寝室里只剩嫣红一个人，她大骂自己笨蛋，借口多着呢，偏说会朋友，这不是哪壶不开提哪壶，和民间那个说此地无银三百两的笨蛋张三如出一辙，犯的是同一个错误呀！世上没有后悔药，眼下只能错照错办。

约定的时间到了，嫣红心里懊恼，也没收拾就出门了。

这是嫣红“毕业”后第一次独自外出。

还是从后门走。走后门食堂是必经之路，嫣红担心被同学看到，加快步伐，经过食堂门口时，向大厅瞄一眼，同学们都在低头吃饭，无人注意她，嫣红心里轻松不少。走出后门，路边的树荫下停着几辆车，嫣红不知甲男在哪辆车里，想打电话询问，一辆车向她驶来，车窗摇下，此人正是甲男。嫣红上车，坐到甲男旁边。甲男对嫣红一笑，说刚好六点，你很会掐时间。又说，我喜欢遵守时间的人。嫣红也笑一笑，她不知怎么和甲男交流。嫣红对甲男不陌生，跟着刘冉冉见过几次，但那全是在大庭广众之下，说的也是场面话。今天就两个人，又在车内，空间狭小，孤男寡女，难免有暧昧之感。甲男可能也有这种感觉，没话找话，说我今天没开自己的车。嫣红想他就是不说，她也不知他开谁的车。不过既然甲男说了，她就不能装聋作哑，于是问，你的车坏了吗？甲男说，没坏。嫣红问，没坏怎么不开？甲男说，开我的车怕给你惹麻烦。嫣红深感奇怪，说，这我就不懂了，你开谁的车与我有何关系？甲男说，关系大着呢，我的车刘冉冉认识。这么说嫣红就明白了，她的心再次狂跳起来。嫣红想我今天怎么啦，在这么短时间内，心连着狂跳，这是心虚的表现啊。嫣红叫甲男停车。甲男问怎么了？嫣红说我要下去。甲男非但没停，反而加速前进，车尾嘭嘭几声炸响，车就上了高速。这条路嫣红陌生，印象里从没走过，挂着脸问这是去哪里？甲男说放心吧，我不是人贩子。后来气氛缓和时，甲男告诉嫣红，到洪泽吃小鱼锅贴是临时动议，如果嫣红不叫停车，他会在市区选择一家特色饭店吃饭，吃完就把她送回学校。现在车上高速，想回也回不去，只能到服务区转头。到服务区也就快到锅贴城，还是吃了小鱼锅贴返回比较合理。事已至此，只能坦然面对。甲男看嫣红平静下来，笑说，权当兜风吧。嫣红看窗外，沿途的风景着实不错，在城里在学校都看不到。

车下高速就是锅贴城。

锅贴城依湖而建。湖是洪泽湖。靠山吃山，靠水吃水，渔民去湖里捕鱼，捕来的鱼用湖水煮，锅边贴面饼，成就了一道美食，这道美食就叫小鱼锅贴。小鱼锅贴本是渔家菜，现在已被做成产业，成了店家的招牌菜，蜚声省内外，本地人常来锅贴城，路过这里的人也会停车品尝，一饱口福。

嫣红对鱼兴趣不大，学校食堂常做，嫣红吃过一次，后来再也不买。嫣红回想一下，感觉鱼腥气太重，另外就是刺多。刘冉冉爱吃鱼，被刺卡过一回，喝醋软化，没起作用，不得不去医院看急诊。刘冉冉不吸取教训，后来还是吃，室友对她的评价是爱吃腥。

此话虽有调侃之意，但也道出生活真谛——萝卜青菜各有所爱，个人习惯很难改变。

锅贴城不是城，是街，柏油马路穿街过。路两边是饭店，一式的二层小楼，大红灯笼高高挂，店面门脸差不多。店名全以姓氏冠之——赵氏、钱氏、孙氏、李氏、周氏……甲男把车停到周氏门前，迎宾小姐见客人登门，跑上前拉开车门，嫣红下车时伸手遮挡一下。此举暖人心，嫣红突然对锅贴城、对周氏饭店有了好感。都说六月的天孩子的脸，其实大人的脸也像六月的天。就说嫣红，车上高速时拉着脸，好像甲男要拐卖她，迎宾小姐的一个小小举动感化了她，心情突然晴朗起来。嫣红走在甲男前面，跟着迎宾小姐进了大厅，后由服务小姐领进小厅。桌子上放一本菜单，嫣红打开看，才知道鱼可烧可炒还可以蒸，可做成全鱼席。烧菜类有：红烧鲤鱼、红烧鲫鱼、红烧黑鱼、红烧鱼子、红烧甲鱼、剁椒鱼头……另外还有川江鱼、酸菜鱼；炒菜类有：清炒鱼片、笋干鱼片、木耳鱼片、蘑菇鱼片、软兜长鱼等。来锅贴城不能不品尝锅贴。锅贴薄如纸片，半透明，拿起不碎，为当地一绝。看图片，品种多样。嫣红看得眼花缭乱，轻轻合起菜单。甲男请她点菜，嫣红实话实说：道道诱人，无从下手。服务小姐面带微笑，礼貌地站立一旁。甲男听嫣红这么说，对服务小姐说，客人说好，照单全上！服务小姐问几位客人。甲男说两位。服务小姐笑说不可以。甲男问为什么，是怕我们消费不起？服务小姐说，请别误会，我们是为客人着想，吃不了浪费的是您的钱，糟蹋的是厨师的手艺。甲男闻后，把菜单推给服务小姐，说请你帮我们点！

服务小姐为他们上四道菜，两份锅贴。吃到中途，嫣红突然说，谢谢你甲男！甲男听到这话，叫服务小姐拿酒。服务小姐说，您是开车来的，不能喝酒。甲男说，没问题，我喝了叫朋友过来接！

甲男朋友多，打一个电话过来两个人，嫣红想人来多了，上车才知道刚好。嫣红跟甲男坐一辆车，另一个朋友开一辆。车上高速，两辆车飙上了，一会儿你在前，一会儿他在前，甩下一路嘭嘭声，同行的车辆被远远地抛在后面。车进市区，甲男还想玩，嫣红看时间不早，回学校去了。上床后嫣红久久没能入睡，满脑子都是鱼，下半夜做了一个梦，梦中她带刘冉冉去锅贴城。刘冉冉爱吃鱼，见满桌子鱼，一盘一盘地消灭，最后把肚子吃爆了。嫣红笑着醒来，看窗外已有亮色，给甲男发短信。甲男问嫣红为何这么早醒来。嫣红说是被梦闹醒的。甲男问什么梦，能分享一下吗？嫣红说梦见刘冉冉吃鱼，把肚子吃爆了。甲男回个笑脸，说我看你是爱上那一口了。嫣红也回个笑脸，没说话。笑脸含义模棱两可，就看甲男如何理解。过了一会儿，甲男回复，明白。

今天是第二次外出，甲男说要给她介绍两位新朋友。第一次外出有负担，嫣红没顾得上打扮，素面朝天，随随便便就出门了。今天的时间虽然不充裕，但是简单收拾一下还可以。嫣红从班主任那里回来，到寝室一看，刘冉冉在，她改变主意，拿上包装作随意的样子出门了。嫣红怕刘冉冉注意她，从前门绕行。前门到后门有两公里，这就比约定的时间晚到几分钟。嫣红从第一辆车往后看，寻找车顶有“奥特曼”的车，注意看才发现，停在树荫下的车都有特殊标记，有憨态可掬的小狗小熊，也有穿着花衣裳的洋娃娃。过些时日嫣红知道这些车都是接人的，车上摆放的东西是接头暗号，就像她和甲男。嫣红看到刘冉冉上了一辆车顶放着熊二的车，欣慰的是刘冉冉没有回头。嫣红看到她要找的车。上次嫣红准时赴约，甲男夸她守时，这次晚到几分钟，上车后她向甲男解释。甲男大度地说没什么，谁都有特殊。说着话车已到高速入口，路边停着两辆车，过一会儿嫣红知道，开车的两个人一个是乙男，另一个是丙男，这两个人就是甲男要介绍的新朋友，嫣红在锅贴城见过，当时甲男没有介绍。

车上高速，嫣红当还是去锅贴城，但不能确定，因为甲男在短信里说她没去过。没去过就是新地方，既然是新地方，就不会是锅贴城。幸好没多嘴，他们抵达的地方是大湖假日。大湖假日临湖而建，环境优美，空气新鲜，远离闹市，是休闲度假胜地。嫣红下车发现，乙男丙男车内都有人，是两个美女，看着面熟，可能是校友。

不知三位男士是情之所至，还是有意为之，当晚他们的酒全喝多了，三位女士在他们劝说下也喝了酒。甲男醉眼蒙胧地说，歇下吧，明天坐冲锋舟到湖上看风景。乙男丙男看着三位女士说，歇就歇吧，明天是星期天，不耽搁学业。两位女士相互看看，没说话。无言就是默许。嫣红想几个人都不走，她想走也不成。

5

一夜交流，姹紫感到她与嫣红之间已不仅仅是代沟，而是鸿沟，这道沟深不可测。姹紫突然有老之将至之感，她看不懂嫣红，也看不懂这个世界。论年龄自己是姐，饭比嫣红多吃几年；论见识从一座城到另一座城，也算走南闯北，见人众多，如果话不是出自嫣红之口，姹紫想破脑壳也想不出世上竟有这样的事，而这事就出在自已家，发生在亲妹妹身上！

嫣红这个死丫头，说自己的事像讲故事，故事讲到三个男士三个女士夜宿大湖假日就没了下文，把听故事的人吊在半空，上不去下不来。姹紫口干舌燥，一颗心马达似的怦怦乱跳，胸腔像塞了棉花，呼吸不畅，她却没事人似的。按下葫芦浮起瓢，疑问一个个浮出脑际：房间如何分配？是男女分开井水不犯河水，还是男女混居共享鱼水之情？据嫣红说他们都喝了酒。酒是乱性物，如果男女同室，干柴遇烈火，谁能保证女士守身如玉男士不越雷池？禁果诱人，是世间最好的美味，比嫣红吃过的小鱼锅贴要好上百倍千倍。但禁果又恰恰不可以随意采摘，更不可随意享用，谁采摘谁享用谁就要付出代价。姹紫急等下文，嫣红缄口不语，方法只有一个——问。

房间如何分配？

这么简单的问题，还用问？

你知道后果吗？

姐大概忘记了，我是学这个的。

你是未雨绸缪，已经想到后果？

是。

谁教你的？

书本。

疑问均有答案，担心早被她所学的知识化解，姹紫无话可说。按当时的情况看，姹紫推想，嫣红那晚应该和甲男在一起。不过姹紫没问，她怕问了有伤嫣红自尊。

姹紫想到自己和丈夫晓军。

姹紫和晓军相识并走到一起，是父母之命媒妁之言。说起这桩婚姻，今天的青年男女可能难以理解，但在当时却属正常——姹紫和晓军见面前，父母先行一步，从侧面看过晓军，并对他的家庭做过了解，满意了才同意姹紫与他相见。见面后姹紫很茫然，是说好不好说差不差的那种感觉。既然拿不定主意，那就听从父母的安排吧。母亲说处处看，还现身说法，说她和父亲就是相处后才有感情，直到今天也没有缝隙。姹紫就和晓军处上了，一处就没放下。人是感情动物，当放不下时就想天天见面，也有一日不见如隔三秋之感。其实见面后也说不上几句话，要么逛公园，要么看电影。在公园的甬道上低头行走，眼瞅人少，晓军就有了小动作——手有意无意地碰一碰姹紫。每碰一下，姹紫的心就颤抖不止，电击一般。在电影院，晓军的手就不是碰，而是握——那是在灯光熄灭电影放映之后。黑暗与音响让晓军的胆量倍增，他的手像鱼从暗处游出，缓缓地轻轻地靠近姹紫。姹紫有所察觉，手往一边避让，“鱼”即刻静止，静静地老实地待在一旁。此时的“鱼”在观望，在分析，见无险情，于是又上征程。晓军改变战术，把“鱼”换成猫，将姹紫的手当成“鼠”。姹紫听到晓军深吸一口气——他那是在给自己打气，“猫”受到鼓舞，一跃而起猛扑过来，把姹紫的手捉到手中。晓军的手很大，姹紫的手在他掌中，感觉就是一床棉被，有铺有盖，温暖舒服。第一道防线被突破，晓军乘胜追击再接再厉，他想攻下堡垒，一统天下。晓军既是战略家也是阴谋家，他见强攻不行就改为智取。姹紫油盐不进软硬不吃，她像个看瓜人，牢牢护住自己的“瓜”，不让晓军采摘，更不让他偷食。姹紫把自己的“瓜”

毫发无损地保留到新婚之夜……

往事难忘，往事甜蜜。

嫣红的往事甜蜜吗？要姹紫说，她是一个不合格的看“瓜”人。嫣红的往事里少不了她的同学刘冉冉，还有朋友甲男乙男和丙男。回首往事时，这几个人会在她的脑子里走来走去上蹿下跳，不时地向嫣红伸舌头做鬼脸。嫣红的往事不可示人，只能暗自回味，甘苦自知。

嫣红玩物丧志，迷恋歌厅茶馆，迷恋山水美食，抛掷光阴消费青春，错过了学校安排的实习时间。实习是三年校园生活极为重要的一课，也是人生转折的一个拐点，错过了不会再有。走错路可以回头，时间不可以回头，过去就过去，没有谁能阻止流星滑落。实习期满，嫣红的同学有的被实习单位录用，有的拿着实习报告找到接收单位。单位是一个人的根，人有根才安心，人有根才安定；无根的人是浮萍，终日漂泊不定。

嫣红没有单位接收，没着没落，整天游荡，父母看着闹心，于是把姹紫叫回家。姹紫是姐，姐是表率，姐是镜子，做妹的应该向姐学习。父母把希望寄托在姹紫身上。

6

姹紫学习不如嫣红，不是智商低，而是心有旁骛，人在课堂不能专心听讲。注意力分散，一天两天不会影响学业，天长日久，难保成绩不会下滑。姹紫读完初中无缘高中。初中生工作难找，父母决定让她自谋生路。穿衣吃饭，人生两件大事。长久之计，缝纫是一条路。看街口的老裁缝，虽说眼睛昏花，腰背不直，但每天有做不完的活，从早到晚没见闲着，缝纫机嗒嗒响，不是缝新衣就是做床罩。起先老裁缝不愿带徒弟，不想她禁不住诱惑，被母亲的一个红纸包打倒。母亲出手大方，把一个装有二十张五十元大票的红纸包放到衣案上，老裁缝抬头看一眼，说妹子你有事尽管说。母亲直奔主题，说出她的想法。老裁缝摘下老花镜问，姹紫不上学啦？母亲说初中毕业，在家待业。老裁缝看一眼红纸包，说姹紫这孩子我见过，模样周正，讨人喜欢。母亲一听就知道老裁缝应下这事。母亲怕夜长梦多，她一边感谢一边出门，说我这就把她叫过来。

姹紫心灵手巧，学习一年就满师了。其实姹紫还想继续学习，把裁剪技术学到手，母亲也是这个意思。老裁缝说，当教都教了，当看也看了，我肚子里就这点货色，再待一年还是这样；再说这屁大点地方，两个人碰鼻子撞脸，做事很不方便。老裁缝的话是事实，但是不想带也是事实。强扭的瓜不甜，母亲不再多话，谢过老裁缝，拉上姹紫回家去。

老裁缝说姹紫满师，其实手还生，缝缝补补行，单独做新衣有难度。一天晚上，母亲又用一个红纸包把街道办主任打倒了，姹紫顺利进入街道服装厂。街道服装厂为街道几家企业做工作服和劳保用品，半饥半饱，将就度日。姹紫虽说学过徒，上机也能操作，但是厂里规定，新进门的人一律当徒弟，二年满师，学徒期拿徒工工资。徒工工资低，每月六百元。母亲对姹紫说，六百就六百，家里油盐酱醋不用你管，六百够你花的。家里母亲掌管财政大权，她这样说就是拍板，父亲只能点头顺从。二年说长不长，说短不短，姹紫学徒期满。此时的姹紫应该涨工资，虽不能和师傅们平起平坐，但是应该上个台阶。哪知工资到手，姹紫看工资袋还是那么薄，不用数也知道还是那个数。姹紫心里不畅，但是没问会计，回到车间也没提此事，她打算回家也不说。晚上母亲问起这事，姹紫就不能不说。母亲听后说，这不是欺负人嘛！说后噔噔噔走了。姹紫不知母亲去哪里，但是第二天上班，财务室通知她去一趟。姹紫过去，会计补她四百元。姹紫在心里佩服母亲，想世上还真没有母亲办不了的事。现在嫣红不听她的，母亲不得不求助姹紫。这是后话。

街道办管辖的几家企业都不景气，苟延残喘，温暾水一般，有两家连续几个月只发一半工资，街道办为他们撑着才没有倒下。服装厂员工的工资虽没有减少，但是已多年没调资了，姹紫满师几年还是一千元。如果姹紫永远长不大，还和父母生活在一起，一千元够她花销的，但是姹紫已出落成大姑娘，且嫁人并有了孩子。丈夫晓军在街道的另一家企业工作，工资比姹紫高，一个月两千元。对一个有孩子的家庭来说，一个月仅有三千元，开销起来有点捉襟见肘。穷则思变，姹紫等孩子离开手脚就没去服装厂，她把孩子放到婆婆那里，去家政服务公司报了名。家政服务公司介绍姹紫到一户人家做保姆，早去晚回，月薪两千。这个收入比在服装厂高出一倍，姹紫满意。人满意手脚就勤快，进家两天这个家就变了样——窗明几净，台面锃亮，犄角旮旯不见一粒尘埃。主人看了满意，给家政服务公司打电话，家政服务公司给姹紫发了二百元奖金。姹紫白天做的是别人家的事，晚上下班走婆婆那里接回孩子，到家继续干活，虽说苦点累点，但是一夜过来精神又充沛起来。人的力气仿佛池塘里的水，取之不尽，用之不竭。这是姹紫的亲身体会。姹紫喜欢总结，在家政服务行业干了些日子，她摸索出此行的规律——

要想涨工资，必须换人家。姹紫忙里偷闲，到另一家公司报名。工作找好，姹紫向这户人家辞行，主人挽留，主动给她涨工资。姹紫不好走了，于是留下。再过些日子，姹紫还是想走。姹紫想走不是朝三暮四，而是这山看得那山高——姹紫想做月嫂。月嫂薪水高，月收入是保姆的两倍，去北京上海广州做月嫂收入更高，一月八九千，甚至万元，这是公开价码。姹紫再次辞行，主人同意了。于是姹紫转行，到一户人家做月嫂。

顾名思义，月嫂就是伺候产妇，照料婴儿。月嫂和保姆同属家政服务行业，但是二者有所区别。前者的服务对象是产妇和婴儿，要的是细心，做的也是细活；后者的服务对象是一个家庭，做的是家庭琐事。姹紫生过孩子，对产妇和婴儿不陌生，但是上岗前，她还是读了几本这方面的书。姹紫想既然干这行，就要做一个合格的月嫂。

做月嫂是连轴转全天候服务，产妇进医院时开始陪护，如果顺产，待在医院的时间短；若是剖腹产，则要多待几天。医院里不好待，生活也不方便，不好待不方便也要适应。生过孩子，产妇前几天要吃软食淡饭，少吃多餐；婴儿也要不停照料，尿布常换，衣被不能遮挡口鼻，以防窒息。月嫂歉觉，歉觉也不能贪睡，心里的弦一刻不能松。出院回家，产妇的身体一天比一天硬朗，饮食要调整，开始进补。进补是循序渐进，而不是猛补，所需之物均由月嫂开单，主家照单采购。时间一天天过去，掰着指头数，第二十六天离得不远了（中间的四个周日没有休息），到了这一天，就可以领薪走人了。

行行有苦衷，姹紫做了月嫂，才知道这一行也有难处。难处不是产妇难伺候，婴儿难照料，难的是自己。做月嫂一个月的工作时间为二十六天，中途不休息。这二十六天，月嫂如被软禁，见不到丈夫，看不见自己的孩子。白天事多，时间在忙碌中过去；黑夜来临，市声消失，婴儿入睡产妇进入梦乡，时间仿佛静止。姹紫和衣躺下，不时看看婴儿，困意水浪般袭来，欲将姹紫淹没。姹紫强撑着，奋力与“水浪”搏斗，疲惫至极时也只能浅浅地小睡一会儿。小睡中姹紫想念丈夫，思念孩子。想念是肌肤之渴身体所需，想得难受时，姹紫就想护“瓜”，想自己的新婚之夜；思念孩子就看婴儿。看过婴儿看时间，喂奶的时间到了，婴儿吃母乳就叫醒产妇，吃牛奶则挖奶粉勾兑。婴儿吃过奶，要抱起轻轻地拍打后背，让婴儿打嗝，不打嗝不能放下……

7

姹紫此次回来，是奉母亲之命。母亲前几天给姹紫打电话，要她回家一趟。姹紫对母亲说，我远在上海，哪能说回就回？母亲拿出当年威风，说在天边也要回！姹紫问什么事？母亲叹息一声说，我和你爸都没事，是你妹嫣红的事！又说，我怎么生出这么个东西，一个姐一个妹差距咋这么大呢……姹紫正给婴儿换尿不湿，产妇也在跟前，她怕家丑外扬，只说知道了。挂断电话，姹紫心里想着事，干活有点心不在焉。姹紫记得清楚，她离家来上海跟母亲辞行时，母亲和她说过嫣红，说死丫头不走正道，整天在外头疯，自己的事不上心。姹紫宽母亲的心，说嫣红大学毕业，她在外头跑，没准就是找工作。母亲说，她哪里是找工作，是跟不三不四的人鬼混，胆子越来越大。姹紫问怎么知道人家不三不四？母亲说我亲眼看到，有小伙子开车接她。姹紫听后自言自语，说嫣红恋爱了。母亲说，依我看不像。姹紫问，何以见得？母亲说我看到来接她的不是同一个人，今天这个，明天那个，后天又换一个，走马灯似的。姹紫你说，有这样谈恋爱的吗？姹紫说也有这个可能，她男朋友有事，请朋友代劳接一下。母亲嘁一声，一脸的不屑。姹紫当时急着赶车，没空和母亲多说，也没把母亲的话往深处想，到上海一忙这事也就忘了。现在突然想起，知道母亲没冤枉嫣红。姜是老的辣，人是老来精，姹紫不得不佩服母亲。此次回来，如果不受嫣红邀请，不是亲眼所见，她对母亲的话会大打折扣。在上海这些日子，姹紫是既盼电话又怕电话。盼是想听到家人的声音，知道家里的情况；怕是怕听到孩子哭，孩子哭得撕心扯肺，嚷着要妈妈，姹紫听了眼泪像决堤的水顺着脸颊流淌。姹紫接电话很少当主人的面，而是去卫生间，把门关严。在卫生间姹紫一边流泪，一边用好话哄孩子，说过两天她就回家，给他买玩具、买巧克力，直到把孩子逗开心，和她说再见才挂断电话。

母亲打过一个电话，过两天又打，姹紫想八成是晓军领孩子去母亲家，孩子开心了要和她说话。孩子喜欢外婆，说外婆做的饭好吃，每次都把肚子吃得圆溜溜。晓军爱喝两杯，只要去父亲就拿酒，菜上桌两个人开始对饮。一次父亲看到孩子圆溜溜的小肚子，笑说是将军肚。孩子听外公这么说，抬头挺胸，脚高高抬起，小手用力摆动，嘴里叫着一二一，当自己真的是解放军，把一家人逗得捧腹大笑。姹紫让电话一只响着，走进卫生间才接听。姹紫说妈，虎虎在吗，让他听电话。虎虎是姹紫的孩子。母亲说虎虎没来。姹紫问虎虎好吗？母亲说好着呢，上午刚打的电话，说想吃我做的饭。姹紫问，有事吗妈？母亲老话重提，说你赶紧回来，没空也要抽空，在天边也要回来。姹紫在一家做月嫂，过两天就满二十六天，下一家过一周到预产期，主家要求预产期那天过去，中间正好有空，姹紫买车票就回来了。

和嫣红说了一夜话，嫣红把她的事和盘托出，毫无保留地告诉姹紫，姹紫知道这是嫣红对她的信任。姹紫听了深感身上的担子重，她怕母亲问起。母亲若问，她不说不好，说了也不好。母亲知道的全是猜测，她说了就是猜测变成事实。嫣红和甲男乙男丙男来往如此频繁，而且做出苟且之事，以母亲的性格，她知道真相肯定大发雷霆。母亲患有高血压，多年一直靠药物控制，要是为嫣红的事气出好歹，这个家就乱了。太阳高高升起，母亲做好饭，几次过来敲门，姹紫赖着不起，嫣红也不起。姹紫想风平浪静，想家庭和睦，十分珍惜眼前的天下太平，即使太平是暂时的，即使太平是纸包住的火，她也想让暂时变得长久些，让“纸”多坚持一会儿，哪怕多一分多一秒也是好的。母亲又一次催促，说再不起早饭中饭要合并到一起吃了，姹紫才坐起身。母亲推门进来，告诉姹紫，说她给晓军打过电话，晓军下班带虎虎过来。姹紫听后突然感到身上的担子变轻，心情也愉悦起来。晓军来了，他们家不会起风暴，理由很简单，晓军是女婿，女婿是外人，母亲再怎么也不会在外人面前扬家丑。姹紫甚至想叫晓军晚上下班也过来，他们吃了晚饭再回去。母亲离开房间时，对姹紫使眼色，意思是有话和她说。姹紫的心扑通一沉，想母亲要抢在晓军来之前刮一场龙卷风。姹紫跟在母亲身后往她和父亲的卧室走，直到走进去，也没琢磨出抵御龙卷风的办法来。父亲不在卧室，母亲把门关上，问姹紫，你俩叽叽咕咕的，死丫头和你说些什么？

姹紫随口说，嫣红说她在找单位。

母亲看着姹紫的眼睛问，你敢保证，她真的在找单位？

姹紫言之凿凿，我保证。

母亲相信，问，有眉目吗？

姹紫说的是谎话，谎话既然出口，那么就要把谎话说圆，听起来跟真话一样。姹紫说，单位哪那么好找？乡镇医院嫣红不愿去，县里市里的医院人满为患，进去要托关系，还要考试。

母亲似乎看到希望，她可能想到她的红纸包。姹紫学徒，母亲用红纸包打倒老裁缝，后来又用红纸包把街道办主任给打倒，现在她可能又想用红纸包打院长。果不其然，母亲上前一步，用耳语般的声音对姹紫说，嫣红想进哪家医院，你告诉我，我来想办法。

姹紫说，还没最后定。姹紫假装想了想，又说，要不这样，我让嫣红再跑跑，看哪家可能性大，不能无的放矢。

母亲一听连连点头，说是啊是啊。母亲又说，我和你爸的工资都不高，积蓄也不多，好钢要用在刀刃上，不能打水漂！

姹紫点头附和。

这样的谈话出乎姹紫预料，眼下要紧的是把谎话传递给嫣红，如果母亲问起，嫣红要接着姹紫的话往下说，假戏真唱，这样才不会穿帮。

吃饭时母亲没提这事。姹紫吃得不多，嫣红吃得也不多，收拾一下，姐妹俩和母亲一道做午饭。

虎虎来了，全家人都开心。虎虎前几次来外婆家没见到嫣红，这次见到，他缠着嫣红，要嫣红给他讲故事。虎虎说，小姨声音好听，讲故事更好听。

虎虎在，晓军在，家庭气氛特别好，一家人其乐融融笑声不断，好气氛一直保持到晚上，姹紫和晓军带着虎虎离开，母亲把他们送出门脸上还挂着笑。

龙卷风当来还是要来，躲是躲不过的。

母亲想用红纸包打院长，手高高举起却找不到目标，母亲怎么能不急？冤有头债有主，母亲首先问姹紫，因为姹紫说过，她让嫣红再跑跑，看哪家的可能性大，目标摸准后告诉她。时间过去两天不见回话，眼看姹紫就要动身，听说车票已经买好，时间一到爬上车走人，哪有这样办事的！母亲心想我打了两个电话才把你叫回，回来却不办事，这可不行。于是又打电话，叫姹紫立马回家。姹紫接过电话想起一句话：是福不是祸，是祸躲不过。祸事的根源是嫣红，姹紫想可能是嫣红演穿帮说漏嘴，把戏给演砸了，如果真是这样，那么她要设法救场。为证实自己的想法，姹紫给嫣红打电话。嫣红没在家，听电话里乱哄哄的，估计又在茶馆打牌。姹紫给嫣红留面子，叫她出来说话。听电话里没有背景声，姹紫问嫣红母亲怎么不高兴了？

嫣红一头雾水，说我哪知道，我又没惹她。

姹紫问，真的没惹？

嫣红说你们走后这两天，我和妈基本没说话。

姹紫听后说，知道了，我马上回家，你也早点回来。

姹紫进家，母亲坐在饭桌前，还没到吃饭时间，看来母亲是在等她。母亲见姹紫回来，劈脸问，嫣红的事有眉目没有？姹紫在路上想过这个问题，开口说，嫣红还在跑呢。

母亲一拍桌子，说跑个魂，她还没疯够，哪里顾得上这个！

姹紫记得清楚，自打跟老裁缝学徒起，母亲就没对她发过火，更没拍过桌子，今天是怎么了？

母亲意识到她不该对姹紫发火，于是放低声音说，千里迢迢的，你回来一趟不容易。姹紫啊，你得想办法拉嫣红一把，把她拉到正道上来。

听母亲这样说，姹紫知道母亲找她来是商量事情的，这也是母亲打电话把她从上海叫回来的最终目的。姹紫心里一热，叫声妈，说我充其量就是一个月嫂，哪里拉得动她？

母亲听姹紫这样说，眼睛亮了起来，说对呀，叫嫣红也干这个，做月嫂！

姹紫实话实说，嫣红是大学生，心高气傲，她看不上这个。

母亲嘁的一声，说大学生多着呢，大街上的年轻人十有八个是，她能把这事做好，把自己的肚子喂饱就是她的造化！

停了会儿母亲又说，我们是小户人家，不敢浪费光阴。小户人家考虑的是吃饭穿衣、结婚生子。

看母亲下了决心，姹紫想如果嫣红同意做月嫂，肯定是个香馍馍，她的优势无人能比：年轻、美丽、健康、大方，最关键的是学历高，学的又是护理专业。做月嫂说白了就是护理，护理产妇，护理婴儿，让母子平安健康，顺利出月。不足的是嫣红还是姑娘，没有生育经验，但她所学的知识又为她弥补了这一不足。从工作角度看，也正因为是姑娘，嫣红做月嫂才会无牵无挂，不会像姹紫思念虎虎、想念丈夫。目前月嫂行情看好，二胎政策的放开，为她们敞开一条就业之路。月嫂有竞争，但不会失业。姹紫做过月嫂，她知道有个秘密书中没有，如果嫣红同意做月嫂，她要毫无保留地传授给她——婴儿抱出产房，要尽早接触，让婴儿熟悉她的气味，今后的日子里婴儿会对她百依百顺，把她当成最亲的人，最可信赖的人，不管白天还是黑夜，婴儿在产妇的怀里闹，她一旦抱起，婴儿闻到她的气味就会变得乖顺、安静。

人说到底还是动物，动物与动物（特别是幼小动物）辨认、交流，靠的就是气味啊。

老子的地盘

1

动物的地盘有它独特的气味，气味如同带刺栅栏，别的动物不敢靠近，靠近，必有战事；人的地盘也有气味，气味来自个体气质。人的地盘神圣，不容他人越雷池半步，否则将视为侵犯！

2

清晨的第一声开门声定是管腊梅所为，她早起是要把 30 只煤炉一一点燃、坐上锅。半小时后，开门声会第二次响起，这是刘德旺出门遛鸟，顺带着晨练。刘德旺站在门外把衣扣扣上，离开时不忘推一下门，看是否关好。管腊梅在巷子里点煤炉，煤球燃烧时释放出一氧化碳，一氧化碳是有毒气体，钻进屋子里有害健康。早年刘德旺吃过一氧化碳的亏，险些丢命。那是腊月里的某一天，大雪封门朔风呼啸，刘德旺躲在家里用煤炉取暖。人受冷时会打寒战，牙齿也不争气地嘚嘚作响，整个人像只刺猬把身体往小收缩；受暖时身子骨是舒展的，还要解纽扣散热。人的身体与其他物体一样也是热胀冷缩。人的身子暖和了容易犯困。那天刘德旺坐在火炉边，手架在火上烤，脸上暖烘烘的，浑身惬意，心里舒坦得像喝了二两小酒。刘德旺眯眼享受着，不想困意渐浓，不多会儿就睡着了。管腊梅去菜场买菜，她买了一篮大白菜，一篮红萝卜，还买了几块老豆腐和几页千张，算计着够几天吃的，才一左一右挎上篮子往回走。往日买菜是一只篮子，今天是两只，买得又多，雪天路滑，管腊梅走得小心、谨慎，前面的脚踩实了才抬起后面那只脚，走不多远汗就下来了。腊月天冻死懒汉。管腊梅想起母亲说过的话，过去没感觉多有道理，今天想来才觉出这话千真万确。管腊梅停下来擦汗，抬头往来路看，她希望刘德旺能出门迎她，把菜拎回家。路上多是买菜的老娘们儿，一个个都像小脚女人，小步走路，像扭秧歌，没一个敢大步行走。希望落空了，管腊梅挎上篮子再次上路。管腊梅鼓足劲，任膀子由疼转麻也不停下，一口气回到家。管腊梅打开门，感觉家里暖融融的，同时也闻到一股呛鼻子味——这就是一氧化碳。管腊梅连叫两声刘德旺，无人应答。管腊梅当刘德旺出门去了，也没当回事，把菜放进厨房，转身到卧室，见刘德旺倚在墙上睡觉。管腊梅拉开灯，发现刘德旺脸色不好，蜡黄蜡黄的，一副营养不良的样子。这是油水不足，粗菜淡饭所致啊。管腊梅心里酸了一下，眼底就有了泪，她赶紧眨动眼睛，把泪撵回去，从床上拿件棉袄给刘德旺盖上。许是受到触碰，刘德旺身子失去平衡，沿墙往一边倒去，管腊梅眼疾手快，一把拉住。刘德旺没有醒来，这种情况从来没有出现过。管腊梅低头看看，说声不好，对着门外喊叫。隔壁的张二哥听到叫声，跑来一看，说是煤气中毒，赶紧送医院，晚了就来不及了。许是中毒时间短，也许是人来人往，门时开时关，煤气有了出路，结果是还没去医院，刘德旺苏醒了。逃过一劫，刘德旺对煤气自然有了警惕。

离开家，刘德旺顺着小路往前走，他的方向是长江边，而不是城南公园。按说遛鸟，公园是首选，那里安静，空气新鲜，离家也近，也因为有那么多益处，剧团几个吊嗓子的人也选择那里，他们各占一处，一呼一应，此起彼伏，走进公园，满耳充斥着咿咿呀呀声，别说是人，小鸟听着也嫌烦。刘德旺去过几次，感觉不是太好，后来变换地点去了江边。

江边的空气也不错，深吸一口，心肺仿佛被清洗过一般，浑身透着凉爽。放眼江面，波浪一波一波地拍打江岸，鸥鸟贴着江面飞翔，自有一番意趣。缺点就是风大，身体动起来还好，不动容易着凉。刘德旺来江边遛鸟有些时日，从没因风吹感冒过。凡事自己注意，防患于未然，把问题想在前，大事化小，小事化了，将矛盾消灭在萌芽状态，是刘德旺的处世哲学。

刘德旺过去养过狗，是土狗，老家人送的，白加黑，毛色很纯，刘德旺看着好玩就留下了。动物这东西最好不养，养了就有感情，像个恋人难舍难分。刘德旺将小狗取名黑白。早晨刘德旺去江边遛鸟，黑白跟着去；下班回来，黑白卡点蹲在门口，见到刘德旺头动尾巴摇，看它身体扭动的幅度，腰里仿佛装有弹簧，而非骨肉之躯。刘德旺将黑白视为已出，把它当成第三个孩子，有时把黑白叫三子。不管叫黑白还是叫三子，黑白都知道是叫它，摇着尾巴跑过来，亲刘德旺，抱刘德旺的腿。一次刘德旺外出办事，黑白也跟着去。刘德旺想赶它回家，后来想黑白也不是第一次跟他出门，就由着它。黑白撒着欢在前面跑，跑一程停下，刘德旺走近了又跑到前面去。刘德旺先去一个地方，黑白见主人进门，坐在门外等候，主人办完事又屁颠屁颠地跟着跑。刘德旺今天要办的事有几件，办完一件又去下一家，黑白保镖似的步步紧跟。纰漏就出在第二家，刘德旺进门时眼见黑白端坐门前，坐姿很像门前的一对石狮子。待办完事出来，黑白不见了。刘德旺叫黑白，不见黑白；叫三子，也不见三子。刘德旺当黑白等不及，独自回家了，心想到底是畜生，连声招呼也没有，于是接着办事。中午回来，坐下发觉哪里不对，好像少了什么，一想是没看见黑白。问管腊梅，管腊梅一头雾水，说我还要问你呢，黑白是跟你出门的呀。刘德旺跳起来说不好。管腊梅紧张了，问怎么回事。刘德旺说他在第二家办事，发现那家保安不像正经人，贼眉鼠眼的，看见黑白眼露贪婪之色，还当着他的面摸黑白的头。管腊梅说你就让他摸啦。刘德旺说黑白是狗，又不是女人，摸一下也无妨。问题是我当时急着办事，也没往坏处琢磨。管腊梅说，既然这样，去找一找，看黑白在不在。刘德旺顾不上吃饭，直奔那一家，到那一看，人家早下班了，保安也不在。刘德旺垂头丧气地返回来。管腊梅安慰说，狗有九条命，九死还有一生，放心吧，它会回来的。刘德旺等一天，黑白没回，等两天三天，黑白还是没回。黑白杳无音信，彻底失踪了。从此，刘德旺不再养狗。后来刘德旺养鸟。说起这对鸟，不得不说他的女儿。

刘德旺和管腊梅有两个孩子，一儿一女，儿子大女儿小，在家他们不叫女儿名字，叫她老巴子。

老巴子娇气、缠人，说话舌头伸不直，娇滴滴的，一天晚上说吃多了，要刘德旺陪她出门消食。消食就是走走。走走是土话，时髦话叫散步。去哪里消食呢？晚上公园应该无人吊嗓子，是最佳消食处。老巴子挎着刘德旺的膀子，刘德旺去哪她去哪。出了巷道上大道，下了大道抄小道，走不多远就到公园后门口。时下公园对市民开放，晚上门也敞开着。在公园的甬道上走，偶有夜鸟鸣叫，刘德旺闹不清夜鸟是呼唤孩子，还是自个儿迷失方向，叫声跟哭似的，听着挺可怜。老巴子胆小，听到夜鸟叫，浑身哆嗦，直往刘德旺怀里钻。刘德旺拍拍她的背，说不要怕，天塌下不关你的事，由老爸顶着。刘德旺嘴上这么说，脚还是停下了，他想老巴子出门是消食的，若为消食吓出好歹，那就因小失大得不偿失了。这样一想，刘德旺就不再往前，而是转身往回走了。就这时，树丛里传来几声仿佛小猪吃食声。刘德旺暗笑一声，想公园开放了，小猪也乱跑乱窜到公园安家落户来了。细一想不对呀，城市里哪来的猪？谁家又会养猪？这么想着，转脸往树丛睃了一眼。这一看不得了，他发现一对男女用树丛作掩护，紧紧地搂抱在一起，不用人脑想，用猪脑子也能想出那小猪吃食声是怎么一回事了。刘德旺人到中年，早过了谈情说爱的年龄，但是看到眼前这一幕，心还是禁不住猛跳几下。刘德旺强咽几口唾沫，把心压到原来的位置上，拉紧老巴子快步走。老巴子身子往后赖，撒娇说，老爸你慢点走，走快了我肚子疼。刘德旺说疼了好，疼了才会消食，走出门刘德旺才放慢脚步。刘德旺吃不准，他不知他看到的那一幕，老巴子是否也看到。老巴子正读中学，学生的眼睛不能脏，脏了心就乱，心乱学习就会滑坡。刘德旺没读多少书，但是人与书之间的关系还是知道一些的。

是回家还是继续消食，老巴子选择后者。

父女二人在城市的人行道上小步行走，走不多远，路遇几个摆地摊的。刘德旺驻足看，有卖女孩子喜欢的小挂件小饰品，也有卖手套袜子口罩等日用品，还有卖儿童玩具、小电器的，琳琅满目名目繁多。东西全是从汇通市场批发过来，加价转卖，得几个小钱。老巴子看中一个发卡，刘德旺掏钱买下。往前走，是摆摊套圈的。摆摊套圈是游戏，也可以说是赌博。摆摊者在地上摆放诸如小熊、小狗等布绒玩具，也有乌龟、小鸟、白兔等小动物。玩者花钱买圈，圈扔出去，套中什么那个物件就归你。老巴子奇心大发，想玩一把，刘德旺花五元买下十个圈，扔出去一个没中。又花五元，仍然没中。老巴子不过瘾，说玩最后一次。刘德旺满足她。老巴子拿到圈赌气似的一把扔出去，十个圈天女散花般地飞出去，一个圈不偏不倚，正好落在小鸟的笼子上。围观者一看拍手叫好，大喊套中了套中了。老巴子高兴地跳起来，笑着说我赢啦。摊主的脸拉得老长，说今天亏大了，这对小鸟我从花鸟市场花五十块钱买来，挣你十五块，倒贴三十五。话虽这样说，摊主还是信守承诺，把小鸟给了老巴子。

小鸟拎回家，老巴子玩几天就失去兴趣，喂食、喂水、打扫卫生全部落在刘德旺身上。

这一天，刘德旺刚到江滨大道，口袋里的手机响了。是管腊梅打来的，说不得了啦，又有人来抢我们的生意啦，你赶紧回家吧！

刘德旺问是谁吃了豹子胆，过一会儿回家不行吗？再听，管腊梅已挂断电话。

3

刘德旺和管腊梅能过上今天的幸福生活，在城市的繁华地段拥有自己的地盘，并立稳脚跟，他们谁也不谢，要谢就谢自己敢打敢拼，咬定目标不放松的玩命精神。

往事不堪回首。

想当年，刘德旺和管腊梅双双从单位下来，那段日子是黑暗的，可以说是乌云满天不见天日。刚下来那会儿，管腊梅经受不住打击，想一死了之，不在世上丢人现眼，上吊的绳子已经备好，悄悄藏在床底下，就等无人时往脖子上一套，一切烦恼都将烟消云散。刘德旺像看破她的心，寸步不离，硬把死神给赶走了。死不成，就要找米下锅，把一家四口人的嘴喂饱。管腊梅从床上下来，把存折上的钱悉数提出，去车行买回一辆二手人力三轮车。刘德旺一看，对管腊梅竖拇指，说我怎么没想到，还是你头脑活络。管腊梅苦苦一笑，说我要是活络就不会下岗了。我不会和领导搞关系，拔起萝卜带出泥，把你也给连累了，害苦了。刘德旺想我几天努力，才把死神赶走，一不留神又触碰到那根敏感神经，这不是哪壶不开提哪壶吗！刘德旺恨自己，想狠狠地抽自己几个耳光，让这张破嘴长点记性。管腊梅的思想和刘德旺不在一条道上，她顺着自己的思路说，开出租我们没本钱，我们可以把三轮当出租，我上午你下午，歇人不歇车。你我好手好脚，只要舍得力气，吃饭应该没问题。听了管腊梅的话，刘德旺知道他的心可以放下。管腊梅有轻生念头，虽无机会付诸行动，但和死过一次没什么区别。一个想死而没有死成的人，他会更加珍爱生命，热爱生活，把全家人的日子过得风生水起，有滋有味。

应该说说刘德旺、管腊梅下岗的事了。

管腊梅下岗是意料之中的，问题不在管腊梅，出在她的顶头上司那里。她的顶头上司也就是车间主任是个男性，是个不正经的男性。此人对管腊梅觊觎良久，早存不轨之心，而管腊梅装疯卖傻，毫无投怀送抱之意，主任看希望渺茫，就在下岗名单上把管腊梅写上去。刘德旺下岗，传说也是这个人使的坏。他这么做，明显是想赶尽杀绝，让管刘德旺腊梅知道他的厉害。刘德旺管腊梅想寻机报复，老天爷不给他们机会。谁叫他们是平头百姓呢？谁叫他们人微言轻呢？他们只能自认倒霉，把恶气吞进肚里。外人眼里，刘德旺和管腊梅已回到正常生活轨道，两口子你进我出，炊烟照常升起，两个孩子按时上学，一切都是往日模样。

太阳升起就是一天，开门七件事，柴米油盐酱醋茶，件件需要钱，刘德旺管腊梅要开张营业了。第一天，刘德旺把管腊梅留在家里，他出门载客，理由有二：一是探探路，把了解到的情况及时带回，让管腊梅少走弯路；二是上午家事多，管腊梅在家不会闲着。管腊梅听着有道理，就顺从了刘德旺。

三轮车不同于自行车。三轮车爱往一边跑，初骑者一时不能适应。刘德旺推车出门，跨上去感觉三轮车就是一匹野马，很难驾驭，骑了一程才掌握要领。车子行驶在路上，正是上班高峰期，有人招手，刘德旺停下。乘客上车后说出要去的地点，刘德旺也不谈钱，骑上就走，他想这是第一笔生意，给多给少随人家，图的是开张大吉。刘德旺骑得谨慎、小心，给乘客留下老手的印象。车到终点，客人给他十元票子，刘德旺说多了，想找回五元，客人已经离开。

看着客人背影，刘德旺想这是个好人。开张就遇好人，说明世上还是好人多，那个破主任是个怪胎，百人难遇一个。刘德旺心里高兴，暗暗算一笔账：拉一个人收入十元，上午拉十个客没问题，下午再拉十个，一天收入就是二百元。一天二百，十天多少？一个月又是多少？这个收入明显高于他和管腊梅在厂子里的收入。想得愉快，脚下有力，不觉来到车站。车站人多，人来人往，进来一辆车，客人出站，一群人拥上去，有问打车吗，有问坐三轮吗。刘德旺初入此行，没敢上去，就在边上等。过来一个汉子，嘴上叼支烟，眯着三角眼不怀好意地看着刘德旺。刘德旺往后退一步，想我要是挡了你的道，这下够你走的了。不想三角眼咄咄逼人地前进一步，刘德旺又后退一步。三角眼看刘德旺停下，问他来这里干什么。刘德旺心说这不是明知故问吗，骑三轮的来这里总不会看热闹吧，于是拍拍车座说，拉客。

拉客？我同意了吗？

刘德旺当三角眼是城管部门的，分管这一片。看他没穿制服，当是便衣，笑着说，领导请原谅，我第一天干这个，不知这里的规矩。

三角眼冷冷一笑，搓动指头说，先前不懂，这下懂了吧？

搓指头的意思刘德旺懂，是要钱，城管收费天经地义。刘德旺知道，既然要吃这碗饭，就得服人家管，于是问多少，是按月交还是按年交。三角眼眼睛一瞪，翻着三角眼说，哪来这么多废话？不想交，滚“八开”去！八开是火葬场，听这话就知三角眼是歹毒之人，刘德旺惹不起躲得起，于是连连往后退，看三角眼没有追上来，跳上车逃走了。骑了一程回头看，见一个骑三轮的向他招手，就停下等。骑三轮的赶上来说，刚才撵你的那个人是那里的地头蛇。

刘德旺问，他不是城管的？

骑三轮的说，城管是国家干部。他呀，狗屎不如！

刘德旺问，你知他底细？

骑三轮的说，我吃过他的亏，被他踹过一脚，腿疼了几天。又说，你运气比我好，少挨一脚。

他怎么随便打人？

你去车站拉客，不交门槛费，他当然要打了。

没有王法了！

骑三轮的说，那里打架是家常便饭，话不投机就动手，你刚报案，人家早脚底抹油溜走了。

刘德旺听后想，车站那地方和旧时的上海滩没有区别啊，看来那里还是少去为好。他们都要做生意，不敢多耽搁，刘德旺说声谢谢，二人就分开了。

刘德旺一路慢骑，骑过一条街也没见有人招手。根据生活经验，刘德旺想他应该到居民小区去，小区里的人出门办事，总有人选择三轮。他在一家小区门前停下，不一会儿果然有一老妪要坐车。老妪问去凤凰新村多少钱。刘德旺听说过这个小区，但没有去过，不知路途有多远，就说您是前辈，看着给吧。老妪看出刘德旺是新手，有心讨些便宜，就说我不欺你，五块钱吧。刘德旺说声好嘞，上车就走。刘德旺一边骑一边和老妪聊天。老妪说她坐三轮不是图省钱，她不缺钱，问题是她晕车，打一回车像生一场病，几天缓不过劲。刘德旺恭维说，看您就是国家干部，很有气质。老妪听到这话很受用，夸刘德旺的车子骑得稳，是个老把式。刘德旺笑一笑，装着很随意地问老妪全市有多少小区。老妪当刘德旺考她，想也没想，脱口道，这难不住我，我儿子在住建局上班，听他说过，全市新老小区加起来有四五百。刘德旺心里惊讶，嘴上却平静，说新小区还在不断增加，这个数字还在涨。老妪说那当然，全国都一样。说后问刘德旺，全市那么多小区，能不能都找着。刘德旺早有准备，说他没有 GPS，也就是卫星定位，记住的不是很多。老妪问，你记不住，跑错了怎么办？刘德旺笑说，骑车的记不着，坐车的知道线路，譬如您。老妪心里笑，想自己果真没有看错，这人还真是个新兵蛋子。老妪一路指点，左拐右弯，半小时没有到。刘德旺知道吃了老妪的亏。亏吃在明处就不是亏，谁叫你不知路线呢。车到凤凰新村，老妪在报刊亭那里下来，刘德旺用老妪给的五块钱买了一张本市地图。上午还有时间，刘德旺不拉客了，他要回家，和管腊梅一道看地图。磨刀不误砍柴工，把小区方位摸清楚，知道方位就能算出距离，掌握住这个，就不会吃太大的亏了。

中饭后管腊梅出门，刘德旺把上午收集到的信息全部告诉她，叮嘱她不要去车站。管腊梅说好男不跟女斗，我一个女流之辈，男人不会放在眼里的。刘德旺说，小心驶得万年船。管腊梅说你就等着数钱吧，说后走了。

下午闲着，刘德旺睡了一觉。睡得不踏实，总感觉有事，起床后眼皮不停地跳动，用冷水洗还是跳。会是什么事？刘德旺心神不宁。四点多钟，手机响起。刘德旺的手机铃声是名曲《我们的生活充满阳光》，喜气、悦耳，百听不厌。往日电话响起，刘德旺要听上一会儿才接听，今天没有。刘德旺估计是管腊梅打来的，看来电号码果然是。刘德旺的心提到嗓子眼儿，怕不是好事。接通电话，听到管腊梅心急火燎地对他说，刘德旺你快来车站，把大衣柜里的钱全部拿来！刘德旺说我叫你不去车站，你怎么忘记啦？管腊梅说，说什么都晚了，你快来吧！说来奇怪，接过电话，刘德旺的眼皮不跳了。

赶到车站，刘德旺一眼看到三角眼，三角眼也看到刘德旺。三角眼抖着脚，吐出一口烟说，我还奇怪呢，这车怎么看着有点眼熟，原来你们是一家啊！

真他妈的冤家路窄！刘德旺在心里骂。他没理三角眼，快步来到管腊梅跟前，管腊梅见到他像见到救星，拉着他的手问，钱拿来了吗？刘德旺不正面回话，问管腊梅，三角眼跟你要门槛费啦？管腊梅一头雾水，问谁是三角眼？刘德旺用嘴示意，还能是谁，为难你的那个人呗。管腊梅点头说，是他。刘德旺说不理他，我上午就没理。管腊梅说，不理不行啊，三轮车被他锁上了。刘德旺放眼看，车子果然被锁上。刘德旺叫苦不迭。是福不是祸，是祸躲不过。事已至此，抱怨解决不了问题。刘德旺把钱给管腊梅，管腊梅数一数，凑足二百元交给三角眼，三角眼才放行。

这钱你拿去买药吃吧！刘德旺小声骂了一句。

4

靠三轮养家，一辆车已然满足不了需求。儿子刘腾飞上高中，个子杨树似的一天天往上蹿，正是吃壮饭的年龄；闺女刘腾艳，也就是老巴子读初中，个头直逼管腊梅。孩子两张嘴，大人两张嘴，一辆车能够维持。人不仅仅是吃饭，鞋袜衣裤破了要换，病了也要就医，还有人情往来；孩子上学，学习上的费用不可小觑；父母年事高，要赡养，没多有少，每月都要贴补一点。各项费用加起来，就有入不敷出等米下锅的感觉。为提高效力，刘德旺花钱将三轮装上马达，用马达代替人力。自从安装马达后，刘德旺晚上也出门，不到深夜不回家。孩子学习不用大人操心，晚上管腊梅闲着没事，也想出去。一辆车不够用，和刘德旺一合计，咬咬牙又买一辆。是新车，电动的，车上装上玻璃罩，遮风挡阳，跟轿车差不多，下雨降雪照常营业。

新车管腊梅用，刘德旺骑旧车。

没买新车，刘德旺管腊梅是歇人不歇车，买了新车，他们依然不歇车。不歇车，他们是想早日将新车的钱挣上来。

新车比旧车有优势，论收入，管腊梅每天都比刘德旺挣得多，晚上也如此。乘客的心理，感觉有外罩的车比无罩的车安全。管腊梅建议将旧车卖了买新车，刘德旺没同意，说才装的马达，卖了可惜。

在这个行当里干久了，二人摸到了一点窍门，不像初入此行时懵懂无知，靠的是瞎猫碰死鼠。同行是冤家，经验靠自己摸索，别指望外人向你传经送宝。白天营业，他们多在小区、车站、商店、学校门前转悠；晚上到酒店、宾馆、歌厅、浴室门前守株待兔，不会空手而归。

这天晚上，刘德旺比管腊梅先出门。运气不错，刚到开元酒店门口就遇到一对母子向他招手。母亲穿着体面，臂弯里挎着自己的包，另一只手拎着儿子的书包。书包很沉，把年轻母亲的身子累得往一边倾斜。这对母子去的是第一城。第一城是富人小区，别墅居多，很少几栋多层楼也是带电梯的，工薪阶层买不起。谈妥价钱，母子上了车。离开酒店，母亲问儿子作业，儿子不是理直气壮，说话有点含糊其词，刘德旺就知道这孩子学习不怎么样，跟他家刘腾飞和老巴子不在一个档次上。母亲开始教训儿子，说今天能到这个酒店吃饭的人都是体面人。什么是体面人？就是社会地位高，家庭条件好，他们不是单位领导就是企业老板。像这个骑三轮的，一辈子都不会有人请来这里吃饭，让他自己花钱，打死也舍不得。最后拿刘德旺当活教材，说这个人为什么拉三轮？小时候肯定不爱学习，说不定还是下岗工人，不信你问问。告诉你，你要是不把成绩搞好了，将来就上不到好中学，也不会出国留学，只能像这个拉三轮的靠力气吃饭！儿子不同意，用老师的话反驳他母亲，说老师说的，劳动最伟大！劳动最光荣！这些话全被刘德旺听到了，他的尊严受到挑战，脸比针刺还难受。他把车子马力开到最大，年轻母亲叫他开慢点，说风太大，吹得她受不了。刘德旺当成耳旁风，快速开到第一城。年轻母亲撂脸子，说要投诉他。刘德旺本想刺激她，说他这一行归市长管，找旁人没用，有本事你找他去；还想说像他这样的下岗工人眼里只有钱，跑快了才能多拉客多挣钱。冷静一想，说那些只是口头快活，坏处是惹恼人家，闹起纠纷，耽搁的是自己时间，受损失的还是自己。好汉不吃眼前亏，能顺利地把钱拿到手才是关键。刘德旺当什么事也没发生，抬手抹把脸，笑着说，我抢时间是为你们好，你看孩子的作业还没做好，早回家不是早完成吗？年轻母亲无话可说，只得把钱付了。离开第一城，刘德旺心里不畅，总有被人打脸的感觉。到拐弯口，在选择路线时看见大富豪酒店就在不远处，酒店的霓虹灯闪闪烁烁，像风骚女人向路人抛媚眼。刘德旺恹恹地骑过去，停在路边。行有行规，拉三轮的讲先来后到。有客人出来，几个先到的迎上去，客人上车，一个个欢天喜地地离开。又出来一个人，刘德旺知道轮到自己了，正要迎过去，看这人似曾相识，再一看他呼吸加快了，全身的血往头上涌——此人不是别人，正是他和管腊梅的冤家对头，管腊梅下岗前的车间主任冯久真！真他妈不是冤家不碰头！刘德旺把车刹住，想回避已经晚了。刘德旺怕冯久真认出自己，给他留下笑柄，忙从车座下拿出遮阳帽扣到头上，缩着脖子站在车旁。冯久真大概喝多了，走路脚下高低不平，身子直打晃。冯久真醉眼蒙眬地四下看，熟人一个不见，就向刘德旺招手，说你快过来，送我去“水上世界”。“水上世界”是全市最好的洗浴中心，听说那里有小姐服务，有钱的男人常去那里。刘德旺也常去，他去不是消费，而是赚钱。去那里的男人出手大方，给车费不要找零。

拉三轮的，我叫你呢！冯久真在催促。

自从认出冯久真，刚刚遭受的屈辱又涌上心头，新恨旧仇堵得刘德旺透不过气，他暗暗骂道，老子送你去“八开”！

冯久真当刘德旺没听到，跌跌撞撞地走过来，说你耳朵背啊，快送我去“水上世界”！说着往车上爬，爬了两次才上来。

刘德旺见冯久真没看他，心里只有“水上世界”，就骗腿骑上车。大富豪酒店离“水上世界”三公里，酒没喝多的人喜欢打车，轿车跑得快，早去早享受；喝多的人爱乘三轮，坐三轮吹吹风脑子清醒。坐了一程，冯久真嫌车速慢，说手机振动几次了，肯定是厂长在催他，要刘德旺加速前进。刘德旺听了，知道冯久真是和厂长喝的酒。这两个狗东西，穿的是一条裤子，同一茅坑里的蛆，一丘之貉！刘德旺把车速提一些，但到岔道时他没走去“水上世界”那条路，而是走另一条道。这条道通往“八开”。冯久真酒喝得高，但没有醉，他看出问题，嚷嚷说跑错道了。刘德旺诳他说，没错，前方修路，要绕行。冯久真说你别骗我，前两天还好好的，今天就修啦？刘德旺脑子一转，说被你说着了，上午刚动的工。既是这样，冯久真放心了。心里放松，困意潮水般地漫上来，冯久真被淹没，坐在车上睡着了。刘德旺听到鼾声，把车速慢下来，想他是否真的要去“八开”。冯久真喝多了酒，如果在“八开”被吓出好歹，他要承担全部责任。冯久真心存不轨，阴谋没能得逞，就把他和管腊梅往绝路上逼，他们没有遂他所愿，靠两只手讨生活，也能把饭挣到嘴。时过境迁，得饶人时且饶人，还是回去吧，送他去“水上世界”，让他和厂长醉生梦死去。车减速，准备掉头。冯久真醒来，见还没到“说上世界”，开口大骂，说刘德旺是黑心司机，有意磨蹭，想绕道多收钱，老子要投诉你。刘德旺一听，心肠硬起来，他不再掉头，而是加速前进，嘴上说，老板，你再眯一会儿，马上到，到了叫你。冯久真不再叽歪，再次睡去。车到“八开”，刘德旺停下来，喊冯久真，说“水上世界”到了，老板下车吧。冯久真刚下车，刘德旺不要车钱，加足马力开走了。“八开”阴气重，这里不见一个人影，偶有夜鸟鸣叫，听着像鬼嚎。刘德旺浑身起疙瘩，车上大道，风一吹不停打冷战。路上有人招手，刘德旺也没停，直接回家去。

管腊梅先一步回来，见到刘德旺，脸上全是笑。女人心里不藏事，刘德旺估计她赚了不少，单刀直入道，又创新高啦？

管腊梅笑而不答。

刘德旺问，捡到狗头金啦？

管腊梅这才开口，说，比这还开心！

刘德旺好奇心上来了，说，说来听听。

管腊梅说，今天晚上我遇见一个人，你猜是谁？

看管腊梅脸上的神情，刘德旺已猜出八九，但他不说破，要管腊梅自己说。管腊梅偏不说，要刘德旺猜。

刘德旺问，真猜？

管腊梅点头。

刘德旺说，三角眼！

管腊梅惊得倒吸一口气，说奇了怪了，你怎么一口猜到，跟踪我吗？

刘德旺说，你开你的车，我挣我的钱，跟踪你，没工夫。

管腊梅心里不搁事，把碰到三角眼的经过说给刘德旺听。大致情况是，管腊梅在“水上世界”门口等客人。三角眼从里面出来，疲惫不堪的样子，不像刚泡过澡的人红光满面，精神十足。管腊梅估摸他当晚喝下的酒还没有醒，也可能在里面出了过头力，身体透支。管腊梅一肚子气，她不待见这种人。三角眼不打车，看上管腊梅的新三轮。管腊梅想今天倒霉，这一趟要白跑了。不想三角眼认不出她，上车说出一个地方，谈妥价钱就出发了。三轮车有后视镜，管腊梅从镜中看到三角眼上车就睡觉，死猪似的倒在座位上。自从在车站被三角眼讹去二百元，这个人就像一根刺扎在管腊梅的心上，每每想起心就隐隐作痛。三角眼今天上她的车是天意，老天要他自投罗网，让管腊梅出口恶气，拔掉心上的刺。管腊梅当即决定，这一趟算白跑，就当没拉客。管腊梅将车子开到野外，停车要三角眼下来。三角眼看一眼外面，说这不是我要去的地方。管腊梅急中生智，说我的车有故障，你下来，我看故障出在哪里。三角眼信以为真，乖乖下了车，管腊梅开车就走，把三角眼扔在那里。

虎落平阳啊，三角眼白天的威风不见了！管腊梅笑着讲完故事。

刘德旺听后说，你胆子真大，三角眼追上你怎么办？他力气大，踹你一脚可受不了，有人吃过他的亏！

管腊梅嘁的一声，不屑道，他像个纸人，我一只手就能打败他！说后，管腊梅又有憧憬，说山不转水转，哪天碰到冯久真，绝不饶他！

刘德旺想说仇已报，也是今晚。想想没说。女人的嘴不关风，要是哪天不小心说漏嘴，就埋下祸根。谁种苦果谁品尝，就像冯久真，如果他不埋下仇恨的种子，就不会遭人惦记，也不会有今天这一难。刘德旺看时间，估计冯久真此时还没有到家。但可以肯定，冯久真的酒是醒了——当他弄清他去的不是“水上世界”，而是火葬场，吓也吓醒了。

这是刘德旺和管腊梅下岗后最开心的一天。

5

男人是家庭的顶梁柱，顶梁柱要有担当，天塌地陷无所惧；男人是家庭的保护伞，不管阴晴雨雪，给家庭撑起的是一片蔚蓝的天。

这一夜刘德旺睡得不踏实，怕灾难降临。冯久真和三角眼内心丑陋，行为不端，抓住机会教训一下也在情理之中，但不能置他们于死地。党有党纪国有国法，他们触犯了那是咎由自取，如果二人因他们发生意外，他们就触犯了法律。法律是红线，谁也碰不得。刘德旺越思越深越想越怕，辗转难眠，天刚放明就起身了。管腊梅睡得香，刘德旺洗漱完毕她才醒来。起得早出门也早，刘腾飞和老巴子上学刚走，刘德旺也出门了。

刘德旺无心载客，他没按往日的线路走，三轮车行驶的方向是运河文化广场。运河文化广场是市民的休闲场地，早晚人最多，这里一群，那里一拨，你唱你的歌，他放他的乐，全是跳广场舞的。跳舞者清一色全是女性，有妇女有老太，这些人消息灵通，是新闻传播者，人人乐此不疲。谁家生了龙凤胎或是三胞胎、哪个官员遭举报、谁养小蜜谁包二奶多从这里传出，且件件属实。如果冯久真和三角眼有情况，一夜发酵，这里的人不会不知道。刘德旺绕场一圈，人人都在专心跳舞，天下太平安乐祥和，不像有重大新闻的样子。刘德旺放心了，三轮车拐上大道，开始营业。

近两天生意大不如前。

创建全国文明城市，沿街叫卖的摊贩遭到驱赶，修车补鞋、路边杂货店铺关门歇业，三轮车虽没叫停，但受到限制，市内几条主干道白天不让通行，理由是三轮车有损市容，有碍观瞻。路口有提示，还有交警把守，谁要是误闯，轻则罚款，重者扣车。

明白人一看便知，三轮车与当下生活不相称，与文明社会不在一个层面。社会的车轮滚滚向前，看形势，不要多久，三轮车有可能被取缔。

三轮车前景堪忧。

形势逼人，事关大家的切身利益，操此行、以此业养家糊口者坐不住了。不要组织，无须领头，大家口口相传，某日某时集中去政府讨说法。

讨说法就是上访。

人分两路，一路去市政府，三轮车首尾相接，走马路右侧，礼让行人，遵守交通规则，浩浩荡荡地奔向目的地；另一路去信访局，红灯停绿灯行，也是秩序井然。上访者不拉横幅，不呼口号，也不大声喧哗，只想政府给个说法。说法很简单，就是给出限行时间，让他们看到希望。没有领导接访，倒是神兵天降般的来了很多特警。特警排成队，一堵墙似的挡在上访者面前。僵持，对峙，看谁有耐力，看谁耗得起。毋庸置疑，失败的是上访者——他们要吃饭，他们要养家，钱从哪里来？有人悄悄撤退，去那可行的路段载客。行动是自发的，利益是大家的，既然有人当逃兵 ，上访也就失去意义。于是一个看一个，鸟兽一般散去。

这是明智之举，有谁见过鸡蛋碰破石头？又有谁见过胳膊扭过大腿？

日出日落，生活仿佛又是原来模样。

原来模样是表面，是假象，靠三轮车吃饭的人清楚城市在缩水，在变小，仿佛一汪池水，被人为地隔成深水区和浅水区。深水区不属于他们。问题随之出现。表面看，车辆增加了，街道变窄了；往深看，竞争激烈了。僧多粥少，饥不择食，一个客人要坐车，几辆车争先恐后地冲上来，吓得客人连连后退，往日的秩序被破坏了。中午回家，刘德旺见管腊梅外衣纽扣少了两颗，脸上有抓痕，知道是争客落下的。刘德旺不敢问，问了怕管腊梅伤心。不想下午刘德旺也与人发生争执。在前进路上，刘德旺发现一个客人向他招手，车子减速靠过去，惊闻身后响起嘎地刹车声，未及回头，一辆车快速冲过来，客人看坐谁的车都不好，选择第三辆车，坐上去走了。真是鹬蚌相争渔翁得利，看着那人载着客人离开去，还回头看他们一眼，眼里满是嘲讽。刘德旺本来就有气，这时就把气撒在争客者的身上。刘德旺拉着脸说，有你这么抢客的吗？

争客者也是一肚子气，他气的是插足者，不是他，这单生意就是他的。肥肉到了嘴边被人叼走，实在可惜。他见刘德旺撂脸子，也把脸拉下，说，人家想坐我的车，你抢什么抢？

睁眼说瞎话。你这是黑白颠倒，猪八戒倒打一耙！

这话很伤人，争客者不让了，他跳下车，用手指着刘德旺，责问道，你骂谁？

刘德旺也是一条汉子，被人指脸责问，受不了了，心火乱窜，他也从车上跳下，用手推那人的手，说你把手拿开，谁骂你了？

你没骂？

我没骂！

啪！刘德旺话音刚落，嘴巴上挨了一掌。

你打人？

我打骂人的人！

战事拉开，两个男人你一掌我一拳，你抬脚我伸腿，打得不可开交，不是围观者谎报军情，说警察来了，他们还不会停手。二人不分胜负，都挂了彩。下午的生意不能做了，于是都回家去。

6

人不能在一棵树上吊死，既然三轮车这碗饭不好吃，且不见曙光，不如转向。树挪死，人挪活。家里那辆新三轮是花大钱买的，管腊梅爱惜，清洗后看，跟新车差不多。如果去旧车市场，目前的形势摆在那里，估计半价都无人要。新车如此，旧车只能当废品卖。

刘德旺不甘心，管腊梅舍不得。

管腊梅建议，把三轮车用起来，干别的营生。刘德旺头脑电光石火般的一亮，拍着脑门说，对呀，你去汇通市场批发点适合少男少女用的小商品，到公园路去卖。

管腊梅说，忘啦？创文明城市，不让摆地摊！

刘德旺说，晚上出摊。他把那晚带老巴子出门消食看到的说给管腊梅听，还说家里的两只小鸟就是那晚老巴子套圈套来的。公园路管腊梅不陌生，开大半年三轮车，这座城市的大街小巷差不多跑遍了。

管腊梅说，这个可以试试。又说，你再想想自己。

刘德旺思索一会儿说，我可以加盟搬家公司。

管腊梅说，那活苦，上楼下楼的，小件还好，遇到电冰箱、大衣橱这些大件，累死人。

刘德旺说，试试吧，干不了再另作打算。

真的干不了，如管腊梅所说，那些大件能累死人。刘德旺第一天上班就遇上大件。大衣橱两个人，一个前一个后，上一层停一下，喘口气继续上，咬咬牙能坚持到终点。电冰箱一个人，布带套牢了往后脊上一背，嘴里叫着号子，一步一级台阶，也上去了。这是别人。刘德旺上不去，背起电冰箱身子直打晃，额头上油亮亮的，不停地往外渗汗水。同伙看了笑说，刘德旺啊刘德旺，你是个带把儿的，劲头哪里去啦？两个同伙掩嘴乐，乐后指着刘德旺的腿说，看他的腿像麻秆，本就不是干这个的料！既然加盟搬家公司，和这些人就是同伙，同伙与同伙不能翻脸，翻了往后不好处。刘德旺遭到奚落非但不生气，反而嘻嘻哈哈地跟着人家笑。抬手不打笑脸人，同伙见他不生气，知他是厚道人，于是替他把电冰箱背上去。搬一个家，搬家费由老板与主家谈。收下钱，老板扣除管理费，余下的钱大家均分。刘德旺是其中一个，所得与大伙相同。第一天领工钱，刘德旺心里有愧。第二天发工钱，刘德旺退出十元，说按劳取酬，这钱给搬大件的人。老板拿起票子看着大伙问，谁搬大件了？无人应。再问，还是无人应。老板放下票子说，看到了吧，无人搬大件。又说，到我这干活的都是兄弟，是兄弟就不要斤斤计较。话听着温暖，但刘德旺还是难以接受。便宜谁都爱讨，有的便宜讨了叫人心生愧疚。搬家公司是集体，吃的是大锅饭，三轮车是单兵作战，二者有着本质区别。第三天，刘德旺没有去，他知道这一行不属于他。

管腊梅把小买卖做得风生水起，白天进货，晚上摆摊，每件加价三五元，转手就卖掉。管腊梅尝到甜头，货一天比一天进得多，花样也在增加，看得出，管腊梅想大干一番。

这是小本买卖，赚小钱，发不了财。

竞争无处不在，管腊梅初入此行，处处谨小慎微，摊位与别人保持一定的距离，尽量避免摩擦。

刘德旺在选择适合自己做的事，他心里有底，万不得已时也去摆地摊。这是退路。人有退路，就有底气，不像刚下岗时那样惶惶不可终日。

刘德旺想到去建筑工地打零工。城市像吃了膨大素，不停地向外扩张，前两年还是城郊接合部，转眼就成市中心了——建高楼要小工，造桥铺路也要小工，搬砖运瓦扛水泥，他都能做。也想开三轮车去农村，收购活禽或是鸡蛋鸭蛋来城里卖，赚些差价。还想到小区当保安。保安工资不高，但是安逸，保安服穿在身上也很神气。刘德旺骑着三轮跑两天，把想做的几件事都了解透彻，一番权衡一番比较，决定要下没下时，遇到一个病人半路拦车。刘德旺想叫病人家属拨打 120，看病人急需救治，耽搁了有生命危险，于是把病人抱上车就往县医院送。病人进了急救室，刘德旺悄悄地离开了，沿着街道往前走。医院门前一条街，做的都是医院生意，总体看，开小饭店的占多数，一家挨一家，各打各的旗号，各做各的口味。有的店让服务员揽客，见人就拉；有的不用人，放只喇叭在门前，喇叭里反复说，炒菜、烧菜、水饺、面条。刘德旺放眼看，每家店里都有人，还没到吃饭时间，那些人照样吃得香。人生在世，吃饭第一。不进医院不知道，进了才知医院里人满为患。病人要吃饭，病人家属也要吃饭，农村人进城看病，不能把锅背在身上，这就是饭店诞生和存在的理由。

刘德旺一家一家地看，被一家老板发现了，过来拍他的肩膀，问，兄弟，吃饭吗？

刘德旺把老板当成拉客的，摇头说不吃，说后上车。

老板拉住他说，兄弟不急，我有话要跟你说。

刘德旺好奇心上来了，想我俩素昧平生，你能说什么，于是从车上下来，做出洗耳恭听的样子。老板说他已观察多时，看刘德旺是个诚实人，很想与他合作。刘德旺问怎么合作。老板说到他的店里来，收入肯定比踏三轮高。刘德旺用手比画说，我不是厨师，不会烧菜不会炒菜。老板说，不会做菜，用三轮车运菜总会吧？业余拉客总可以吧？运菜拿固定工资。拉客有提成，你愿拉就拉，不愿拉拉倒。

老板快人快语，说后等刘德旺回话。

刘德旺后来无数次想，如果那天没去农村了解活禽行情，就不会遇到那个病人；或者就是遇到那个病人，把病人送进急诊室他就急着回家，不在医院门前那条街上流连，老板也不会发现他。老板没发现他，当然也就没有现在的一番事业。

万事皆有因果，命里该有的总会有，没有的不能强求。

7

机遇靠捕捉，它不会主动往你怀里钻。刘德旺来这家饭店工作不久，就发现他未来要做的事是什么。发现后，刘德旺怕不成熟，没和管腊梅说，他利用去菜场运菜之机，绕道去市第一人民医院，实地察看，结果也是无人做。就是说，刘德旺的想法超前，他要做的事是一个空白。空白，就是前无来者。到这时刘德旺才把自己的想法告诉管腊梅。管腊梅目光浅，没看到这件事的潜在市场，她感觉现在挺好，老板对他们像一家人，有归属感。刘德旺没往深处说，只叮嘱她天机不可泄露。

管腊梅也到这家饭店来了。初来那天，她看饭店门面不大，只有一间，当是小作坊，对刘德旺小声说，是路边店啊，没什么了不起。刘德旺没理会。管腊梅说，你夸大其词，树别人威风，哪有你说的那么大。刘德旺说你小声点，别让老板听到。管腊梅做个鬼脸。进店后，刘德旺把管腊梅往后面带。店面仿佛一只瓮，口小肚子大，几个包间看下来，管腊梅的眼睛瞪大了。刘德旺小声问，我夸大其词没有？管腊梅抿嘴一笑，说，去你的！“去你的”是管腊梅的口头禅，尴尬时爱说这句话。

管腊梅做小买卖才找到感觉，刘德旺就叫停，让她来店里当服务员。管腊梅不想半途而废，说服务员有什么好，侍候人，还要洗盘子，你又不是不知道，我的手一到冬天就开裂，血里糊拉的。刘德旺本想说现在不用洗盘子，有专门干这一行的，他知道管腊梅不想来，说了她还会有别的借口，就不再强求。时过两个月，管腊梅主动要来。刘德旺逗她说，不怕洗盘子啦？不怕手开裂啦？管腊梅还是那句话，去你的！时令进入冬季，立冬数九，晚上出不了摊，干这行的都歇业了。来了管腊梅才知道，在饭店工作益处真的不少，收入不比摆地摊少是其一；第二，两口子一天有两顿饭在店里吃，家里的菜金和粮食省下了；第三，饭店工作没有想象的苦，虽然闲时少，所做的全是轻巧活，晚上下班也不觉累。

数完九，冬天撒脚往远处去，偶尔也会露一露小尾巴。冬天的小尾巴是风，早晨出门，风吹在脸上尖溜溜的，不过细体会已失了冬天的威风，没有刺骨的寒。刘德旺从菜场回来，他想他要做自己的事了，今天就向老板辞行。老板通情达理，听刘德旺说要自己干，做的事跟自己的事没有竞争，愉快地答应了。刘德旺选中的地点是医院对面的一条巷子。巷子宽畅、整洁，两边住着几户人家。刘德旺把巷子租下，每月拿出几百元给几家分。巷子是通道，几家公用，刘德旺在这里做事，并不妨碍通行，这是天上掉馅饼的好事，他们没有理由不同意。办妥这个，刘德旺和管腊梅分头出去，三轮车又派上用场，一人去集市采购鸽子、黑鱼，一人购买煤球炉和钢精小锅，当天开业。先煨一只鸽子、一条黑鱼。鸽汤清淡、鱼汤乳白，闻一闻香气扑鼻，看着就有营养。刘德旺和管腊梅一人一只锅，端着去病房推销。病房里有动过大手术的病人，身体虚弱，急需补品。前面说过，农村人进城看病，不能把锅背在身上。病人见到补品，打听价格，鸽子二十元，黑鱼十五元，比较合理，两份很快被人买去。人有从众心理，事情开了头，往下就好做了，没买到的也想买，于是付钱，提前预订。刘德旺管腊梅匆匆回来，急火做了两份。开张第一天卖掉两只鸽子，两条黑鱼。论利润并不理想，但毕竟开了好头。第二天数量翻了一番，第三天需求量急剧上涨，有点供不应求。刘德旺对管腊梅说，两双手忙不过来，你去人才市场物色一个。管腊梅笑说，开张三天就想当老板啦？刘德旺也笑，说，别人能当，我就能当！

三个人还是手忙脚乱的，于是又招一个来。

这时，巷子里一户人家买了新居，要卖老屋，问刘德旺要不要。刘德旺像走路捡元宝，连连点头，高兴得话都不会说了。人要是走好运，拦都拦不住。按说刘德旺目前是无力买房的，但刘德旺把这看成是上苍赐给他们的机遇。机遇是一只美丽的小鸟，它主动飞到你面前，你不伸手抓，它就飞走了，永远不会回头。刘德旺和管腊梅商量一下，决定全家搬迁。做这件事，管腊梅没有阻拦，而是全力支持。他们卖掉自己居住的房子，又四下筹借，终于凑足房款。住到这里，做生意就是在家门口，做起事来顺心顺意，如鱼得水。

天时、地利、人和，三者全被他们占着了。刘德旺把巷子上方装上雨搭，雨天防雨，晴天挡尘；煤球炉增加到三十只，分别排放在巷子两侧。钢精锅坐在炭火上，锅开了香气随之而出，没进巷子就能闻到。每只钢精锅的把手上都夹有纸条，纸条上写的是病区和床位号，确保送货时不出差错。

天有不测风云。刘德旺管腊梅想到有人见这行好做，也会跟着做。这事不是高科技，一看就会，就像当初他在公园见到有人摆地摊，在后来三轮车生意不好时，让管腊梅也去做一样。这不是谁与谁过不去，也不是谁夺谁的饭碗，为的是生存，大路朝天各走一边，你做你的，我干我的，互不干涉。生活在这个地方的人有个通病，见什么生意好，就会一窝蜂涌上去，一夜之间，一排溜全做一种生意，开饭店的这样，卖水果的这样，做其他小买卖也是这样，相互挤对，生意不被挤死，也是半死不活，很难做大做强。如果人家在别的地方做，刘德旺还真不好说什么，这一行不是你的专利，不受法律保护，唯一办法就是竞争，展开价格战，你降一元，我降两元，直至挤垮对方。万没想到的是有人往巷子里挤，而且是两户，看着也是夫妻。这条巷子是刘德旺花钱租下的，他搬来后一如既往地给几户送钱，人家不好意思接收，他就用其他方式表达。刘德旺讲的是心安，图的是理直气壮。两对夫妻在巷子深处拉开架势，依葫芦画瓢地做起来。管腊梅见了沉不住气，端一盆冷水想浇灭他们的火炉，让他们做不成生意。刘德旺制止说，看看再说，说不定他们不是做生意。管腊梅问，依你看，他们是做着自己吃？刘德旺说有这个可能，家人住院，人家偏将饭锅背进城里。管腊梅说，但愿如此！说后两个人各忙各的事去。刘德旺要采购，鸽子和黑鱼买来了还要打理，一身琐事。管腊梅守在巷子里，点煤炉烧水、煺鸽毛、洗鱼，两手不停，也是一身事。管腊梅还有一项任务——观察两对夫妻。如果他们真像刘德旺说的那样，他们来此是为家人服务，管腊梅还愿意指点一二，教他们用多少度的热水煺鸽毛，汤如何煨口味才好。凡事都有窍门，窍门从实践中来。说这事简单，一看就会，会是表面，奥妙在深处，行家不用品尝，看汤成色就知你是生手还是熟手。管腊梅不时看一看那两对夫妻，两对夫妻也在观察，看管腊梅在做什么，一招一式看得仔细。汤煨好了，较为年轻的女人端着锅往巷口来，经过管腊梅，直接去医院。管腊梅使个眼色，帮手过来看炉子，她尾随年轻女人进了医院，行为像个盯梢者，年轻女人上楼她上楼，进病房她也进病房。来到一位大妈床前，管腊梅想大妈一定是年轻女人的妈了。幸好没有轻举妄动啊，否则将有一场混战。混战的局面是四对二，管腊梅家未必占上风，损失大的还是自己家。刘德旺看得远，到底是男人，不像女人鼠目寸光只看眼前。管腊梅慨叹一声，正准备撤退，这时听到年轻女人与大妈说话。她说，大妈，想喝鸽子汤吗？这汤刚出锅，味道好极了，闻一闻香死人！听到这话，管腊梅脑子里轰的一响，像空中滚过的一声闷雷。情况危急，事情重大，关系到她的家庭命运，管腊梅来不及和刘德旺联系，决定独自处理这件事！管腊梅走上前，病房里有人认识她，笑一笑算是招呼。管腊梅以礼相待，赶紧回人家一个笑，当面对年轻女人时，她的笑变成了冷笑。管腊梅把年轻女人往外拉，走出病房来到楼下，管腊梅本想打翻她的锅，细一想她打翻人家的锅，人家也会打翻她家的锅，到头来遭受损失的还是自己家。

管腊梅决定改变战术，她两手掐腰，责问道，有你这么做生意的吗？年轻女人柳眉倒竖，反问，那你告诉我，生意应该怎么做？管腊梅被问住，看得出人家是有备而来。也是啊，没有金刚钻哪敢揽瓷器活。人家既然敢往你眼皮底下钻，可能也是有几分胜算的。下岗后，管腊梅经历的事不算少，可以说是见过世面的，她连三角眼都敢报复，岂能怕一个不明身份的小女人！管腊梅用手点着年轻女人，说，我教你，到别处去，别让我再见到你！年轻女人不吃这一套，说我偏不走，那条巷子是公用，不属你家专有！提到巷子，管腊梅的胆气上来了，她眉头一扬说，被你说着了，告诉你，那是老子的地盘！年轻女人冷笑一声，把手伸到管腊梅的面前，说，你的地盘？土地证拿出来看看，是你的，我们转脸走人，拿不出证，嘿嘿！又是一声冷笑，意味深长。家里好多事等着管腊梅做，她不再多话，快步回家。

刘德旺在埋头做事，不用管腊梅说他已看出，来者不善，他在琢磨对策。

管腊梅心里狼烟四起，带着气做事，下手就重，一阵乒乒乓乓乱响，像敲打击乐器。管腊梅回身往巷子里看，见年龄稍大的女人端着锅，正犹犹豫豫地向外走，管腊梅用火钳指着她说，老子的地盘，请你绕道！

管腊梅的话，让刘德旺一下找着解决问题的办法。此时，刘德旺刚破好鱼，他拎着菜刀走过来，刀面上沾着鱼鳞鱼血，他一直走到两个男人面前，用刀往身后划拉一下，一字一句对他们说，听到没有？这是老子的地盘！话落刀起，刀光一闪，刘德旺的左手小指落到地上。

8

刘德旺晨练是从遛鸟开始的，小鸟是老巴子套来的，放了可惜，只能养着。鸟是闲人玩的，刘德旺还在为生计忙碌，玩这个有些早，与身份也不符，既然老巴子强加给他，他只能接受，没别的选择。

小鸟这东西野性大，整天待在笼子里，不吹风不见绿，急得在笼子里上蹿下跳，叫声像吵架，内行人见了说，孩子爱耍，小鸟要遛，遛一遛就好了。刘德旺把小鸟拎出去，到有绿的地方走一走，小鸟果然不跳了。后来刘德旺改成早晨出门，管腊梅在家做饭，转一圈回来，鸟遛了饭也好了，坐下就吃，两不耽误。

刘德旺每天走的线路是固定的，出门左拐上大道，下了大道走小道，经过公园路，再往前就是江滨大道。说是遛鸟也就是让鸟看看沿途风景；说晨练也不是已有某种功夫，每天出门为的是温故、提高，也就是人们常言说的拳不离手曲不离口。有的练家的功夫着实了得，打太极拳的一举手一投足，就能看出人家已不是一日之功；舞剑的身着白衣白裤，往场子上一站，威风凛凛，仿如青松，剑不出鞘就知剑法非同凡响。与人家比，刘德旺算不上锻炼，充其量也就是走走路活动一下筋骨，所以他一直与打拳舞剑者保持距离。江滨大道分车行人行两条道，人行道另一侧还有一条条石铺成的石板路，休闲者漫步前行，柳枝轻摇，江水涌动，恍如身在仙境，别说是人，连小鸟也被感染，与树上的鸟一唱一和地对起歌来。太阳从江水中升起，如婴儿挣脱母体，到一竿子高，刘德旺开始回家，到家的时间每天误差不超过五分钟。

今天刚走上石板路，管腊梅就打他电话，火烧眉毛似的叫他回去。看来事态严重，否则管腊梅不会这么急。刘德旺无心走路，也无心遛鸟，掉转身急匆匆地往回赶。

管腊梅说又有人来抢生意，会是什么人？此人有何来头？刘德旺一路猜想，脑子里浮现的是创业之初，事业正在爬坡之时，有两对夫妻来巷子里抢生意的一幕。两个男人看起来也是汉子，刘德旺当他们是硬茬，比茅坑里的石头还要硬还要臭，就想一招制胜，不留后患，所以采用自残的方式解决问题。刘德旺这一招果然奏效，两个男人看到他用快刀削去一只小手指，吓得屁滚尿流，带来的东西来不及收拾，灰溜溜地逃走了。

刘德旺那是不得已而为之，如果不用极端手段，求情或者说理，人家肯定不会理睬。那时他的家刚搬到这里，借人家的钱要靠生意还。生意对于他们和性命同样重要，生意丢了，命值几何？

后来虽然无人敢到眼皮底下挑战，觊觎的人并不是没有，最后均以价格打败对方。从经营那天起，直到今天，物价上涨许多，他们的价格始终没变。信誉和质量是他们赖以生存的土壤，土壤生长口碑，口碑让他们的名声在病房传播，住院治病的人没有不知他们的，要补充营养就来巷子里预订。

说生意人见钱眼开，刘德旺不完全赞同，要想把话表达准确，应该说人人都爱钱，不爱是傻瓜，生意人尤为突出。这“尤为”不是眼里只有钱，而是不做赔本买卖。生意人把效益放在第一位，不讲效益那是不懂经营。不懂经营，生意肯定好不了，也做不长。凡事都有度，度是红线，跨越了就走向事物反面，那是叫人小看也是令人发指的。民间流传，说生意人不讲亲情，不顾友情，连爹娘老子的钱都赚。这样的人有没有？要刘德旺说肯定有，有也是极个别。林子大什么鸟都有，这些人属于另类。有的人抓住其一，以偏概全，戴有色眼镜，把生意人全部看成见钱眼开，眼里只有钱没有人。别人不敢保证，刘德旺和管腊梅就不是这样的人。

去病房送鸽子汤和鱼汤，刘德旺就遇到过手术后急需营养而因家庭拮据买不起营养品的人。不用问，病人的眼神会主动流露，想掩饰都难。

刘德旺接济过一个人。这人姓郝，名字叫郝运来，家住孟庄镇。按说时下农村人的日子也好过，地里收的吃不了，没钱可以外出打工，家家都有结余。但是不能生病，生病钱就进了医院，因病致穷的大有人在。郝运来就是这样。他家本来也和左邻右舍一样，农闲去南方打工，忙时回来，日子滋润，正计划到别处盖新屋，一场大病花光积蓄，还向邻居借了两万，钱何时归还要看身体恢复快慢而定。医生建议郝运来今后少做重活，这话的潜台词不言自明。郝运来在南方打工，做的是粗活，出的是笨力，如果不能打工，借的钱就成了窟窿。在医院等刀口愈合的这些日子，郝运来不敢错花一块钱，一天三顿只管肚饱，不问营养，鸽子汤黑鱼汤从不问津。那天刘德旺在这个病房，看到郝运来见别的病人喝鱼汤吃鱼肉，喉结如同一只馋嘴小老鼠在松弛的皮肤下跑来跑去。刘德旺心里动了一下，回去后让管腊梅现做一份。从那天起，别的病人喝汤吃肉，郝运来也喝汤吃肉。人是铁饭是钢，身体有了营养，郝运来的刀口很快愈合，比预计提前两天出院。

郝运来知道感恩，回家第二天就捉两只生蛋母鸡送进城。刘德旺不收，说是举手之劳。郝运来打工多年，走南闯北，嘴巴子很会说话，他说在家千日好出门一时难，在我困难时你伸手帮助，就是我的恩人。两只鸡是自家养的，谈钱不值百元，我用它表达一份心意。我的心意是——报恩！

话说到这个份上，刘德旺不好拒绝，拒绝就伤人了。管腊梅也灵活，在他们说话聊天时，杀好两只鸽，郝运来走时给他带上。刘德旺屈指一算，郝运来出院已一月余，不知他的身体康复没有。

想过郝运来，刘德旺又想起那两个男人，他想他们不会死灰复燃吧？为他们他已失去一指，他们不会让他再失一指吧？

脚下走得急，路上花的时间就短。走进巷子，刘德旺一眼看到郝运来的夫人柳翠花。在路上时，刘德旺还想到郝运来，不想这就见到柳翠花。刘德旺抬眼往巷子深处看，没见别的人，就和柳翠花打招呼，正要问郝运来的身体，管腊梅走出门，说柳翠花此次来是郝大哥的意思，他们也要做我们这一行，摊点就设在那里。管腊梅手指之处，就是刘德旺丢掉小手指的地方。柳翠花笑得尴尬，笑过了说，刘大哥是我们的恩人，我们本不想到你碗里争食吃，可我们实在没有办法。柳翠花说着流下两行泪，她用手掌擦一把脸，又说，看来运来是出不了远门，也不能干重活了……可不做活又哪来钱还账呢？我们是走投无路，才想到投奔刘大哥。刘大哥大人大量，请给我们指一条明路……

刘德旺想破脑壳也想不到，管腊梅说有人抢生意，这人会是他们！刘德旺像被施了定身法，站在原地半天不动。断指的地方隐隐作痛，刘德旺抬手看了看，四个手指不停搓动，以此来缓解疼痛。

刘德旺站着不动，头脑却没闲着，他在回想柳翠花说的话。郝运来得的是大病，虽说动了手术，坏东西被割除，这病会不会复发，医生也说不准。郝运来为了还账，想到他们这一行，自己来了怕张不开口，叫柳翠花过来说。换作别人，刘德旺肯定一口回绝，没有协商余地。偏偏是柳翠花，他一时不知怎么说。沉默半晌，刘德旺开口问，运来身体如何？柳翠花说，托刘大哥的福，恢复得比较快，现在能四处走动了。刘德旺说，这样吧，我随你去看看他！柳翠花说，这怎么好意思。

刘德旺进屋去收拾，他想看过郝运来，走孟庄镇看看，早听说那里养鸽子的人多，可以的话在镇上设个收购点。收鸽子是轻巧活，这事交给郝运来，柳翠花负责送货。他们担下这事，刘德旺也就不用四处奔波忙采购了。

后 记

《生活变奏曲》这本小说集，是2016年至2018年间创作的。之前完成了长篇小说《古槐》（江苏文艺出版社）和系列散文《大地万物》（复旦大学出版社）。写这本小说，我多次去故乡和父母现在居住的南方城市。去，是充实创作素材，而非游览。在自己生活过的村庄和城市里行走，如同翻阅一张张旧时照片，往事一件件浮现到眼前。我有点恍惚，感觉时光倒流，日子又回到过去，我成了儿时的我。过去，现在；现在，过去，我的思绪在二者之间穿梭。

我的父亲是教师，知识面宽、记忆力好，他知我写作，每次见我都会有意无意地说一些趣事。事有旧时的，也有现时的；有他亲身经历，也有他收集而来。事留存在我的大脑中，过滤、沉淀、发酵，渐渐转化为创作素材，《孟家湾今昔》便是，而《生活变奏曲》《手语》《小弟》的创作灵感，则来自于父亲与家人的交流之时。

母亲爱说话，张家长李家短，柴米油盐酱醋茶，说的尽是琐碎事，别人听来是唠叨，而我则不然——在我听来，母亲的"唠叨"，常有我所需要的东西。这时，我会让母亲停下，要她把说过的话再复述一遍。母亲见我对她的话感兴趣，越发说得多。《赤橙黄绿》《左眼跳财》，皆为母亲的“唠叨”所得。

我爱交往，与朋友相聚，我带去的是耳朵，捎回的是素材，《我被好运撞了一下腰》《姹紫嫣红》，就是交往结出的果实。

我的小说大多是这么来的。

生活强于书本，生活无处不在。

2020 年 10 月 15 日